谨以此诗稿
献给喜欢诗的朋友

秦大经

1938年生于河南内乡。马山口河西人。

1957年北京师范学校毕业,从事教书工作。1966年下放到邯郸农村生活,1975年到河南正阳工作,1987年在邯郸创办东方植物蛋白研究所。1992年应邀到北京一家生物制品公司做总工程师,1994年创办北京黑色食品开发公司。

大经诗稿 ①

诗情

秦大经 著

学苑出版社

图书在版编目（CIP）数据

大经诗稿 / 秦大经著 . — 北京 ：学苑出版社，2017.7

ISBN 978-7-5077-5278-6

Ⅰ．①大… Ⅱ．①秦… Ⅲ．①诗集－中国－当代 Ⅳ．① I227

中国版本图书馆 CIP 数据核字（2017）第 180133 号

责任编辑：洪文雄
封面题字：冯大彪
封面设计：徐道会
出版发行：学苑出版社
社　　址：北京市丰台区南方庄 2 号院 1 号楼
邮政编码：100079
网　　址：www.book001.com
电子信箱：xueyuanpress@163.com
联系电话：010-67601101（销售部）　67603091（总编室）
印 刷 厂：北京京华虎彩印刷有限公司
开本尺寸：700×1000　1/16
印　　张：68
字　　数：600 千字
版　　次：2017 年 8 月北京第 1 版
印　　次：2017 年 8 月北京第 1 次印刷
定　　价：360.00 元（全三册）

前 言

　　我从1951年十三岁时开始写诗,至今已整整六十五年了。六十五年来,我究竟写了多少首诗,自己也不曾认真统计过。遗憾的是,前三十年写的诗绝大多数都在"反右""文革"等政治运动中遗失或销毁了,幸存的充其量不过三百首。其他的诗大都是后几十年特别是后二十五年创作的。

　　在我现存的万余首诗中,除了一首诗阴差阳错地1990年在台湾一本名叫《乡间小路》的刊物以大字体在首页发表之外,其余的诗均未正式发表过。

　　2006年,我曾自费印刷过一本诗集馈赠亲友,大家反映不错,给予了很高评价。由此,我提高了信心并产生了把生平所写整理出版的念头。在家人的支持下,特别是在我的老同学知名编辑武冀平的鼓励和催促下,终于下定决心结集出版。

令人发愁的是，我写的太多了，原计划出十集，每集三百首左右，分别是：诗情、真情、性情、纯净、经历、怀乡、咏物、游记、感悟、晚情。后来发现一下出这么多太不现实。于是决定先出前三集以了心愿。

我这个人，一生除了写诗别无所长。正式出几本诗也算是给自己，给家人，给亲友，给我生活过的这个时代一个交代。我今年已年近八旬，时不待我，人生在世，总想给国家，给世界留下点什么才不负此生。幸亏，我留下了用心血凝成的诗。

秦大经

2016年6月

目 录

脚印 /1

谢幕 /2

一直以为 /3

往事并非都是如烟 /4

守住这一道防线 /5

生命的思索 /6

乞丐 /7

指路牌 /9

树 /10

良心发现三首 /11

剪刀，锤子，布 /12

地址 /13

净化 /14

缝、补、绣 /15

弃 /17

一封公函 /18

第一 /19

山 /20

天之祭 /22

心灵深处 /23

经历 /24

正直（一）/25

正直（二）/26

保留 /28

阳光 /30

穿越 /31

追求 /33

尽 /34

独立 /36

愿 /37

有感而发 /38

折腾 /39

微笑 /40
欣赏 /41
乐曲 /42
淡 /43
人 /44
梦开始的地方 /45
担心 /46
回归 /47
紧紧握着的…… /48
一切都将过去 /49
精神 /50
假如 /51
坚硬 /52
坚强 /53
祖国颂 /54
谷底 /55
反思 /56
大槐树 /57
脚下的土地 /59
欣慰的目光 /61
中 /62
土 /63
轮回 /64
陌生和熟悉 /65
缝隙 /66
回音 /67

灵感 /68
关于蜡烛的比喻 /70
得失 /72
悲秋 /73
我和苦难很熟 /74
追求 /75
也许 /76
不必感叹 /77
感觉 /78
菊韵 /79
眼泪变奏曲 /80
忆 /81
寿之殇 /82
蛰伏 /83
前后 /84
坚守 /85
新桃花源 /86
告诉 /87
可以写在墓碑上的诗 /88
人在途中 /90
歇歇吧，人已经走了很久 /94
一天又将过去 /96
耳语 /98
无足轻重 /99
收藏 /100
低调 /101

关注 /102
是什么遗落在了人间 /103
相遇李白 /104
杨贵妃 /105
沉寂 /106
舒展 /108
当一切都成为往事 /109
希望之歌 /111
泪 /113
一声长叹 /114
证明自己 /115
门，为你敞开 /116
蔚蓝 /118
轻轻 /119
小路 /120
大树 /121
摇篮曲 /123
独到 /124
印象 /126
如梦 /128
箫声 /129
不会 /130
钟声 /131
酒歌 /133
今世，前世 /135
祝贺我的失败 /137

一百年后 /139
不是终点 /140
即使是 /141
心愿 /144
赠诗 /145
梦里情怀 /146
愿望 /147
过客 /149
隐 /150
喜欢攀登 /151
只因有梦 /152
莫非 /153
尊重 /154
轨迹 /155
关于如果 /157
悄悄 /158
流 /159
一边 /160
誓言 /162
一根红线 /163
暗自 /165
曾经 /167
幸运 /169
我的生命 /170
活法 /172
纯金 /174

温暖 /175
紫气东来 /176
心仪天下 /178
志向 /179
柏林墙 /180
点缀 /181
至高的境界 /182
狄金森 /183
大写意 /184
中心和心中 /185
曼德拉 /186
恻隐之心 /187
花事了时 /188
穿越 /189
春秋吟 /190
安魂曲 /191
曹操 /192
交融 /193
随想 /194
中国人的灵魂 /195
所见所感 /196
最后一个人 /198
擎旗者 /199
舍利子 /200
感慨 /201
轻抚 /202

飘然 /203
遐想 /204
境界 /206
放飞 /207
是谁 /208
默默无闻 /210
路边的电线 /212
寻找美 /214
真实 /215
留住瞬间 /216
瞬间 /217
选择 /219
脚踏实地 /220
关 /221
赠诗 /223
为你 /224
忆念 /225
仰望星空（一） /227
仰望星空（二） /229
碎片 /231
站 /233
总想留下点什么 /234
依旧 /236
记忆中 /237
柔肠侠骨 /239
曾经 /240

无法剔除 /241

放大 /242

依然如故 /243

你让我 /244

带来 /245

轨迹 /246

寄托 /247

经营孤独 /249

理解 /250

无意回避 /252

多少 /253

无关痛痒 /254

隐隐的忧愁 /255

进退 /256

期待 /257

影子 /259

来去 /260

共鸣 /261

境界 /262

至高 /263

联想 /264

如果 /265

境界 /267

悄悄 /268

闲适 /269

化 /270

第一次 /272

修身 /273

气 /275

辜负 /276

我的诗里 /278

哭笑 /279

愿望 /280

无题 /281

记忆中的美丽 /282

任 /283

节奏 /284

灰飞烟灭 /286

会心一笑 /288

收藏微笑 /289

视 /290

向善 /291

日子 /293

镜 /294

留痕 /295

茫茫 /296

读史后记 /297

我来了 /298

做人 /300

回眸 /302

上升 /304

寻找 /306

一缕亮光 /307

去了 /309

致诗友 /311

一半 /314

责任 /315

活在诗里 /316

为谁写诗 /317

为什么写诗 /319

诗魂 /321

站在—— /322

写在大经诗集扉页 /323

暴风雨过后 /324

听说 /325

致一百年后的信 /326

醉态 /328

逃出叙利亚 /329

信仰 /330

过关 /331

赠友诗 /332

旧（一）/333

旧（二）/334

我的诗 /335

为了诗梦　坚持一生 /337

脚印

海边细软沙滩上的脚印
也许最富于诗情
那长长远去的浪漫
最宜勾起甜蜜的记忆

原野茫茫白雪上的脚印
也许最富于画意
那雪霁初晴的清晨
也许你是第一个踏雪寻梅的人

坎坷泥泞道路上的脚印
也许每一步都踏得很深
它记录着一段艰难的历程
每当忆起时便令人唏嘘不已

人生道路上的脚印
早已经无处可觅
多么想在这个我无限热爱的世界上
留下一双清晰的脚印

谢幕

告别演出终于结束
天鹅绒幕布重又开启
那位在舞台上活跃了一辈子的演员
此时站在舞台中央的聚光灯下
接受一束又一束鲜花
接受一阵又一阵掌声
他眼里噙着激动的泪
不断地向观众鞠躬

人生舞台上的谢幕
却远没有这样的生动
总是有些冷落
总是有些凋零
既无馥郁的鲜花
也无热烈的掌声
即使这样也总想找一个高一点的地方
向这个生我养我的世界深深鞠上一躬

一直以为

一直以为
希望在远方
岂不知有时就在身边
就在脚下这块生长希望的土地上

一直以为
机会在远方
岂不知有时就在身边
就在脚下这块生长机会的土地上

一直以为
幸福在远方
岂不知有时就在身边
就在脚下这块生长幸福的土地上

远方有远方的风景
身边有身边的风光
你看脚下这片生我养我的沃土
孕育了多少历史上的辉煌

往事并非都是如烟

往事并非都是如烟
在晴空中悄声无息地飘散
总有一些情结
在记忆中珍藏
总有一些沉重
在心中的某处沉淀
恰如霞光中的露珠
恰如夜空中的星光在不断地闪现

往事并非都是如烟
或许在晴空中会凝成一片洁白的云彩
如果有一支无形的箭向它射去
不知会射落一颗闪光的星星
还是一只过往的大雁
啊，往事历历
但愿滴落的不是几滴冷泪
而是润物的细雨滴落在心田

守住这一道防线

守住这一道防线
如果是一场战争
守土是每个士兵的职责
甚至为此献出宝贵的生命

守住这一道防线
如果是一场洪水
保护好那防护的堤岸
为的是不让灾难发生

守住这一道防线
人生有多少珍贵的东西需要防护
守住这一份神圣
除非是让一切付诸东流

生命的思索

不是所有的水都能流进大海
只要能滋润土地
归宿处岂止只会生长小草

不是所有的草都能开出鲜花
只要能绿荫遍野
便能够体现出生命的蓬勃

不是所有的花都能结出硕果
只要能鲜艳开放
便是生命的辉煌时刻

不是所有的果都能香甜可口
只要能作出奉献
便是一曲完整的生命之歌

乞丐

繁华闹市的街头
凛冽寒风中跪着一个
白发苍苍的老妇人
多少红男绿女从她面前经过
其中能有几个
动过恻隐之心

别说有碍观瞻
别说是往现代社会脸上抹黑
面对这样的场面
谁会无动于衷
谁会感到羞愧
谁会油然生起悲悯之心

她是谁家的老人
她是谁家的母亲
为何流落街头
为何落魄到如此地步
她又为何
被这个社会无情的抛弃

我从老人面前经过
不忍去看她那乞求的眼神
只是丢下几个零钱
然后匆匆逃去
啊！我的廉价同情
愧

指路牌

不知道是不是命运之神的点化
我变成了一个设在路边的指路牌
没想到我是如此的幸运
因为我真的很喜欢这个职业

不论把我安置在繁华的街道
还是安置在偏僻的荒野
我都会为过往行人指示方向
尽心尽力履行自己的职责

不奢求走对路的人向我表示感谢
不介意走错路的人向我不友好地发泄
看惯了世道坎坷艰难曲折
乐于为人指点迷津是我的境界

真想向那些走对路的人表示祝贺
真想把走错路的人拉回来
这世界人生路上岔路太多
我愿意默默立在那里永远做一块指路牌

树

我梦见自己变成了一棵挺拔的大树
根扎在脚下的泥土中
点缀在青山绿水之间
成了风景中不可或缺的一部分风景

努力地向上生长
期望每天都能达到新的高度
努力地向下扎根
同样期待着生命力所能及的深度

开出鲜艳的花美丽这个世界
结出甜蜜的果回报这个社会
伸展开长长的臂膀给大地一片绿荫
让日暮时倦鸟有枝可依

啊 我梦见自己变成了一棵挺拔的大树
屹立在天地间枝繁叶茂充满着生机
即使有一天被无情砍倒
也依然躺着是盖房的梁立着是顶梁的柱

良心发现三首

一

良心发现,谁?
发现良心,谁的?

二

如果发现良心是自己的
那就赶快把它回归原处
如果发现是别人的
只需物归原主,什么也不要问

三

良心发现
发现良心
如此重大的发现会让缺失的部分回归
会让人变得高大完美

无论在哪里良心发现
都值得庆幸
无论在哪里发现良心
都是一种真正的美

剪刀，锤子，布

剪刀，锤子，布
从小到大都在玩的一种游戏
它是那样富于哲理
真不知道是哪位智者的发明

锤子砸剪刀
剪刀剪布
布包锤子
一物降一物
倡导一种公平
相互制约，避免独大
小而适于游戏
大而适于政治的清明

地址

过去的地址
早已作废
或是早已成为了别人的地址
如果有书信联系
回执上肯定会写着：查无此人

现在的地址
萍踪浪影
漂泊无定
或许好容易找到了那个地方
却被告知人刚刚离去

未来的地址
我自己都不清楚
茫茫心事
恰如一张白纸
上面还没有写一个字

净化

你在淘洗什么
我在淘米洗菜
为什么要淘洗得这么认真
因为凡是入口的东西都必须保证干净

你在淘洗什么
我在淘洗我写的诗
为什么诗也要经过淘洗
很简单,那是精神粮食

你在淘洗什么
我在淘洗自己的心灵
难道心灵也能淘洗
是的,那是净化灵魂的一个过程

缝、补、绣

穿针引线
为的是缝
如今多少时尚女子还热衷于女红
缝件衣服
缝个扣子
她们对缝或许会有更高的理解
欲缝天下所有的裂口

拈针走线
为的是补
如今还有几人穿补过的衣服
以示节俭
以示朴素
她们似乎在继承着女娲补天的事业
承担起对这个世界更大的责任

飞针走线
为的是绣
我见过江南绣娘绣时灵巧的纤纤素手

绣出艳丽
绣出风景
绣出光辉的未来
绣出锦绣的前程

弃

被弃的感觉
真的是一言难尽
就像陈茶叶子留在了杯底
不知道已经沏过了几回
如今再也沏不出色香味来
不管原来是来自哪座名山
不管原来是如何名贵
如今只能是被弃的命运
从哪里来还回哪里去吧
即是此时囊中还有回家的路费
但望断归路
也无法再回到原来的枝头

一封公函

一封公函
封口处封有加密的纸条
边缘处似乎还加盖着公章
以公对公或许与个人无关
以公对私却令人不敢小觑

一封公函
里面装的是什么内容
其实不过是一个牛皮纸袋
却是那么威严
那么郑重

一封公函
放在手中竟是如此的沉重
撕开时手都有些发抖
多少决定命运的时刻
都在其中薄薄的一张纸中

第一

在所有的道路上
只有第一步是最难跨出的
比如说
决定

在所有的言语中
只有第一句是最难说出的
比如说
爱你

在所有的追求中
只有第一名是最难保持的
比如说
考试

在所有的经历中
只有第一次是只有一次的
……所以说
慎重

山

多么希望
自己能够成为
一座哪怕是小小的山
多么希望
有自己的高度
自己的气魄
自己的底蕴
自己的风范

啊，山
有的高大
有的雄浑
有的秀丽
有的伟岸
有的顶天立地
有的立极在人间

在这个多山 国家
多少人希望在有生之年
用自己的辛勤
把自己堆积成为一座山
俯瞰天下
放眼世界

山啊山
生前的事
需要生前去了却心愿
不需要身后由别人代为实现
你看那堆在荒郊野外的一个个坟头
谁也不会承认
那也是山

天之祭

愁云密布
疏疏落落洒下几滴冷雨
难道天也在暗自垂泪
是为谁
不忍问

天色阴沉
雪片飘飘洒洒下个不停
谁有如此功德
感动了天地
竟让这里的山河都为他穿上了孝衣

心灵深处

小心翼翼

走进心灵深处

多么圣洁

多么宁静

你在这里

会发现许多久违了的东西

都被小心地珍藏

都被深深地保存

比如纯洁

比如真情

比如人性中最美好

最柔软最温馨最善良的部分

经历

九曲十八弯
二十七个滩
三十六个峡口
四十五个涧

五十四道关
六十三道险
七十二种变化
八十一种难

都说曲江曲
皆言盘山盘
谁是已经过来人
回首霞满天

正直(一)

正直的树
一点都不弯曲
放倒是梁
竖起做柱
无论是当旗杆桅杆
最基本的要求就是正直

正直的路
真的是又正又直
两点一线
最短距离
这也就是正直之所以正直
绝对不会让你去走弯路

正直的人
最大的好处就是正直
刚正不阿
嫉恶如仇
无论在什么年代
都是极为难能可贵的品质

正直(二)

挺直你的腰杆
无论在什么时候
啊，正直
无论是人是树
屹立在天地间
永远都是一道独特的风景

挺直你的腰杆
在生命的整个过程中
无论遭受怎样的不测
怎样的风欺雪凌
敢问在残酷面前
谁能宁折不弯
保持一股凛然正气

挺直你的腰杆
正直真的是人世上极其珍贵的品质
真正的栋梁之才
无论是大船上的桅杆

还是庙堂之柱
请看谁的身上
没有正直的品性

保留

漫天飘飞的大雪
不知怎么
其中一朵钻进了我的脖子里
啊 好冷
像一只冰凉的小手
我不忍把它撵走
情愿用自己的温暖
溶化它身上的寒冷
至于因为什么
我自己也说不清楚

漫天飘飞的大雪
不知怎么
其中一朵竟然如此慌不择路
偏偏钻进了我的眼里
啊 好凉
但绝不同于砂子
我不忍把它揉出
情愿把它收留

即使变成为眼泪
也是一份纯洁和晶莹

漫天飘飞的大雪
不知怎么
其中一朵居然飘进了我心里
我不单没有拒绝
而且表示了由衷的欢迎
这天上的来客
它的洁白
它的美丽
它的纯净
最为适合保留在人们的心中

阳光

他从西藏归来
送给我了一片他采集的阳光
我想把它当做饰品戴在身上
他说
不如放在心上
让心里也充满阳光

穿越

穿越
穿越了什么
穿越了历史
但愿能够
梦回盛世唐朝

穿越
穿越了什么
穿越了过去
但愿不会
再回到那个令人恐怖的年代

穿越
穿越了什么
穿越了现在
真想知道
命运是如何把自己的最终结局安排

穿越

穿越了什么

穿越了时空

真的希望

知道一百年后的人

对我们这个时代如何评价

追求

各有各的活法
各有各的追求
其中有些未必能够获得认同
但必须得到足够的尊重

各有各的活法
正所谓人各有志
春燕从来不问苍鹰为何志在蓝天
金蝉从来不问蜜蜂为何飞向花丛

尽

尽情，你尽情过吗
我说的是那种真正意义上的尽情
情感毫无保留的袒露
哪怕是，哪怕是只有一次
已不负此生

尽兴，你尽兴过吗
我说的是那种真正意义上的尽兴
兴致展示得多么酣畅
没有留下任何遗憾
没有留下任何后悔

尽力，你尽过力吗
我说的是那种真正意义上的尽力
且不说对谁
竭尽了全力
对得起自己的良心

尽心，你尽过心吗
我说的是那种真正意义上的尽心
谁能捂着自己的胸口
面对苍天，面对祖国，面对亲友
说我只有这么大能力
但，我已尽心

独立

处世独立
寂寥天地
不知是否后有来者
前有古人

闲云野鹤
卓尔不群
身上自有一种超然的神态
尽管人仍混迹于江湖

人在俗世
却不染尘
始终保持着独立的品性
敢问在当代能有几人

高山之巅
傲立身影
仰望的独立
恰似猎猎风中的旗帜

愿

当夜幕降临
黑暗中
我愿意是一颗星星
悄悄地出现在天空
给人以希望
装饰别人的梦

当晨曦出现
当朝霞染红了天空
光明里
我会悄悄地隐去
溶进蔚蓝的晴空
去做我自己的梦

有感而发

脚踏这片热土
就该让心踏实
起点公平是个沉重的话题
原因是这里存在着太多的不公

我要说的是公平
主张的在机会面前人人平等
公平不该只是一句装点门面的漂亮口号
不该是个利益阴谋的陷阱

既然是这片土地的主人
在权力面前就不该太忍让，太谦虚
文明并不是看这个社会如何对强者的歌颂
而是要看对弱者尊重的程度

折腾

折腾
词典里似乎并不是个贬义的词
当然也绝不是个褒义的词
它好像和本领,勇气有关
是一条通往成功的捷径
若不,你就无法解释
为什么有那么多人
热衷于折腾

折腾
折腾的都是一些怎样的人
在中国
自古以来
折腾似乎是一个传统
这其中
得意的是哪些人我不清楚
但敢肯定吃亏的定是百姓

微笑

微笑挂在脸上
胜过任何高贵的装饰
微笑含在眼里
即便是贮满泪水
看上去也是那么楚楚动人

用微笑的眼睛看人
人们会还你一个微笑
用微笑的眼睛看世界
这个世界会回报你一个希望
一份温馨

欣赏

谁在欣赏你
你在欣赏谁
那是一种怎样的目光
那是一种怎样的眼神

无论是谁在欣赏你
无论是你在欣赏谁
那种由衷地赞美
真的全都是自然的流露

能去欣赏
能被欣赏
都是一种荣幸
都是一种美的境界
无论是欣赏你写的诗
还是欣赏你的为人

乐曲

那支优美的乐曲
是由许多不同的音符组成
如果你是那最高的音阶
充满着昂扬
我就是那最低的部分
以便相辅相成

那支优美的乐曲
是由许多不同的旋律组成
如果你是那最优美的章节
充满着飘逸
我就是那最凝重的部分
倾诉着心声

那支优美的乐曲
是由一支乐队合作演奏
如果你是小提琴
承担着演奏主旋律的任务
那么我愿意是竖琴
手指间流动出泉水般的叮咚

淡

与艳相比
我似乎更喜欢淡
那是另一种境界
那是另一番风韵

大美无言
大智若愚
静时始知淡中趣
任是素装亦动人

人

一个人字
看似简单
其实写好并不容易
那一撇一捺
相互支撑
极见功力
写好了能够顶天立地

梦开始的地方

梦开始的地方
应该就在脚下
不是梦想中国
而是中国梦想
啊
希望在前
多么灿烂
多么辉煌

担心

如果天上没有鸟
如果地上没有花
如果地上没有树
如果水里没有鱼
我真的有些担心
这个世界是不是太过单调

如果人间没有纯
如果人间没有善
如果天下没有诗
如果世界没有美
我真的有些惆怅
这个星球何以如此寂寞

如果脸上没有笑
如果身上没有真
如果心中没有爱
如果眼里没有泪
不是我杞人忧天
那真的是一种悲哀中的悲哀

回归

一个难以回避的话题
是为何远离而去
历遍了情天幻海的漂泊
才真正懂得你是我心中最终的期待

多少曾经的理由如今都已不能成为理由
多少曾经的原因如今都已不能成为原因
是非曲直早已没有了意义
有意义的是采用怎样一种皆大欢喜的方式

我的小船已驶入你的水域
期待着能有一个大团圆的结局
我在聆听回归的音讯
忽然从岸的方向传来了悠扬的欢迎曲

紧紧握着……

总觉得手中紧紧握着些什么
可是打开来看却空空如也
面对这样的现实我怎么也不愿意相信
明明手中握得有些发汗的手里
怎么能够
怎么可能空空如也

紧紧握在手里的东西
那是一份珍贵
那是一份难舍
有时候甚至与生命同在
或许就是一颗滚烫的心
或许就是一份永恒的爱

如果你不介意
请告诉我你手中紧紧握的是什么
即使是一滴眼泪
也愿它晶莹，圣洁
即使是一片云彩
也愿它光辉灿烂

一切都将过去

一切都将过去
一切都将逝去
包括痛苦
包括幸福
包括眼前的景致
包括远处游荡的薄雾

过去的都已经过去
没有逝去的也都会逝去
过眼烟云总是一个虚无
时过境迁很多都再无觅处
如果不能创造辉煌让它变成永恒
多少年多少代后谁还能记住我们

总想给世界留下点什么
哪怕是眼泪凝成的珍珠
说什么人过留名雁过留声
人生啊
我真的不想让活生生的生命
最终仅只是化作一片烟云，一场幻梦

精神

和喜欢热闹的人有些不同
此时的我似乎更喜欢寻求一份清净
让灵魂得到超脱净化
让沉思进入更深远的意境
不再飘浮在空泛的泡沫之中

浅薄处已被无数人反复地翻遍
得到的不过仍是些浅薄的东西
只有更深厚的地方等待着挖掘
那些被称作深厚的至宝
那些被称作至宝的精神

假如

假如给你
一次弥补遗憾的机会
能否如实告诉我
你将弥补的是一个什么样的缺口

假如给你
一次实现愿望的机会
能否如实告诉我
你最想实现的是一种怎样的美丽

假如给你
一次找回失去的机会
能否如实告诉我
什么珍贵的东西最需要你找回

坚硬

造物主想做一个试验
想验证一下
他创造的万物
什么最坚？什么最硬？

试验在不可思议的惊讶中结束
当被认为最坚硬的钻石
在他手掌的压力下变成粉末
人却咬着牙还在坚持

坚强

重重的一锤砸在我的心上
这样的后果实在是不堪设想
好心人连忙把我从地上扶起
关切地询问我是不是已经受伤

重重的一锤砸在我的心上
人们惊讶我在如此大的打击下居然没有受伤
太多的经历锻炼了我的承受能力
我总是告诫自己无论在怎样的打击下都要坚强

祖国颂

在世界的东方
屹立着一个伟大的国家
这就是我的祖国
中国 .CHINA

炎黄子孙
传承着五千年的文明
九鼎华夏
寄托着各民族的希望
长城南北
大河上下
巍巍昆仑
锦绣中华
黑眼睛黄皮肤的龙在腾飞
腾飞吧,中华巨龙
我的祖国
中国 .CHINA!

谷底

当人生跌入谷底
从此再没有更可怕的事情
人生最坏的结果不过如此
今后还有什么不能承受

揉揉碰肿了的额头
自嘲式的给自己一个祝福
从此脚踏实地每一步都在向上
只要不甘沉沦便会有走向辉煌的那一日

谷底
底谷
谁能从那个地方走出来
便有可能走向成功

反思

多少我们曾反对过的
后来恰恰被证明是正确
不论是否曾受过误导
反思
有时真的会让人大彻大悟

多少我们曾支持过的
后来恰恰被证明是错误
不管良心是否发现
反思
有时真的会让人大彻大悟

大槐树

大槐树
我的梦
我的魂
我的根…….
多少魂牵梦绕
溶进了血液
多少盘根错节
深扎在心里
多少离乡背井的传奇
已淹没在岁月的尘埃
多少难舍故土的情怀
已成为淡远的往事
你那古老苍凉的枝杆
你那高大婆娑的身影
承载了多少历史的沉重
依恋着多少古今的灵魂
我说不清我是你哪条根上的支脉
我说不清我是你哪条枝上的树叶
但你那世代随风飘远的种子

无论飘落到哪里
都能在那里落地生根
繁衍子孙
长成大树
华盖如荫
啊
大槐树
我的梦
我的魂
我的根…….
我生命里最久远的记忆

脚下的土地

我丈量脚下的土地
丈量生我养我的这片热土
不是用量尺
而是迈开自己的双腿
为了感受真切
为了一种古老的神圣
我愿意踏遍青山
用我赤着的足

丈量秀丽的山川
丈量丰腴的大地
丈量曾经的辉煌
丈量苦难的过去
丈量生长的希望
丈量漫漫的道路
丈量说不出来的苦衷
还有太多的痛

用眼去深情观察
用耳去仔细倾听
用心去细细领会
用脚去实地感受
我的这双腿啊
也想象历史上多少人那样双膝跪下
去亲吻这片土地
就像一个儿子在亲吻自己的母亲

我想在这块地上
留下自己的影子
我想在这块地上
留下自己的脚印
为了让它清晰
我必须象朝圣者那样赤着双足
这原因不为别的
只为我深深的爱着这片我们世代生息繁衍的土地

欣慰的目光

一座大理石雕像
不知何年何月就伫立在这高高的山上
相传是一位母亲
不忍离开亲人而在此幻化
她俯视着脚下纷扰的尘世
眼睛里流露出只有心灵相通才能感受到的那种目光

就是这样一尊雕像
无论你从那个角度仰望
都仿佛和自己的母亲
有十分相象的地方
特别是那双眼睛
那双似曾相识的深沉目光

有人从那双眼里看到了慈爱
有人从那双眼里看到了期望
有人从那双眼里看到了怜悯
有人从那双眼里看到了悲伤
千万别看到她眼中有泪
但愿能看到她欣慰的目光

中

仅只是言谈里总带个"中"字
便拉近了彼此的距离
即使是远在天涯
啊！一听便知是故乡人

是否是因生在中原中州
情感里便自然带出了这"中"字的情愫
是否是因长在中华中土
乡音里这个"中"字便成了特殊表记

谁能说清这个"中"字里所有的含义
为何又一直保存在家乡的语言里
是否是因为珍藏着一个"忠"字
那"中"字下面的一颗赤诚的心

注：河南人的方言里经常使用一个"中"字，为其他地方所没有

土

说我普通

我确实普通

普天下哪里没有我的踪影

说我神圣

我就是神圣

没有我哪有这个世界的繁荣

我能掩盖过去

我能生长未来

尽管被踩在脚下

被践踏被抛掷被耕作

却依然认劳认怨地承担着自己的职责

轮回

水流到了终点
便从人间蒸发
飞向遥远的某处
化作了满天的云雾彩霞

经历了多少梦天变幻
才飘向了那生命之源
霰散的灵魂凝成了晶莹的甘露
转世在一个不可知的天涯

莫问我是谁
我是一滴水
完成了一个轮回
如今又重新开始

陌生和熟悉

我不害怕"陌生"
因为总是不断
和这样那样的陌生相遇
只要假以时日
就会和他熟悉
甚至成为朋友

我倒害怕和"熟悉"分别太久
有谁能知道这其间的变数
一旦有一天偶然相遇
最怕出现尴尬的一幕:
"你是谁?
我怎么不认识?"

缝隙

繁华城市的一角
也许就是人来人往的人行道旁
在那行人涉足不多之处
常常能看到一些柔弱的小草
从地上砖的缝隙中长出
有的甚至还开出了细碎的花

也许是被清除之列
也许是太微不足道
那自生自长被赋予荒凉的概念
如何能和繁华相协调
可是在缝隙中生长出来的绿意
却在顽强的证明着自己生命的力量

回音

海岸,高山,旷野
谁在大声呼喊
等待着回音
那久远的企盼

"你在哪里……"
回音似是回答
"你在哪里……"
用着完全相同的语言

"我在这里……"
对方的回答也是"我在这里……"
如此这般的一问一答
千年万年也不改变

"你过来……"
"你过来……"
互相邀请着对方
却永远也无法实现

灵感

灵感
一个无与伦比的精灵
也许是来自苦思冥想
也许是来自不懈追求
也许是上帝对执着者馈赠的一份厚礼
也许是天外来客来自茫茫的宇宙

稍纵即逝
飘忽不定
爱用捉迷藏考验捕捉者的耐心
想找找不到
无奈时或许会灵光一闪
突然出现在你的脑海里

捕捉灵感
多少有作为的人都乐此不疲
即使是个具有特异功能的猎手
上天入地
犄角旮旯

满世界去寻找
也不一定能找到它在那里

真正的无价之宝
无论放到哪里
都会出现奇迹
把它放进诗里
也许就成了一首绝妙的好诗
把它放进试管
也许就解决了一个重大的科研课题

关于蜡烛的比喻

燃烧自己
照亮别人
这种蜡烛的精神
其实并不显得高尚
并不值得被人称颂

为什么要把自己比做蜡烛
为什么要如此地贬低自己
一边燃烧一边流泪的形象
包含着多少无奈
总让人有一种说不出来的可悲

当你燃烧的时候
那是在体现自己的人生价值
那光辉之所以能照亮别人
是因为你发出了耀眼的光芒
是因为你有一个崇高的灵魂

燃烧自己
照亮别人
如果真想找个比喻
千万别把自己比做蜡烛
最恰当的莫过于把自己比做火炬

得失

花已经落了
还不见结果
不该失去的已经失去
应该得到的还没有得到

何必太惆怅
何必太彷徨
即是失掉今夜所有的星星
明早还会有明媚的阳光

悲秋

水面上漂着一片鲜艳的红叶
叶片上栖着一只被冻僵了的蝴蝶
我久久地凝望着这载客的叶舟随流而去
心中顿生出许多莫名的哀愁

我和苦难很熟

苦难
我和他很熟
虽然我们相处很久
但一直想摆脱他
就像你不可能
和一个一直折磨你的人做朋友

苦难
要和我分手
虽然告别时我没有和他握手
但我告诉他
我会记住他对我的磨砺
但不会记仇

追求

带着一脑子这样那样的愿望
到世界上闯荡
经历过激烈的碰撞
才发现许多美好的愿望仅只是愿望

终于恢复了理性
让头脑不再发胀
面对现实后才惊讶地发现
原来自己真正追求的
是自身的价值
是人品的高尚

也许

也许只是一次偶然的机遇
便改变了自己的命运
也许只是一个灵感的火花
便写成了一首好诗
也许只是一个不经意的回头
便演绎出了一段浪漫的故事
也许只是一次智慧的闪光
便成就了自己的一生
也许
也许
面对那么多也许
面对人生那么多不可测的变数
我们该如何把握住机会
我们该如何把自己的生命驾驭
你看那么多看似偶然的也许
最终都产生了必然的结局

不必感叹

不必感叹
不必感叹曾经辉煌的诗
如今已沦落到书报杂志不显眼的角落
沦落到只能自娱自乐的寂寞边缘

自娱自乐有什么不好
至少可以远离世俗尘埃的沾染
保留住这一方净土
即是孤芳自赏也是一个很高的境界

不必担心
不必担心诗的前途会是怎样的一种暗淡
尽管早已失去了黄金桂冠
但值得庆幸的是它已和名利场渐行渐远

只要诗魂还在
只要真情善良美丽不变
诗就不会失去它存在的理由
在纯净中默默成长的诗就会重新给世界一个惊喜一个灿烂

感觉

时常有一种感觉
似乎捕捉到了什么
小心紧紧地攥着
只怕从指缝中溜掉

好像是一只彩蝶
好像是一片云彩
好像是一个美梦
好像是一种从未体验过的美妙

啊．究竟捕捉到了什么
让心砰砰地跳
急忙伸手来看
原来只是一种感觉

菊韵

像丽人的起舞
变幻出怎样超凡脱俗的千姿百态
像雅士的灵感
显现出何等风流飘逸的七彩梦蝶

都说一花独放不是春天
谁承想
有一种花
竟能装点出一个敢于与春争艳的季节

莫道西风无情
是它送走暑气把一个沁人的时光送来
莫学古人悲秋
今人的内心里应是一个色彩斑斓的世界
你看秋的天空是多么高远明净
你看秋的大地是怎样的秋韵秋色
你看那些傲霜开放的菊花
都在尽力展示自己生命的风采

眼泪变奏曲

小时候
眼泪资源异常丰富
动不动就号啕大哭
不知道这是对感情的浪费

年轻时
学会了掩饰学会了忍
除非是
忍俊不住才把真情流露

到老年
眼泪变得非常珍贵
待到必须付出的时候
也常常是只往自己肚子里面流

忆

沿着一条看不见的幽径
走向一座幻觉中的海市蜃楼
我在那里发现了过去的时光
历历往事居然都历历在目

所有的一切在这里似乎都完整地保存
飘零的落花好像又回到了枝头
闪光的部分都铸就着辉煌
不堪回首的地方依然不堪回首

情感之果早都已经成熟
酸甜苦辣什么样的滋味都有
再看一下曾经走过的路
那种艰难曲折让人不由不感慨此生

谁说岁月已随风而去
它依然被很好的珍藏在某处
当人从幻觉中回到现实
才发现自己的人生自有归处

寿之殇

病重时我提出和死亡对话
想当面告诉它我对它无所惧怕
与其在人间承受太多痛苦
不如及早跨过那个古老的门槛获得一份永恒的超脱

想当面告诉它我并不眷恋残余的生命
但期望最后的时光灿如晚霞
死亡对人来说从来都不是很难的事
难的是如何活出生命的尊严和辉煌

死亡并不意味着要下地狱
当然也不意味着一定要升天堂
一切都是自然而然的规律
何必为人生必由的结局凄凄惶惶

古人曾为今人今人也会变成古人
但愿人生来也潇洒去也潇洒
如果有一天我真的寿终正寝
我想我会含着笑轻轻松松去往冥乡

蛰伏

草根
把自己深深地扎进生它养它的土里
是不是也可以这样理解
在不适合它生长的严酷季节
这是对自己生命的最好保护

在人间蛰伏
真的可以说是一种智慧
吮汲着营养，积蓄着能量
默默地等待
那个能绿遍天涯的春季

前后

有人让我往前看
有人让我往后看

教我往前看的人会说
往前看
前程似锦
教我往后看的人会说
往后看
回头是岸

我从善如流
向前看,也往后看

坚守

冷落了的门庭
人们已纷纷离去
你为何还坚守在这里
甘于寂寞
默默耕耘

为了良心不受谴责
为了挽救一生坚守的信念不再沉沦
休说独木难撑独力难支
我愿不负苍天
尽心尽力

以天下为己任
扶大厦之将倾
为了重现辉煌
那些捍卫者
岂只是一人两人

新桃花源

不知道是怎样的幸运
我误入了一个新版的桃花源
桃花依旧笑着春风
却不见了当年为避世而隐居的后代

在虚无缥缈的梦幻岛上
云路悠悠霞光四射
一切都超越着理想的极限
一个真正的极乐世界

从一个高度到达另一个高度
从一种境界到达另一种境界
无论是入世还是出世
都好像是自己真正的精神家园

也许是想象力越走越远
这个神秘的地方真的让人流连忘返
不知你是否也有这样的愿望
去寻找你心目中的那个桃花源

告诉

告诉我　你想告诉我什么
那一汪清池
里面映着我们的影子
映着融融的月
或许还有月里寂寞的嫦娥

告诉我　你想告诉我什么
那一抹蓝天
飘浮着彩云
还有枝头的喜鹊
不断对着我喳喳地叫

告诉我　你想告诉我什么
那一座青山
像一位故人
远远深情望着我，好像在反问
你想知道什么

可以写在墓碑上的诗

一

生于此
葬于此
尽管一生颠沛流离
最终能够叶落归根
也算是人生的一大幸事

二

安静地躺在这里
人们说这就叫做安息
如果说还有什么遗憾
那就是
再也不能为这个世界写诗

三

如果还有什么秘密不能告诉世人

那是因为生前害怕泄露天机

如今真的已把生死置于度外

告诉你

咱们家乡这个地方

真的是个人才辈出的风水宝地

四

由于地处偏僻

这里至今尚未在世上扬名

努力吧,生长在这里的乡亲

当知

地以人闻达,母以子为贵

人在途中

长亭，短亭
古代文人笔下一道靓丽的景致
我想绝非单为多情人泪别而建
而是为过往客旅遮风避雨
歇息劳顿的腿脚而设立

长路，短路
谁不走过无数
终于悟得了一些体会
那就是：人在途中
不宜轻易停留

心
在体内不停地跳动
钟表上的秒针也在不紧不慢地迈动着脚步
别说那是在沿着一个固定的模式转圈
其实是拉扯着时间的衣襟一直在往前走

对不起

撒下希望的种子
谁不愿意让它生根发芽成长开花——
结出丰硕之果
可是希望终是希望
并不能完全变成现实
成功和失败,都可能是最后的结局

我不想预测命运
因为 那里面有太多的不确定因素——
能为自己所左右
但只要努力去追求心中的目标
无论是怎样的结果
我都不会后悔

如果我成功了
我会庆幸自己付出的辛苦没有白费
如果我失败了
我会苦笑一下
诚心诚意对自己说一声
对不起

蒲公英情结

蒲公英情结
绝对不是昨日黄花的寞落
每当想起春日里散落在原野上耀眼的小花
不知为什么就联想起一个个稚嫩的眼睛

啊,蒲公英
你那旺盛的生命力,多么
像变幻的梦
不经意便变成了一朵充满幻想的白绒球

像一母同胞的兄弟姐妹
像同聚一室的同学同窗
当某一天突然发现自己已经长大
于是就互相依依道别
驾着轻风天各一方

命运让各自飘向天涯海角
有的落脚在锦绣繁华之地
有的飘零在荒凉贫瘠之乡
有的不知被埋没在哪股尘沙之中
有的则官运亨通飞黄腾达

人生际遇也许就是这样
何必自怨自艾枉自悲伤
你看当春风化蝶又绿大地的时候
那散落在原野上的蒲公英
又到处开放着金灿灿的小黄花

歇歇吧，人已经走了很久

歇歇吧
人已经走了很久
放下肩上的行囊
靠在路边大树下歇歇腿脚
啃两块干粮，喝几口凉水
然后再继续前走

歇歇吧
人已经走了很久
回望曾经走过的路
是何等的艰难曲折，坎坷险阻
展望前面要走的路
不知会有怎样的经历，不知会有怎样的风景

歇歇吧

人已经登上了山顶

站在峰顶敞开衣服任山风吹拂

坐在危岩以观云霞喜看日出

不知此时心境是一种怎样的开阔

不知是否想写一首器宇轩昂的诗

歇歇吧

我已感到非常劳累，已经力不从心

愁眼望着夕阳已经落在西山后面

人却依然踌躇在途中

仍没有到达目的

仍没有找到归宿

一天又将过去

一天又将过去
夕阳已在用最后的辉煌举行告别仪式
一切都会成为历史
是谁充满着无限的留恋
投去温情的一瞥

晚霞如火
尘嚣散尽
是否想过这一日过得可有意义
当我们悠闲地享受这恬静的黄昏
不知这曾经属于我们的日子
是否会变成永久的记忆

雾霭渐起
暮色渐近
夜的气息神秘而又充满魅力
一日演出的幕布已经落下
让我们面对满天的星光
期待更为灿烂的明日

藏

把痛苦藏起
藏到一个连自己也找不到的地方
尽可咬紧牙关
展现出自己的坚强

把忧伤藏起
藏到一个别人找不到的地方
即使掩埋在野草丛生的山岗
也能妆点那里的荒凉

把悲哀藏起
不要表现在脸上
即使眼里贮满了泪
也应该流向那个叫做心的地方

耳语

那个柔嫩的小嘴
附在我耳边神秘地耳语
她究竟对我说了些什么
不告诉你

那个饱满红润的嘴唇
附在我耳边神秘地细语
手还卷作成筒状
只怕春光泄露

那个耳鬓厮磨一直到老的嘴
附在我耳边故作神秘
已经到了这个年纪
还有什么不可告人
她毫不客气地呛白了我一句
老东西,别自作多情
是因为你年纪大耳朵聋,怕你听不清楚

无足轻重

无足轻重真的是无足轻重
多少时候我们都处于如此尴尬的位置
说有无所谓有
说无无所谓无

由于分量太小
小到可以略去不计
恰如小数点以后两位可以四舍五入
而我恰恰是那个不幸的四

收藏

我的诗里收藏了各种各样的滋味
酸甜苦辣咸麻辛不敢说样样俱全
但敢说足够你调配出人生所有的味道
供你细细品味

我的诗里贮存了各种各样的颜色
赤橙黄绿青蓝紫不敢说应有尽有
但敢说足够你调配出人生的色彩
供你细细描绘

我的诗里装满了各种各样的情感
喜怒哀惧爱恶欲不敢说通通都有
但敢说足够你挥洒人生所有的真情
但愿只是轻轻流泪而不是痛苦失声

我的诗里装满了各种各样的人生
荣辱成败始与终不敢说面面俱到
但敢说足够你仔细观察
那里面或许会有自己的影子

低调

低调

多么舒缓

多么轻柔

那调低了的琴弦

多么流畅

多么内敛

丝毫都感觉不到

打破了这里的静谧 打破了这里正常的秩序

如春风 拂过湖面

泛起微微的涟漪

如细雨 潜入夜色

真正的润物无声

如佳人 披着薄纱

踮着脚尖轻盈地舞

如人生 低调……

那是一种怎样的情致

关注

关注
那是一双怎样的眼睛
那么明亮 那么深邃 那么温情
像闪光的星星

关注
这个世界何处没有关注
是你关注谁
还是谁把你关注

无论关注谁
都是发自内心深处
无论被谁关注
都有被关注的理由

啊 关注
告诉我
你关注什么
什么被你关注

是什么遗落在了人间

是什么遗落在了人间
让你寻找不到
其实大可不必心事茫茫
但愿是把它当成是交给大地

如果遗落的是一粒种子
也许多少年后会长成一棵大树
如果遗落的是一颗宝石
谁拾到不会倍加珍惜
如果遗落的是一份真情
或许已经被收藏在人们的心灵深处
如果遗落的是一首好诗
或许已经被到处传颂

是什么遗落在了人间
那可真的是一种幸运
只要有传承的意义
大地会把它收藏 大地会把它保存
生生不息

相遇李白

唐朝李白
不知道究竟是个什么模样
后人塑造的形象
才高八斗 风流倜傥
只是因为没有留下照片
让人一睹真容
所以不知有何依据
或许是纯属想像

如今 我也来纯属想像一番
如果能够重新安排时空
让我和他同在一个时代
我想我会慕名到长安酒肆寻他
醉里相逢一定是相见甚欢
恍惚中忘记了执手细观真颜
只是在酒醒后才后悔
好不容易千年才能有幸一遇
却为何未能向他讨教如何写诗
反倒是海阔天空 只谈仙……

杨贵妃

听说杨贵妃
当年在马嵬坡并没有死
她被几个神秘人物相救
一叶扁舟
瞒天过海
逃到东瀛日本
我听了这个传说长长吁了口气
她本命不该绝
我情愿相信是真

美人无辜
长恨恨谁
古今所有的美只应成为传奇
不应成为一个凄美得让人流泪的故事
多谢后人见怜
编出如此一个诗一般的结局
足慰生者
足慰悠悠千古之亡魂

沉寂

沉寂
沉寂的都是些什么
没落
都是什么已经没落
红日西沉
唉
我们亲历的实在太多

愁眼四顾
江河日下
秋风起处
黄叶飘落
有多少不堪回首
令人唏嘘
令人惆怅

辉煌过
如今早已失去了往日的光彩
热闹过

如今早已苔满玉阶
门庭冷落
唉
有谁还记得那曾经的繁华

啊
沉寂
有多少不该沉寂的沉寂
啊
没落
有多少不该没落的没落
谁曾问过造成如此不堪局面究竟为什么

沉寂
没落
怎忍心让不该沉寂的沉寂
怎忍心让不该没落的没落
啊
人们在期待着
有担当者横空出世
重现繁华
重现辉煌

舒展

舒展
那是一个多么富于诗意的词

像明媚的阳光下
舒展的花朵
像和煦的春风中
舒展的嫩叶
像柔软的青草上
舒展的四肢
像自由的天地间
舒展的身心
尽兴
尽情
充分地舒展到极致

舒展 舒展到无皱的程度
问问自己
问问他人
如此舒畅惬意
人生能有几次

当一切都成为往事

当一切都已成为往事
当一切都已成为过去
回头再看已去的岁月
那曲曲折折的路上
可曾留下几多唏嘘
可曾留下几多如梦的记忆

渐行渐远的时光
那是一段多么令人留恋的人生历程
历历往事历历在目
犹如繁星闪烁在天际
莫道那片洁白的雪花溶化后再不见了踪迹
请相信 那被它润泽过的土地定会是芳草萋萋

月光下的朦胧童年
彩霞中的故乡小溪
襁褓中的母亲笑脸
依稀中的相偎相依
多少珍贵让人难以割舍
多少真情让人永记在心

当一切都已成为往事
当一切都已成为过去
啊 哪里是我的精神家园
哪里是我最终的人生归宿
我愿把那一切都寄托给夕阳
熔化在灿烂的晚霞里

希望之歌

像枝头含苞欲放的蓓蕾
像碧波里崭露尖尖角的新荷
像邻家初长成的女儿的美梦
像漫漫长夜过后东方喷薄欲出的霞光

希望 多么美好的希望
给我信心 给我期盼

像冰融雪化后长出的新芽
像冬去春来后的万紫千红
像山回路转后的柳暗花明
像走投无路后的绝处逢生

希望 多么美好的希望
谁拥有希望 谁就会拥有未来

像茫茫沙漠里发现一股清泉
像燃尽的灰烬里发现保存的火种
像夜半呱呱坠地新生儿的啼声

像雨过天晴天上出现的彩虹
希望 多么美好的希望
让我们努力去追求 即是是眼含热泪

像野火烧不尽的原上青草
像枯木逢春又抽新枝
像跌倒的人又坚强地站了起来
像留得青山在的认知相信自己会重新崛起

希望 多么美好的希望
莫道它也曾给我们太多的失望
但失望以后 它又给了我们新的希望

泪

一滴水
也是一份滋润
一滴露
也是一种晶莹
即使是一滴眼泪
也千万不要小觑
虽然不可能因为它引发一场洪水
但它的能量
足以滴湿一根火柴
浇灭最后一点火种

一声长叹

一声长叹
贯穿了古今
穿越了时空
若问何以有此穿透能力
应知
当你在读一本中国苦难史的时候

证明自己

不想标榜
只想证明
我想证明什么
我想拿什么证明自己

我想证明这里严冬已去
我想证明这里春已来到
你看冰雪融化的大地已染上了新绿
你看萧索的枝头正在萌动着鹅黄嫣红的蓓蕾

我想证明这里正是生长的季节
我想证明这里的万物是如何的努力
你看眼前的满园春色
是何等的万紫千红欣欣向荣

我想证明到了收获的季节
自己所有的努力都没有白费
你看枝头上累累的果实
都在有力的证明着自己

门，为你敞开

门，为你敞开
为你敞开
门里门外是两个不同的世界
门外阳光灿烂，多姿多彩
门里却是一个遮风避雨的温馨港湾

门，为你敞开
为你敞开
进出自由真的是一种很高的境界
你可以自由地出去
也可以随时回来

门，为你敞开
为你敞开
如果整个世界的门都对你关闭
记住，这里是你的家
这个门会永远为你敞开

门,为你敞开
为你敞开
为你敞开的岂止是门
还有心
还有爱

蔚蓝

蔚蓝色的海洋
蔚蓝色的天空
澄明相映天水一色
啊！多么美丽的一个蔚蓝色的星球

蔚蓝色的远山
蔚蓝色的湖水
我是多喜欢蔚蓝色的深邃、透明、纯净
对我来说还有一个蔚蓝色的梦

生活在蔚蓝之中
是多么令人心旷神怡
即使在大地上种植一朵鲜花
有蔚蓝作背景会更加显得它的绚丽，它的生命价值

轻轻

请用轻轻的风
把他吹拂
那刚刚出土的嫩芽
需要爱的慰抚

请用细细的雨
把他润泽
那刚刚萌生的蓓蕾
需要爱的滋润

请用融融的光
把他温暖
那刚刚破壳的幼雏
需要爱的温柔

请用柔柔的心
把他关注
就像在那婴儿柔嫩的脸上
轻轻的一吻

小路

放着大路不走偏偏要走小路
这样的经历恐怕很多人都有
我不想知道究竟是为了什么
更不想知道这种选择最后都是怎样的结局

走小路的情况几乎人人都有
谁敢保证自己一生走的都是大路
各种各样的小路都有各种各样的风景
各种各样的小路都有各种各样的感受

我们的人生也走过许多康庄大道
但记忆中却保留了更多的蜿蜒小路
告诉我你最难以忘怀的是哪一条
那荒草埋没的曲径在血色黄昏中一直通往心灵深处

小路,记忆中的小路
曲曲折折,高高低低
恰如人生的历程
留下了多少令人难以忘怀的往事

大树

关于树的记忆
谁没有几多割舍不断的往事
要说亲近
谁能比它更为亲近
或许窗内是家
窗外就是和你相依
为你遮荫的大树

啊,大树
谁不愿长成一棵大树
出生时种下一棵幼苗一起成长
结婚时种下一棵小树作为纪念作为爱的见证
幼年时坐在树下看尺蠖垂丝看蚂蚁上树
年老时希望叶落归根魂归故土
多少盘根错节让人忘却了身在哪里
但却让人永不相忘的是根在何处

啊,大树
何处没有大树或是正在成长的大树

无论你人在哪里身在何处
无论你处境如何是悲是喜
即使是人在天涯，孑然一身
大约只有树就在你的左右
与你不离不弃

大树有灵
大树有魂
经历过多少人间风雨
经历过多少世代更替
不为明亡
不为清生
那年轮中隐藏的岁月记录
谁能为之解读

啊，大树
屹立在天地间的大树
如今已经成了一道风景
一个标志
谁说十年树木百年树人
我是多么希望
自己也能成为一棵枝繁叶茂的大树
让心灵获得一个完美的赋形

摇篮曲

雪花轻轻地飘,轻轻地飘
雪花落满了房顶落满了大地落满了树梢
好一个洁白晶莹的琉璃世界
可是世外的桃源人间的童话

清风轻轻地吹,轻轻地吹
送来了温暖送来了凉爽催开了花朵
好一个充满了阳光的大好时节
是谁家的孩子脸上充满了幸福的笑

摇篮轻轻地摇,轻轻地摇
摇落了星星摇羞了花朵摇闭了月
好一个爸爸的宝贝妈妈的心肝
快快闭上眼睛睡一个好觉

妈妈轻轻地唱,轻轻地唱
唱心中的幸福心中的欢乐心中的希望
好一个聪明可爱的乖乖
盼望你在父母的爱抚下茁壮成长

独到

多么勤奋的一双手
别人能做到的你都能做到
别人做不到的你也能做到
有人说这叫努力进取
我看不如说是：
灵巧

多么踏实的一双脚
别人能走到的你都能走到
别人不能走到的你依然能够走到
有人说这叫奋发向前
我看不如说是：
开拓

多么明亮的一双眼睛
别人能看到的你都能看到
别人看不到的你还能看到
有人说这叫目光敏锐
我看不如说是：
超前

多么睿智的一付头脑
别人能想到的你都能想到
别人想不到的你仍能想到
有人说这叫智力超群
依我看不如说是：
独到

印象

春天的印象
像一个可爱的女孩
在山坡上采摘五颜六色的野花
并把它们编成花冠戴在头上
用以装扮自己的美丽

夏天的印象
像一个执着的青年
卷起裤角在蔚蓝银白的海滩边拾贝
在这广阔的天地间
专注地寻找大海馈赠的礼物

秋天的印象
像一对勤劳的中年夫妇
在七彩斑斓的果园里采摘果实
眼里含着幸福的微笑
脸上挂着晶莹的汗珠

冬天的印象
像一个须发皆白的老人
傲立在雪原上苍翠的松柏下面
注视着这个白茫茫的世界
身后是一串深深浅浅曲曲折折的足迹

如梦

芳香如花
美好如诗
在何处相逢
在何处邂逅
即使如云如雾
即使如幻如梦
似乎既可触摸
亦可感知
那朦胧的馨香
那绵长的韵味
啊
别说什么都是想像
什么都是虚构
存在即合理
并非都是梦
这世上有多少并非曾亲眼所见
但却总像一抹不可替代的明丽色彩
始终萦绕在你的身边
不忍离去
如梦
但并非是梦

箫声

箫声幽幽
来自何处
那二十四桥的明月
那三十六坊的歌舞
可曾勾起你遥远的乡愁

箫声幽幽
飘向何处
那孤帆远影的惆怅
那风雪夜归的唏嘘
可曾唤起你曾经的记忆

箫声幽幽
去向何处
那碧海青天的思念
那散落人间的知音
可曾想起天涯共此时

不会

上帝不只是一个人的上帝
如果不是这样
何以称为伟大的上帝
月亮不是
月亮不会为一个人降落
太阳不会
太阳也不会只为一个人升起

钟声

钟声
何处传来的钟声
在这无边的夜空
时大时小
时远时近
震颤着我的耳膜
撞击着我的心灵
总让人不由想起
惊飞宿鸦的寒山寺的夜半钟声
古韵悠悠

何处没有钟声
何处没有飘零
江枫渔火
天涯孤舟
那是一种怎样的感受
惊醒的岂只是一个旧梦
震耳发聩
令人顿悟

并非是只有知音者才能听懂的
钟声悠悠

古寺的梵音
钟楼的钟声
可曾让人产生过共鸣
处境不同
心情不同
听到也是各不相同
阅历越多
感受越深
何只是不断启迪人的
悠悠钟声

酒歌

对酒当歌
人生几何
来
让我们举杯
不为别人
只为我们自己干杯
提前把我们的未来祝贺

醉倒花荫
醉卧沙场
无非都是一个醉字
这里有好酒
让我们乘着酒兴
抒发胸怀
以慨以慷

醉里挑灯看剑
怎知我壮怀激烈
若问都有怎样的梦
善饮者都欲摘星揽月
不想沦为醉生梦死的酒鬼
要做就做酿造美酒的酒神
陶醉天下……

今世,前世

在一个偏僻的大树附近
我似乎找到了自己前世的蛛丝马迹
恍惚中对这个地方有一种亲近之感
朦胧中居然有些说不清道不明的似曾相识

有一种来自遥远的体验
谁承想找到了自己前世的归处
这里总觉得与自己有些渊源
如今仍愿在此存放自己的心情

人生苦短人生如梦
繁华散尽可曾留下几多值得感念的真情
一切都成了过眼烟云在晴空中飘散
生死轮回到头来都愿意相信是真

花谢叶凋不该是一种失落
愿心灵在淡远的平静中返璞归真
愿今世修得个功德圆满
留下一个诗魂超度众生

不想混迹于喧嚣和浮躁的泡沫之中
洁身自好也许是出自本性
遁入山林不是为了逃避
面对现实是想和世俗保持一定距离

静下心来是想认真做一点事情
辛勤耕耘者从来都是甘于寂寞默默无闻
历经苦难是在磨练自己的意志
谁敢说烈火炼真金不是一个真理

既然生在这个时代就该为这个时代增光添彩
随波逐流附庸风雅只能是徒取虚名
只要是不甘心此一生就此沉沦
智慧的种子也许会在某个偏僻处长成一棵挺拔的大树

祝贺我的失败

朋友拿了一瓶老酒
来到我的面前
和我面对面坐下
斟了两杯
朗声说道：
来，祝贺你的失败

只见过祝贺成功
还没听说过祝贺失败
我的这位朋友
就是不按常规出牌
面对这样的尴尬
心中只有太多的苦涩和无奈

失败是成功之母
谁在成功之前没有经历过一次又一次的失败
人在这个时候
最需要找回信心
最需要安慰鼓励
最需要雪中送炭

当我想到这里
便毅然将酒杯端起
不论是苦酒甜酒
我都会一饮而尽
来,干杯！祝贺我的失败
失败未必是坏事
我会继续努力
重新开始
从头再来

一百年后

我愿用一年的生命
换取一百年后一天的时光
别说这是不等价交换
说实话,我真的非常愿意

我想看看一百年后这个世界
会变成什么模样
我想看看一百年后的人
是如何看待我们生活的这个时代
是如何评价我们这个时代的人
我想看看希望中的万世流芳
是否真的能够流芳
我想看看希望中的永垂不朽
是否真的不朽
我想看看我用心血凝成的诗
一百年后是否还有人读……

不是终点

在一个被称作终点的地方
其实包含着两层意思
像道路边的里程碑
既包含一段路程的结束
又包含另一段路程的开始

在一个被称作结束的时刻
其实也含有另一层意思
像午夜时响起的钟声
既标志一天的过去
又标志新的一日的开始

在一个被称作终结的地方
其实也有不同的解释
像标点中的句号
表示一段意思到此为止
新的一段故事从此开始

即使是

一

即使是他支配着每个人的一生
不管是你满意还是愤怒
神坛上依然给他保留了一个位置
人们仍敬畏地称他为命运之神

二

即使是此一生终了时还能转世
我也会转变成另一个人
即使是生前练就了一双望穿秋水的眼睛
也很难看清楚两者之间有什么联系

三

即使是人生的必由之路
都知道有始必然有终
但愿终了时心胸坦荡
但愿此一生无悔此生

四
即使是坦然的面对此生
也只是在时光中短暂停留
不要问我们从那里来又去往何处
这样的问题没有人能给你一个满意的答复

五
即使是此一生是我的敌人
也不愿他下辈子有我今生这样的经历
怀着一个向善的美好心灵
但愿来生人人都能当个好人

六
即使是人生总在苦难中挣扎
也不愿轻易地了此一生
人们对不可知的另一个世界并不向往
相反的有多少人心里面充满着恐惧

七
即使是人的生命已经到达终点
也不该切断他对未来世界的幻想
那是一种真正的残酷
就是把那一点最后的希望变成绝望

八

即使是此一生不相信鬼神

即使是此一生不相信因果报应

留一个希望给将要离开这个世界的生灵

不必坚持己见一定要否定另一个世界没有天堂只有地狱

九

即使是已经离开了这个世界

也会怀着无限的留恋高高站在云头

冥冥中祝福活在世上所有的人

只因为自己曾经活过 曾经有过人生的欢乐和痛苦

十

即使是跨过了阴阳界上的奈何桥

即使从此再没有了死亡的痛苦和恐惧

即使是超脱了凡尘不再有凡心

但还想说一句话就是

敬畏生命

心愿

自己给自己一个机会
让自己重新审视自己
跳出三界之外从远处看
我懂得旁观者清这个道理

人们都说文如其人人如其文
原来自己的形象是由自己塑造而成
追求完美未必真的那么完美
只希望自己无愧于心

尽力做好自己想做的事
让人生如诗诗如人生
平凡的人生只希望在平凡中做出不凡的事来
然后心满意足牵着爱人的手慢慢老去

赠诗

纸上耕作
笔端成文
告诉我梦笔生花是怎样的迤俪
你
踏遍青山归来的诗人

山河如梦
凝成的居然都是晶莹
告诉我你的灵感来自何处
那阳春白雪的高雅
那高山流水的韵律

浅吟低唱
岂不也是一种人生得意
告诉我你是如何提炼出那么多闪光的诗句
作为礼物
赠予世人

梦里情怀

梦中的一朵奇花
竟然开到了梦外
你看花园里那朵带露的玫瑰
居然和梦中的是镜里镜外

梦中捕捉的灵感
美丽的简直像是一只色彩缤纷的蝴蝶
我小心翼翼地把它装进诗里
居然带到了梦外

梦中制作的盛宴
竟被搬到了梦外
朋友们请各就各位
让我们共享这精神大宴

梦中演绎的故事
居然延续到梦外
让我们继续我们的梦想
在阳光下实现我们的梦中情怀

愿望

多少人希望身后永垂不朽
多少人希望身后万古流芳
你看古往今来多少石碑上面
都堂而皇之镌刻着这种美好的愿望

为了做个能否永垂不朽的试验
我想把自己埋藏起来
有人说这样做会触犯法律
属于一级谋杀．属于殉葬

既然不允许就另想它法
于是我把我写的诗集全部埋入地下
那是我一生的心血凝聚而成
按照酿酒的说法叫做窖藏

一百年后打开似乎等不到那个时候
五十年此生也未必能赶得上
最好是三十年最为适宜
时不待我怎忍心让人徘徊在生死界上

三十年后我从地下挖出自己的诗集
发现很多赶时髦的诗并没有历久弥香
经历过岁月的考验不少都已短命夭折
只有少数依然闪烁着光彩散发着芳香

我于是又把剩余的诗进行埋藏
想看看再过三十年后又会是个什么模样
人们都说三十年河东三十年河西
这世事的变迁其实真的是对能否永垂天地
之间最大的考量

过客

从这里经过
莫把自己当成只是一个
来去匆匆的过客
如果有人问你
既然从此经过
一定会留下些什么
一定还会带走些什么

如果我是春雨
我经过时会把这里的土地滋润
如果我是春风
我会绿遍这里的田野
我不遗憾我只是个诗人
我从这里带走了美好的灵感
我给这里留下了赞美的诗歌

隐

在最辉煌的时候
像璀璨的星星
悄然在晨空中隐去
再也找不到踪影
在最美丽的时候
像如花的彩蝶
悄然在花丛中消失
再也觅不到去处
啊!
是谁?
在最美丽最辉煌的时候选择隐去
真不知是一种怎样的心思
也许
所有的选择都有它自己的理由
但愿留给这个世界的是最美的形象
不忍让人间看到美丽辉煌
是如何凋零,暗淡,老去

喜欢攀登

喜欢攀登
喜欢攀登
喜欢攀登到那至高的境界
喜欢攀登到那从未有人到达过的领域

勇往向上
实乃此生的抱负
总想站在峰顶
去亲吻蓝天
去抚摸白云
去俯瞰天下
去摘一颗闪烁的星星
顺便还想问：
此去天堂还有多远的路程

只因有梦

人的一生做过多少个梦
谁曾做过精确的统计
其中有多少已经破灭
有多少已经梦想成真
又有多少依然还在梦中
啊
梦
多少希望破灭之后
又会产生新的希望
多少旧梦破灭之后
又会产生新梦
无论生活多么无奈
无论现实多么残酷
令人感到欣慰的是
我们始终有希望
始终有梦

莫非

那是谁在受苦
让人顿生恻隐之心
模样似曾相识
仔细看看吧
难道是故旧

那是谁在受难
让人感同身受
模样不太真切
仔细看看吧
是否是亲人

那是谁在受罪
让人犹如身临其境
模样是那么熟悉
仔细看看吧
莫非是自己

尊重

不要轻易地肯定
也不要轻易的否定
一切公正的评价
都应已经过深思熟虑
多少人曾经有过多少轻率
并不完全是因为年轻
因为无知
而是因为不够慎重

学会尊重
学会尊重今人也要学会尊重古人
学会尊重别人也要学会尊重自己
啊,尊重
懂得尊重真的是一种很优秀的品质
如果只是懂得尊重有身份的人实在算不得什么
如果能尊重比你身份低的人
那才是真的懂得尊重

轨迹

我常常在心里想
人生
究竟该留下一条怎样的轨迹
才能够堪称完美

或许
像暗夜一颗闪亮的流星
划出一条优美的曲线
然后消失在不可知的某处

或许
经历了人生所有的经历
最后善始善终
完成了一个宿命

或许
追求一个圆满
像圆规划的那样标准
没有留下任何憾事

或许
用一生的时光去开创去奋斗
身后留下一串深深浅浅的脚印
成为了人间一道靓丽的风景

关于如果

我真的不敢再"如果"了
尽管这两个字不具危险性
如果就这么一直"如果"下去
我担心
什么样的情况都可能发生

我真的不敢再"如果"了
因为"如果"
包含了太多的可能
不仅仅是假设
而且具有颠覆的性质

我真的不敢再"如果"了
尽管这两个字具有很大的操作性
历史都可以重写
山河都可以重整
但那都是美好或不美好的想像,无法撼动
已经铸成的事实

悄悄

悄悄地来
如雾
没有引起任何的惊动
那脚步
那身影
总是一个轻轻

悄悄地去
如云
没有引起任何注意
那离去
那隐没
总是一个无声

悄悄
无论是如雾般出现在你的面前
还是如云般离去留下一片晴空
都在悄悄中进行
啊,无论是悄悄地来还是悄悄地去
其中有多少充满了画意诗情

流

装在时光里的岁月
无时无刻不从身边流过
莫说那是一种逝去
留下了多少往事任人评说

装在漏斗里的沙子
从不改变它流动的性格
只要给它一个出口
莫怨它没有留恋没有顾盼

装在容器中的流水
安静地不起一丝波纹
莫说它已经听天由命
当知不废江河万古流

装在内心里的忧愁
最忌凝成一块沉重的石头
但愿能有春风化雨的欢乐
能给我一片晴朗的天空

一边

一边是海水
一边是火焰
啊,多么悲惨
我们总是被夹在水火之间备受熬煎

一边是春日
一边是冰雪
啊,多么伤感
我们总是在不断体验着人间的冷暖

一边是光明
一边是黑暗
啊,多么尴尬
我们恰恰生存在天堂和地狱中间

一边是甜蜜
一边是苦涩
啊,多么不幸
我们总是在不断品尝着人生的苦与甜

诗 情

一边是现实
一边是梦幻
啊，多么无奈
我们总是生活在虚实之间

誓言

庄重的誓言
因为庄重
所以必须
把它安置在一个与它身份相符的去处

挂在嘴上
显然不够严肃
写在纸上
真的害怕遗失
刻在石上
又担心风吹雨打日久变得模糊

啊，誓言
最宜刻在心上
让那庄严的承诺
与生命同在
和生死与共

一根红线

用一根红线
把该串起来的都把它串连
不让它丢失
不让它散乱
如一串珍珠
如一串茉莉
如一串如星光闪烁的梦幻

啊,一根红线
串连起来的都些什么
一串吉利
一串硕果
一串记忆
一串历史
一串红色的纪念

一根红线
红得耀眼
红得灿烂

仔细想想
我终于明白
为什么月下老人千里姻缘
一线牵时都要用红线

啊，红线
谁心中没有一根红线
串起了正气
串起了人生火样的片段
串起了纯情，串起了真爱
即使串起的是一串眼泪
在阳光下也会闪烁着宝石般的光彩

暗自

暗自流泪
为谁？谁为？
是别人为我流泪
是我为别人流泪
还是我自己为我自己流泪
那么动情

暗自叹息
为谁？谁为
是别人为我叹息
是我为别人叹息
还是我自己为我自己叹息
那么深沉

暗自惋惜
为谁？谁为
是别人为我惋惜
是我为别人惋惜
还是我自己为我自己惋惜
那么真挚

暗自一笑
为谁？谁为
是别人在笑我
是我在笑别人
还是我自己在笑我自己
那么明智

曾经

我们曾经天真过
天真多么真
只因这一份幼稚
我们付出过多么昂贵的代价

我们曾经单纯过
单纯多么纯
只因这一份生涩
我们尝过多少苦难的滋味

我们曾经叛逆过
挑战着传统
只因这一盲目的冲动
我们付出了多少惨痛的教训

我们曾经轻信过
究竟信了谁
只因这一份轻率
我们走过了多少的弯路

我们曾经迷恋过
迷恋过什么
如今回过头来看
我们付出的大好时光到底值不值

幸运

纯系偶然
绝非必然
恰如古时彩楼上的小姐
闭上双目默默祷告抛下绣球
不知道能砸住楼下拥动着的哪个人的头

有人说
抛绣球者的结果
叫命运
抱得美人归
叫幸运

我的生命

我的生命
代表着我的生命
我的名字
代表着我这个人
但谁能说
我的生命中没有父母的血脉
没有祖先的基因
但谁能说
我的名字里没有父母的希望
没有祖先的传承
无论我在这个世上做了些什么
一定会有人说
那是谁谁的后人
就是他让他的先辈荣耀
或是让他的父母耻辱

我的命运
就是我的命运
我的作为
就是我的作为
但谁能说
我的命运没有和国家的命运相关联
没有和民族的兴衰相联系
但谁能说
我个人的作为和国家的荣辱无关联
和民族的声誉无联系
无论我在这个世上做了什么
一定会有人说
那是一个中国人
是他，成为了他的民族的骄傲
是他，让他的国家蒙羞

活法

每个人都有自己的经历
都有自己的欢乐
都有自己的伤痛
欢乐可以与人共享
而伤痛
却无人可以代替

每个人都有自己的感受
都有自己的苦涩
都有自己的甜蜜
甜蜜可以与人同甘
而苦涩
只能留给自己

每个人都有自己的活法
都有自己的世界
都有自己的生活方式
休说谁优谁劣
莫道孰是孰非
一切都让事实去印证

每个人都有自己的价值
都有自己的品性
都有别人身上不具备的东西
不可复制
无法代替
这也许就是每个人在这个世界的真正意义

纯金

抖去落在身上的尘土
在这个尘世
说什么尘归尘来土归土
谁能让自己始终保持
一身正气
两袖清风

擦去身上的腐蚀
不让它生锈
无论是铁锈
还是铜锈
把自己当做是一块纯金吧
你应当有这样的品性

温暖

无论把它放到什么地方
都会感到非常合适
无论把它放在什么时候
都会受到非常欢迎
无论把它当作一种收获
都是一种特别的欣慰
无论把它当作礼物
也是一种最好的馈赠
啊
鸟语花香
春意融融
即使把它装在心里
也是一种人生享受

紫气东来

紫气东来
紫气西来
我不介意它来自哪里
只要能够在此凝聚
便会给这里带来润泽
带来吉祥

喜气南来
喜气北来
我不在乎它来自何方
只要能够在此降临
便会给这里带来幸福
带来欢乐

清气上来
清气下来
我不在意它的身份
只要能够春风和煦
这里便会是欣欣向荣
百花盛开

正气何来
正气来何
我不想知道它的出处
只要清正之气充满这个时代
这里一定会是朗朗乾坤
清平世界

心仪天下

参透人生
阅尽天下
走天下
始终迈着坚定的脚步
观天下
一直带着希望的目光
心仪天下
天下者天下人的天下
敢问自己
此一生都为这个世界做了些什么

志向

小时候没有见过世面
总是依偎在母亲身旁
此时最大的愿望
是长大后壮我乡梓
造福故乡

初长成时
拓展了目光
此时的一腔热血便是
奉献青春
为我国家

及至长大
便有了更大的胸怀
多少人立下雄心壮志
要为这个世界
做出自己的贡献

柏林墙

柏林墙
那个曾经的存在
隔开了一座城市
分成了两个世界
光明和黑暗

一个追求光明者
正冒着生命危险
在试图逾越过那高高的墙
而墙的守卫者
虽有恻隐之心
却无法拒绝射击的命令
只是把枪口抬高了三寸
啊
上帝的子民
慈悲的心肠

点缀

我想把一颗小小的星星
作为装饰
缀在自己的胸前
即使权作是一枚纽扣
也能体现出自己身上的闪光处

我想把一颗小小的星星
装进自己的心中
在那个至关紧要的地方
如果有星星的照耀
该是多么的磊落、光明

我想把一颗小小的星星
作为生命之光
缀在黑色天鹅绒般的夜空
我不在意它的大小
只要能和满天的星光相辉映

至高的境界

怀着一种虔诚
洗净自己
像古人那样
先沐浴斋戒之后
再去参拜心目中的圣者

双手合十
赤着双脚
小心翼翼
一步一个台阶
直至登上那个至高的境界

十分诚恐
十分庄严
人在此时
多么像一个信徒
多么像一个领取圣餐的小孩

狄金森

生前默默无闻
谁知道你是谁
身后誉满全球
啊,狄金森
一个美国女诗人
谁不知

生前未曾享受过鲜花、掌声
平静中抒发真情倒也从容
如今真的是功成名就
不知道逝者是否地下有知
一生辛勤的奉献终有回报
虽不是生前却是身后

啊
切莫说你是绝无仅有
这个世界太大
说不定
我说的是说不定
说不定像你这样的人今后还有

大写意

浓墨重彩
泼洒胸怀
人生难得有这样的时候
天马行空
笔走龙蛇
纸上留下煌煌的墨迹
神来之笔写下的是志存高远
那种超脱
那种境界
真的是流着奇光
溢满异彩
彰显着生命的辉煌灿烂

中心和心中

.

是在中心
还是在心中
我深信
总有一份神圣
始终竖立着一杆
在猎猎风中飘扬
令人仰望的旗帜

曼德拉

无论是黑人还是白人
无论是敌人还是朋友
如果都能向你表示敬意
如果都能对你由衷赞许
那么你一定是一个老百姓中的圣人
那么你一定是一个政治家中的君子
不提倡仇恨
不宣扬报复
而是主张和解
主张宽容
啊
曼德拉
黑色肌肤给了你人生的意义
伟大的灵魂体现了你生命的价值

恻隐之心

似水年华
春去春来
看过了太多的繁华
也见过太多的无可奈何花落去

从不忍踏树下的落英
不仅仅是对凋零怀有的一份尊重
或许还有一种莫名的恻隐之心
因为
因为我们自己也会有这样的时候

花事了时

荼蘼开尽
花事了时
是否已是冷落清秋
心中频添几多寒意

往事往矣
曾经的都是经历
生命曾尽展过辉煌
隐忍中应当耐心等待未来那个更加灿烂的春季

穿越

如果能够穿越时空
哪怕是只有一次
我想我不会去往未来
因为太过陌生
我会感到孤独
我愿回到过去
最好是曾经的大宋
我想会一会苏轼
和他说佛论道
和他谈诗评词
和他推杯换盏
和他共话人生
酒酣时
动情处
高歌一曲大江东去
同吟一阕明月几时有

春秋吟

伤春
明清淑女的情怀
悲秋
唐宋士子的感慨
触景生情
多愁善感
写尽了世间的炎凉
写尽了人间的悲欢

伤春
至今已无春可伤
悲秋
至今已无秋可悲
所有的悲凉都已被古人写尽
如今只剩下了
春之灿烂
秋之辉煌
供今日之文人雅士挥洒情怀

安魂曲

那个被称作天堂的地方
大约确是个极乐世界
你看所有去往那里的灵魂
没有一个再回归故乡

如果有人去往天堂
请不要为他流泪为他悲伤
因为经历了人生艰辛
从此便不再有人间的烦恼

带着无限的留恋
去向那永久的欢乐
解脱者在升华的路上走向永恒
只需把安魂曲轻轻地唱

曹操

独立高处
傲视天下
真正的前不见古人
后不闻来者
念天地之悠悠
竟再无人
与之青梅煮酒论英雄

从古至今
任人围观
任人褒贬
任人品评
我还是我
是非功过
哪在意说什么人间自有公论

交融

西风东渐
紫气东来
那是一种怎样的碰撞
气象万千
风云际会
那是一种怎样的邂逅
彼此交流
融会贯通
啊
新的气象
新的风气
人在其中
会生发出怎样的风景
会演绎出怎样的故事

随想

唐诗中的牧童
时隔一千多年
如今依然坐在牛背上
在纷纷雨中向人遥指杏花村的方向
一点都没有长大

宋词中的丽人
经过了多少岁月
一如当年典雅、貌美、多情
一点都没有变老
风情却是依旧

不由想到了驻颜有术
不由想到了定格时空
如果能把所有的美好都保存进诗中
岂不能够成为永远
岂不能够成为永恒

中国人的灵魂

梦里
遇到一个白发老人
他说他能看清我的灵魂是什么组成的
问我是信还是不信

我有点迟疑
却又不敢不信
连忙躬身一礼
愿听智者教诲

他说铸成你灵魂的成份
有儒，有道，有释
随着时代的开放
甚至还新添了基督的因子

真正的一个高人
让我佩服得五体投地
作为一个现代中国人的灵魂
谁不如此

所见所感

在中国
大城市
小城市
何处不见美国的因素
麦当劳
爵士乐
牛仔裤
早已深入到人们何止是生活里
无论谁喜欢不喜欢
大势所趋
焉知不是幸

在美国
大城市
小城市
何处没有中国的影子
中国人
中国味
中国物

早已成为司空见惯的寻常事
无论你愿意不愿意
世界大融合
未必不是福

最后一个人

如果世界上只剩下最后一个人
恕我私心太重
我真的不愿意那个人是我
尽管到那个时候
我真的拥有了这个世界
但我
实在受不了这个世界的寂寞

擎旗者

擎旗者
你是谁
无论是什么时候
你总气宇轩昂
把旗帜高高举起
走在队伍的最前头

在猎猎的风里
你总是引领人们向前
在枪林弹雨之中
你总是率先冲锋陷阵
把旗帜插在血染的阵地
把旗帜插在高高的山顶

舍利子

化作一缕青烟
也是一道人间的风景
化作一片白云
溶化在蔚蓝的晴空

化作一滴泪雨
也会滋润一片土地
化作一阵轻风
也会催开花朵无数

化作一只彩蝶
也会在花丛上翩翩起舞
化作一抔黄土
也会培育新的生命

化作一种精神
也会浩气长存
化作一颗舍利子
那岂不是人间天上闪光的星星

感慨

人间有几多颜色
赤橙黄绿蓝白黑
构成了丰富多彩的人生

人间有几多感情
喜怒哀惧爱恶欲
其中有多少都发自内心

人间有几多滋味
苦辣酸甜涩与辛
演绎成了多少人间百味

人间有几多经历
顺逆曲直祸与福
留给人的常常是一声深沉的叹息

人间有几多面孔
善恶真伪虚与实
请问你愿有一付怎样的面孔

轻抚

轻轻地抚摸
那么温柔
谁?
——母亲

轻轻地抚摸
那么深情
谁?
——爱人

轻轻地抚摸
那么悲悯
谁?
——上帝

飘然

一缕淡淡的幽香飘然而来
那种高雅的韵味真的是沁人心扉
当我不由觅踪寻去
却发现
不远处的阳光下
有一棵正在灿灿开放的桂花树

一阵隐隐的乐曲飘然而来
那种优美的旋律真的是令人心旷神怡
当我不由觅踪寻去
却发现
在窗外的月光下
谁在动情地演奏着一支委婉的小夜曲

一只翩翩的彩蝶飘然而来
好像在我周围寻觅花丛
当我不由觅踪寻去
却发现
我想念的那个人不知何时
捧着一束玫瑰已悄悄立在我身后

遐想

我喜欢遐想
想必你也一样
那绝妙的愿景
那美好的想象
真的是诗一般的享受
梦一般的徜徉

坐在窗前
托腮凝望
面对无限风光
春心怎能不在柔风中荡漾
站在岸边
瞭望远方
清净致深
宁静致远
那天水一色的彼岸不知是另一番怎样的景象
躺在草地
仰望天穹
那闪烁的星星
好像在邀我把宇宙探访

啊，遐想

思绪无边

任我遨游天地

情丝长长

任我编织希望

用金光四射的朝霞

用梦幻色彩的极光

境界

希望
其实也有境界
比如说
有的人总希望得到什么
也有的人
总是希望自己多对这个世界做出奉献

放飞

放飞的蝴蝶
从轻轻捧着的手中飞出
无论是一种怎样刻骨铭心的经历
总算是又可以飞向花丛

放飞的白鸽
展翅飞翔在蔚蓝的晴空
这是一种怎样的自由
这是一道多么美丽的风景

放飞的风筝
扶摇直上飞向天空
多少放飞其实还要收回
别忘了它身上还有一根牵引的细绳

放飞的希望
难得有这样的时候
但愿也有一双搏击长空的双翅
闪耀在霞光满天的灿烂中

是谁

七声
哆来咪发梭拉西
这寻常的声阶
谁人不会
可是,又是谁
用他过人的智慧
编写出了最优美的乐曲
流传于世

七色
赤橙黄绿青蓝紫
这平常的颜色
谁没用过
可是,又是谁
用他灵巧的双手
描绘出了最美好的图画
供人赏识

七情

喜怒哀惧爱恶欲

这一般的情感

谁不曾有

可是，又是谁

用他超凡的激情

演绎出了一段段最感人的故事

让人动容

七味

酸甜苦辣咸麻辛

这普通的味道

谁没尝过

可是，又有谁

独出心裁独具匠心

烹制出人间最难忘的滋味

供人回味

默默无闻

你说
你甘于默默无闻
不愿显山露水
不求闻达
不图出名
勤恳做事
低调做人
安安生生过自己的生活
踏踏实实过自己的日子

你说
你甘于默默无闻
不愿显山露水
虚名太虚
图名太累
埋头苦干
积累底蕴
做自己想做的事
写自己应写的诗

你说

你甘于默默无闻

不愿显山露水

是啊

多少默默无闻的人

不显山

山一样有自己的高度

不露水

水一样有自己的深邃

路边的电线

漫漫长路
茫茫逆旅
蜿蜒在空旷的原野
不见村舍
不见绿洲
寂寥处
甚至连个遮日避雨的树荫都没有
啊
多么单调
多么孤独
只有身旁的电线杆一路相随
相随的还有杆上的一根根电线
点缀着这里的风景

人在途中
可有驿站
天涯路上
可有为迁徙的候鸟,扑食的春燕
随处安置一些歇脚处

啊
且莫说是兼顾
无论是有心
还是无意
毕竟是做了一件功德无量的事
你看那些落在电线上休息的鸟
叽叽喳喳叫着
它们知道用自己的方式表达心中的感激

寻找美

寻找美
寻找美好
别说在喧嚣与浮躁中难以寻觅
莫道在虚无与庸碌中无法找到
现实把我们置于生活之中
期盼却把我们提升到日常之上
应知
在漫长的日子里
美从来就没有缺席
它始终在场
让我们愉悦
给我们希望
啊
朋友
你应当有一双发现美的眼睛

真实

用柔软的舌头
舔舐
生活的味道
不知会发出怎样的感慨

用真情的眼睛
触碰
现实的硬度
不知会生发出怎样的感受

所谓切身体会
必定和想象存在着巨大的差异
想象永远比现实精彩
现实永远比想象真实

留住瞬间

留住那一份稍纵即逝的瞬间
即使是一片随风飘散的彩云
人间有多少短暂的时光
都会成为难忘的记忆

留住那一份稍纵即逝的邂逅
即使是一只飞过粉墙的蝶影
人生有多少风云际会
到头来都会幻化成一种美丽

留住那一份稍纵即逝的灵感
即使是一只小小的流萤
那需要何等敏捷的身手
才能把它安放进自己的诗中

留住那一份稍纵即逝的闪光
即使是一颗划过夜空的流星
莫道那闪光仅只是一闪
应知多少这样的闪光却成了一道靓丽的风景

瞬间

瞬间
多么短暂
有时短得甚至来不及细看
便已如彩蝶飞过粉墙
再也觅之不见

瞬间
我们经历过多少这样那样的瞬间
有的转眼即逝
有的似灵光一现
却给人留下了多少思念

瞬间
其中有多少个令人期盼
有的是那样美好
有的是那样光彩
有的甚至会给人留下不可磨灭的印象

瞬间
多少瞬间让人难以忘怀
盘点一下我们自己的身世
其中有多少美丽着我们人生
恰似那浩瀚的夜空中星光点点

选择

不同的环境
不同的气候
不同的景致
不同的风情
这世界有多少不同
但得夕阳无限好
供你领略
供你感受

不同的方向
不同的道路
不同的活法
不同的追求
休说总有一样适合你
一日观遍长安花
任你选择
任你去走

脚踏实地

相对于飞翔的高度
我以为
脚踏实地更为重要
因为
无论你长没长翅膀
最终双脚都还是要回落到地上

关

山海是关
嘉峪是关
雁门是关
居庸是关
仅一个万里长城
就经历过多少金戈铁马
就有过多少个关

玉门是关
阳关是关
大散是关
铁门是关
仅一个丝绸路上
就有过多少烽火狼烟
就有过多少人间悲欢

武胜是关
汉阳是关
韶关是关

友谊是关
仅一个南下途中
就会有多少出生入死
改地换天

口也是关
牙也是关
生也是关
死也是关
仅一个人生路上
就会有多少这关那关
等待着人们挥马扬鞭

赠诗

跳出三界外
不在五行中
独步天下者
敢问是何人

为你

轻风为你而吹
你,含苞待放的蓓蕾
那种温柔的抚慰
为的是启开芳心

细雨为你而下
你,遍及天涯的绿茵
那种对甘露的渴望
岂止是润物无声

飞雪为你而飘
你,森林深处的小屋
那种梦幻般的飘洒
多么像一个童话中的场景

弯月为你而升
你,孤独中的行人
在那漫漫的长夜
为你照亮脚下的路

忆念

一缕春风
拂过我的脸颊
拂过新绿的细柳
已不见了去处
但那无限的温柔
总在我的忆念中

一只丽影
飞过我的身边
隐进浓浓的花荫
便已没有了踪影
但那人间的美好
总在我的记忆中

一股清泉
从我的面前流过
曾映照过我的面容
曾净化过我的身心
我把青春的花瓣撒入水中
让它随流渐渐远去

一段真情
不由得从眼里涌出
跌落在尘埃之中
再也不见了踪影
但那所有的心路历程
点点滴滴都在忆念中

仰望星空（一）

仰望星空

在儿时的夏夜

当年你也数过吗

一颗两颗三颗……

闪闪烁烁

明明灭灭

怎么都数不过来

天真的年代

连梦都流光溢彩

多么想像捕捉流萤那样

站到最高的地方摘下一颗星星

与玩伴们比

谁摘的最大

谁摘的最亮

仰望星空

星汉灿烂

儿时的梦

也在岁月中长大
那摘星揽月的愿望
至今依然在心中闪烁
至今仍让人浮想联翩

仰望星空（二）

仰望星空
谁没有过这样的经历
若是问我
何止一次

记忆最深刻的一次
是和你
坐在野花遍地的草地之上
仰望星空

原野空旷
万籁无声
两个人的世界是如此阔大
阔大的还有我们的心胸

与天地对话
和星月交流
在这个浩瀚的宇宙
多么希望自己也能变成一颗星星

仰望星空
难得有这样的雅兴
你都看到了什么
你都想到了什么
无论是希望还是憧憬

别说宇宙太大
我们只是其中的一粒微尘
别说我们太小
整个宇宙都在我们的心中

碎片

遍地黄叶
谁有如此柔情
一片片小心拾起
助它回到根处
完成自己的宿命

遍地落英
谁有如此耐心
一片片小心拾起
助它重返枝头
重新展现自己的美丽

遍地碎片
谁有如此好心
一片片小心拾起
让破镜重圆
或者是拼凑成一件雅致的青瓷

遍地碎屑
怎么碎成了这个样子
即使有多情人帮忙
拾也拾不起来
让人如何去拼凑一个曾经的旧梦

站

一根柳木棍子
被命运安插到了地球某处
它孤傲地站在那里
像一颗钉子
挺直着腰身
任凭风来雨去
如果没有特殊变故
说不定会一直那么站着直到老死

那根柳木棍子
不知道已经在那里站了多久
我说不清是不是一种执着
我说不清是不是一种坚守
最终它不单在这里扎下了根
还功德圆满
站成了一棵风姿绰约的大树
成了一道美丽的风景

总想留下点什么

总想留下点什么
给这个地方
但愿留下的不仅仅是脚印
而是刻骨铭心的印象

总想留下点什么
给自己的故乡
但愿留下的是一份精彩
以壮桑梓的山河

总想留下点什么
给这个时代
但愿不是一个来去匆匆的影子
而是一个用血肉之躯铸成的高大雕像

总想留下点什么
给这个世界
作为一个诗人
愿用一生的心血写出真情的诗歌

总想留下点什么
给这个社会
我真的不想此一生碌碌无为
最终化作了飘散在晴空中的烟云

依旧

时过境迁
物是人非
说什么往事悠悠
都在时光中渐渐淡漠
都在岁月中渐渐远去

消磨的早已消磨
珍贵的依然珍贵
难忘的依然难忘
凋零的早已凋零
有的发黄
有的蒙尘
有的变旧
有的生锈
别说过去的都已经过去
亲爱的朋友啊
当知多少真情
多少厚谊
至今依旧的依然依旧

记忆中

记忆中
那个在海边沙滩上拾贝的人
可是印象中曾经的你
光着脚丫
挽着裤腿
在落日的余晖中捡拾大海的馈赠

记忆中
那个在草原上采集鲜花的人
可是印象中曾经的你
多么阳光
多么青春
不知采集的那么多美丽是献给谁

记忆中
那个在月夜中捕捉流萤的人
可是印象中曾经的你
手执捕网
揣个小瓶
不断把那闪光的精灵置于自己的诗中

记忆中
那个在田野上拾穗的人
可是印象中曾经的你
戴个草帽
跨个篮子
不断地把那些不该遗失的拾起

柔肠侠骨

风和日暖
嫣紫姹红
好一派春光春色
休言东风无施展处
只是吹皱一池春水
轻拂了依依杨柳

温柔乡里
处处皆是温柔
莫道儿女情长
英雄气短
当知凡有柔肠处
定然隐有侠骨

曾经

曾经
即是过去
是啊
我们谁没有遗下太多的曾经
那迢迢的悠悠往事
都尽含在其中

曾经经历的
并没有被完全记住
该忘记的并没有被完全忘记
该记住的并没有被完全记住
只有那些刻骨铭心的记忆
始终闪耀如星空

休多言曾经
那一去不返的流逝
士人难说往日艰
英雄不谈当年勇
一言以蔽之
曾经……

无法剔除

甜蜜中的苦涩
欢乐中的痛苦
成功中的失败
幸福中的艰辛
都不是一种单纯的滋味
此中有彼
彼中有此
绝不像鱼刺
绝不像排骨
只把美味吞下
却把与之共生的其他滋味剔除

放大

把小猫放大十倍
或许会让人误以为是只老虎
把蝙蝠放大百倍
或许会让人误以为是只大鹏
把壁虎放大千倍
或许会让人误以为是只恐龙
把细菌放大万倍
啊
那是一个什么新的物种

依然如故

经历过那么漫长的岁月
经历过那么凄厉的风雨
经历过那么残酷的反复
经历过那么不堪的变故
如果能保持依然故我
如果能保持完好如初
那可真的是太不容易
那可真的是不幸中之大幸

依然如故
请问都是什么依然如故
绿水青山
人情世故
心中的爱
人的本性
多么完整的延续
多么美好的一脉相承

你让我

你让我听到的
是不一样的声音
尽管并不一定动听
但却震耳发聩

你让我看到的
是不一样的风景
尽管并不一定美好
但却耳目一新

你让我品到的
是不一样的滋味
尽管并不一定是一种享受
但绝对是一种全新的体会

你让我触到的
是不一样的感觉
尽管并不一定震撼
但却深深地触动了灵魂

带来

他为这里带来了一朵玫瑰
在这严寒的冬季
谢谢
尽管只有一朵
但大家都分享了它的艳丽
它的芳菲

他为这里带来了一支蜡烛
在这漆黑的夜里
谢谢
尽管只有一支
但大家都看到了希望
看到了光明

他为这里带来了一份欢乐
在这寂寞的时候
谢谢
尽管只有一份
但大家都分享了喜悦
分享了欢欣

轨迹

交织着经纬纵横
融汇着蓝白黄红
那是一种怎样的风景
多彩
那是一种怎样的现实
雅俗
那是一种怎样的交错
贯通
那是一种怎样的恍惚
如梦
每个人都在按着自己的轨迹
有条不紊的各行其路
仿佛在不经意间
充分地展示了自己的个性
让人只想一路追寻
自己的希望而去

寄托

寄托
谁没有寄托
寄托于谁
寄托的是什么

为何寄托
或许是信任
或许是情结
或许是无处安置
或许是一种无可奈何

寄托于谁
寄托的是什么
或许是一粒种子寄托于大地
或许是一只白鸽寄托于蓝天
或许是一个梦想寄托于白帆
或许是一个希望寄托于未来

多年后
当我走遍天涯疲倦归来
心怀忐忑不知寄托的是否还在
当我发现当年寄托的树苗已经长成一片树林
当我发现当年寄托的种子已是一片花海
当我发现当年放飞的白鸽已经成群翱翔在蓝天
我才发现自己真正的寄托是未来

经营孤独

我在经营自己的孤独
不想任其荒芜
生命中这样的时间太多
我不忍让它轻易地随时光流走

人生谁没有太多的孤独
多少寂寞难耐
多少枉自悲苦
可也有人在孤独中默默耕耘
正所谓在迷茫中冷静地寻找前途

如果不把寂寞看成是寂寞
那就不是寂寞
如果不把孤独看成是孤独
那就不是孤独
努力营造自己的精神花园
请看这世上多少万紫千红不是萌生在漫漫的寂寞孤独之中

理解

没有谁比你更理解我
也没有谁比我更理解你
因为理解而相知
因为理解而相惜

能被你理解
是我的福份
能被我理解
是你的幸运
两颗不甘寂寞的心
最终成了惺惺相惜

或许正是因为理解
所以彼此的心都能被解读
无论你我做了些什么说了些什么
互相都能做到理解万岁

生命渴望着被理解
而理解对生命又有着多么重要的意义
在这个孤独寂寞的世界
或许正是因为你的理解才使我对人生更充满信心

无意回避

无意回避
只想面对
无论是艰是险
无论是风是雨
面对无奈的现实
只能是现实的面对

无意回避
也无处回避
那不是我的性格
只想冷静从容面对所有的不虞
只能听从命运的裁决
但绝不说明我已经认命

多少

总觉得生活中多了些什么
那种多余实在是一种无奈
如鲠在喉
欲咽不下
欲吐不出

多余的部分
尾大不掉
不单霸占了有限的空间
还欲主宰人们的命运

总觉得生活中少了些什么
而那少了的部分却时常让人难以满足
我不知道拿什么去填充
去弥补心中太多的空虚

多余的部分真的是多余
不足的部分真的是不足
而那太多的多余和不足
恰恰构成了无奈的现实

无关痛痒

无关痛痒
真的是无关痛痒
原本是不伤大雅,可有可无
却为何
要在这些事上大做文章
下大功夫

世界上有多少重要的事等人去做
却为何
要在无关痛痒处下功夫
难道是为了那点可怜的虚荣
而不惜
耗费天下,赢得一个虚名

隐隐的忧愁

幻觉中的永恒
不会超过生命的长度
明知不可而为之的执着
是否就是人生的刻意追求

总想打乱时空
去构筑一个全新的意境
把那些碎片装进万花筒里
再去看那令人眼花缭乱的拼图

常说无悔此生是否真的无悔此生
总为常乐勉强把不知足说成是知足
试问那笑是否有些不太自然
是否
难掩那飘摇身影里的隐隐忧愁

进退

一只脚已跨进门里
另一只脚还在门外
是谁多事
按下了快门
把这跨门坎的瞬间定格

且不说门坎是高是低
且不说门坎是怎样的分界
只要把后面的脚再跨前一步
便成了门里人
只要把跨入的脚再抽回
便依然是个门外汉

门里门外
进退之间
我们何曾没有过这样的经历
那决定命运的时刻
不知是否做出了明智的选择

期待

活在期待中
那是一种怎样的心情
花欲开尚未开
果欲熟尚未熟
明日比今日更美好
未来比现在更幸福

我们期待什么
那心灵中最美好的希翼
欢乐、幸福、美满、爱情
总让人有一种如饥似渴的愿望
总让人充满着无限的幢憬
并坚信,只要耐心等待
一定会如约而至

当繁星满天
当霞光初升
我们无时无刻都在期待之中
不知道你有没有这样的体会

往往希望得到的甜蜜
比已经得到的甜蜜更甜蜜
往往希望得到的美好
比已经得到的美好更富有想象力

多少期待
都在期待中
你也如此 我也如此
已经得到的未必是最完美的
最完美的永远在期待中
每当想到这里
我们的心跳不由得加剧
好像已经听到那咚咚向我们走来的脚步声

影子

从镜子里看自己的影子
真实得比真实还要真实
没有美化也不曾掩饰
清晰得连自己脸上的汗毛都看得清清楚楚

从水中看自己的影子
总有一种自我欣赏的情愫
尽管有一些隐约恍惚
但身后却有蓝天白云做为背景

从别人的眼里看自己的影子
还必须兼顾对方脸上的表情
虽然那影子望去并不十分真切
但毕竟是自己影子肯定都能读懂

从孩子的身上看自己的影子
怎么看都有些依稀传承
付出的心血肯定会有回报
啊
我的影子岂止在镜中

来去

来了，又去了
别说什么也没有留下
别说什么也没有带走
至少　留下了脚印
至少　带走了自己

来了　又去了
别说什么也没有留下
别说什么也没有带走
至少　留下了印象
至少　带走了两袖清风

人来人往
风来雨去
风
从不说它摧开了花朵
雨
从不说它滋润了土地

共鸣

共鸣
何处没有共鸣
那胸之腔
那心之弦
在相同的频率中共振
奏响出一曲天籁之音

共鸣
何时没有共鸣
春之百鸟朝凤
夏之十里蛙声
秋之蟋蟀夜吟
冬之古钟悠悠

共鸣
何人不曾共鸣
那心之通
那意之同
那雨打芭蕉之叮咚
处处都关情

境界

活得潇洒
恰似晴空里飘荡着云彩
轻盈、洁白
任我在蓝天里挥洒胸怀

活得快乐
恰似清风轻拂过湖面
那泛起的涟漪
多么像会心的微笑

活得真实
恰似万物都顺其自然
不变的是自己的本色
还有身上展现的丰采

活得高尚
恰似凌云之志扶摇直上
活出的是生命的意义
追求的是更高的境界

至高

是谁在那至高的地方
插上了一面旗帜
在无垠蓝天里
高高的飘扬

是谁在那至高的地方
筑起了一座灯塔
在漫漫的长夜
为人们指引航向

是谁在那至高的地方
建起了一座仙阁
以便那些追求崇高的人们
抵达这样的境界

是谁在那至高的地方
矗立了一座圣像
也只有他最适合站在这样的位置
供人们世代仰望

联想

我见过的纯净
可知能够净到什么程度
没有微尘
清澈透明
恰似婴儿那双明亮的眼睛

我见过的纯洁
可知能够洁到什么程度
纯如清泉
洁似水晶
犹如爱人那美丽的心灵

我见过的真爱
可知能够爱到什么程度
它的悲悯
它的深情
总让我联想起母亲那慈祥的面孔

如果

你是要高度
还是要深度

如果我是树
我会努力向上
以便亲吻蓝天
我会努力向下
以便深深扎根

你是要广度
还是要阔度

如果我是鸟
我愿有无垠的空间
任我展翅飞
我愿有辽阔的天地
任我去遨游

大律诗稿

你是要长度
还是要宽度

如果我是河
我愿水长流
以便充分展示生命的意义
我愿更宽阔
以便昂首阔步走人生

境界

身在界中
超然物外
啊
这是一种怎样的高度
这是一种怎样的境界

去除所有的烦恼
放下所有的沉重
解开所有的束缚
卸去所有的负担
人在此时脚下尽管未踏祥云
肋下尽管未生翅膀
但那种精神的升华
岂止是已在云天之外

站高些
再高些
虽说仍未脱离红尘
但站在高处观天下的目光
是一种怎样的高远

悄悄

悄悄地来
如幻
悄悄地去
如梦
悄悄地聚
如云
悄悄地散
如雾
悄悄地开
如花
悄悄地落
如叶
悄悄地升
如月
悄悄地隐
如星
这世上有多少事物
这人间有多少情节
都在不声不响中
悄悄地进行

闲适

安享北窗高卧
闲看风来雨去
围坐把酒言欢
只宜微醺
不可沉醉

化

化作一阵轻风
总是一个轻轻
催开了花朵
微起了涟漪
送来了清爽
拂去了劳尘
轻吻了面颊
还有
散去了蒙在心头的阴云

化作一滴春雨
飘飘洒洒落向了何处
朦胧了山河
唤醒了生命
又绿了江南
滋润了土地
还有心田
还有落在海棠花上的如露似泪

化作一片白云
在碧空中轻盈地漫游
变幻着色彩
变换着身形
时而消散
时而凝聚
俯瞰着天下
饱含着泪……

第一次

你说你
非常珍惜第一次
我想我有同感
也非常珍惜

没有什么特别的理由
只因为
无论什么样的第一次
都只有一次

修身

打坐在高山之巅
闭目合十
参禅悟道
有习习的天风相陪
有溶溶的月光为伴
天地是多么悠远
多么辽阔

心静如水
思绪渺渺
忘却了人间的烦恼
抵达了至高的境界
飘飘此身
仰望天上
俯瞰天下

风月无边
云路长长
打坐在高山之巅
修身养性
完善自我
在漫漫的时光中
宁愿在高处把自己打造成一尊雕像

气

香气、浊气、清气
我喜欢清气

大气、小气、浩气
我更爱浩气

正气、邪气、风气
我崇尚正气

天气、地气、空气
我更愿意能接地气

辜负

辜负总是一种辜负
犹如一把锋利的刀片
在心上划了一道渗血的痕
总有一种挥之不去的疼

辜负了父母
辜负了社会
辜负了对我抱有期望的人
甚至,甚至还辜负了自己

辜负
辜负了爱,辜负了情
辜负了义,辜负了恩
辜负了不该辜负的辜负

辜负
究竟是谁辜负了谁
每当良心发现
却失去了改过的机会

啊,辜负
谁没有辜负
辜负了这个世界
留下的却是一个绵绵的悔

我的诗里

我的诗里好像储存有你的真情
只是你未必知道而已
不信你打开看看
普天下所有的真情都何其相似

我的诗里似乎也储存有你的善良
只是你未必知道而已
不信你打开找找
全世界所有的善良都有相似的心灵

我的诗里好像还储存有你的美丽
只是你未必知道而已
不信你打开瞧瞧
应知诗最适合永久收藏人间所有的美

我的诗里好像还储存有你的影子
只是你未必知道而已
不信你打开照照
那如镜中的你的形象气质经历感悟皆历历在目

哭笑

真想
找个无人的角落
尽情地大哭一场
为的是
倾尽心中所有的悲伤

真想
找个敞亮的地方
尽兴地大笑一场
只因为
人生难得有这样的舒畅

如果是哭
我愿淌尽所有真情的泪
即使是汇成一条蔚蓝色的小河
如果是笑
我会笑出满天的彩霞
给这个需要欢乐的世界

愿望

仰望
谁不曾仰望
仰望的岂止是天上的星月
还有那更高的境界

遥望
谁不曾遥望
遥望的岂止是迷蒙的天际
还有那不曾抵达的远方

盼望
谁不曾盼望
盼望的岂止是美好的日子
还有那幸福的生活

希望
谁不曾希望
希望的岂止是对未来的憧憬
还有那期盼中的辉煌

无题

一棵芝兰
静静开放在雅室的案头
那幽幽浮动的暗香
是否会让你眼前一亮

一只黄鹂
跳跃在窗外晨光中的枝头
那清脆婉转的歌喉
可曾会让你耳目一新

一双素手
轻轻地弹拨着古琴的琴弦
不知怎么也拨动了你的心弦
居然产生了如此大的共鸣

一粒石子
不知被谁投入到一池静水之中
那泛起的涟漪在阳光下闪烁
漾起的是一种怎样的心情

记忆中的美丽

也许是山回路转
也许是柳暗花明
人生中那些最美妙的时刻
常常在毫无精神准备时发生

也许是雨过天晴
也许是曲径通幽
人生中那些最美丽的地方
常常在出其不意中展现,犹如身在梦中

也许是不期而遇
也许是如在幻中
人生中那些最得意的邂逅
常常是在毫无征兆时相逢

最美妙的时刻
最难忘的地方
最感人的相逢
虽然都已成为记忆
但都没有远去

任

任凋零的落英
随水流去
无论到天涯何处
即使化作一缕香魂
亦在梦中
久久不肯散去

任飘落的黄叶
随风而去
知道它再也回不到原来的枝头
我无能为力
挽留不住
啊 这世界有多少无法挽留

任凌乱的心结
如烟散去
多么想在上面签上自己的名字
用以负责
用以表明出处
还有属于自己曾经的痛

节奏

诗的节奏
歌的节奏
舞的节奏
都是一种境界
都是一种韵律

快的节奏
慢的节奏
不急不缓的节奏
都是一种格调
何必去分雅俗

铿锵的节奏
轻柔的节奏
自然的节奏
只要不是杂乱无章
大约都有规律可循

生活的节奏

时代的节奏

多么优美的乐曲

我是多么希望成为乐曲中的一个符号

我是多么希望成为乐曲中的一个旋律

灰飞烟灭

灰飞
那是怎样的灰烬
竟直飞向了浩渺的天际
烟灭
那是什么样的烟雾
竟致飘散在无垠的晴空
是被爱惜的羽毛
是被遗弃的玫瑰
是被怀念的旧情
是被叹息的往事
是被景仰的灵魂
还是被无常夺去的生命
都已经虚归虚来无归无
尘归尘来土归土
啊
多少付之一炬
都已被无情的风吹向了不可知的去处
直落得茫茫大地真干净

诗　情

哦
苍天
哦
星空
我真的不忍让灰飞烟灭成为最终的结局
但愿所有的归宿
都能直达天外
凝成为闪光的星星

会心一笑

会心一笑
与谁
那胜过千言万语的心的交流
竟只在这浅浅的一笑中

收藏微笑

最喜收藏
你的微笑
你微笑的时候真美
若春风拂水
微起涟漪
那粼粼的波光
轻轻地便可敛起
被珍藏在记忆里

视

是俯视
还是仰视
只因是站在高处

是正视
还是侧视
因为面对的是现实

向善

向上，向上
谁没有向上的力量
谁没有向上的愿望
即使是一棵幼苗
也希望自己长成参天大树
成为栋梁

向前，向前
谁没有向前的追求
谁没有向前的欲望
即使是一条小溪
也会冲破千难万险
奔向海洋

向阳，向阳
谁不追求光明
谁不喜欢阳光
即使是一朵小花
也愿意在阳光之下
灿烂开放

向善，向善
谁不胸怀慈悲
谁不天生善良
即使是一个寻常之人
也希望自己能够善待一切
心灵高尚

日子

忘忧草

含笑花

合欢树

开心果

只要生活充满了这样的元素

我想无论是谁

日子都会过得快乐舒畅

镜

当你看我的时候
我很清楚
你并非是真正地看我
而是在看你自己

留痕

白鹤飞过蓝天
蓝天没有义务为它保留影子
骏马驰过草原
草原没有理由为它保留踪迹
锦鲤游过清流
清流没有责任为它保留芳姿
彩云飘过山河
山河没有心思为它保留丽影

天空没有留下任何痕迹
我们却能见证白鹤的飞翔
草原没有留下任何痕迹
我们却能见证骏马的奔驰
清流没有留下任何痕迹
我们却能见证这水中的生灵
山河没有留下任何痕迹
我们却能见证多少来来去去的风云人物

茫茫

茫茫的雪原
一片空旷
是谁雪上深深浅浅的脚印
一直伸向了远方

茫茫的大漠
无限寂寥
是谁伴着单调的驼铃
走在惆怅的路上

茫茫的海面
孤舟一叶
是谁漂泊在无限的风浪之中
寻我梦中的港湾

茫茫的心事
面对夕阳
是谁在这暮霭沉沉之时
独自感伤那太多的迷茫

读史后记

重新认识
重新认识
盖棺尚且不能定论
特别是当你读一本中国史的时候

多少人物
需要重新评价
多少事物
需要重新界定
多少知识
需要重新修订
多少谬误
需要重新更正
我不想说曾受过误导
我不想说已有的定论就是最终的定论

我来了

来到广阔的原野
面对无限的空旷
我不由想大喊一声
那内心的真情表白
啊啊——
我来了
天地
我愿在此长成一棵大树
而不是一个来去匆匆的过客

来到峻峭的岸边
面对辽阔的大海
我不由想大叫一声
那内心的真情表白
啊啊——
我来了
大海
我深情地把你凝望
不怕把自己站成一座灯塔

经过艰难的攀登
终于登上了顶峰
我不由想长啸一声
挥洒自己的胸怀
啊啊——
我来了
高山
一览天下的风光
不惧把自己站成一座雕像

站在地球的某处
放眼这个世界
不由想一声长啸
表达内心的感慨
啊啊——
我来了
世界
我爱你
这最真挚的情感

做人

独善其身其实并非易事
兼济天下更非常人能为
循规蹈矩是因为没有改变的勇气
退而求其次是想当个好人

当个好人其实也不容易
即便再谨小慎微也难以八面玲珑
谁能做到面面俱到都不得罪
谁能做到是非面前不卷入是非

真想当一个规规矩矩的人
可是多少现有的规矩并非无懈可击
墨守成规未必能够获得好评
与时俱进才是顺应时代的要求

真想当一个标准的模范公民
可是放之四海皆准的标准又在哪里
说什么每人各凭自己的良心
真愿意只要各凭良心就能当个好人

身上没有一点革命或造反的基因
属于那种不越雷池半步的人
与世无争逆来顺受
内心却是佩服那些敢想敢闯敢作敢为的人

回眸

不知道你有没有这样的体会
多少回眸
往往比正视还要精彩
还要生动
还要铭记在心

不知道有没有这样的体会
多少回味
往往比当时还要精彩
还要复杂
还要耐人寻味

不知道有没有这样的体会
多少回忆
往往比当时还要清晰
还要动情
一如闪烁在天际的星星

不知道有没有这样体会
多少回头
往往只需回心转意
多少不堪皆已成往事
只待走好前面的路

不知道有没有这样的体会
有多少回归
往往都已水归大海
叶落归根
灵魂都已经有了皈依

上升

上升，上升
日出景象
云蒸雾腾
浊气下降
清气上升
好一个人间气象
好一个天下风景

上升，上升
水往低流
人往高走
无论是乘风而上
无论是脚踏祥云
追求的是步步高升
期望的是日日都能达到新的高度

上升,上升
天马行空
生命本能
那是一种怎样的境界
那是一种怎样的进取
灵魂在这里升华
人生在这里体现着自己的价值

寻找

你在寻觅什么
在这沉沉的黑夜
是在寻找一双明亮的眼睛
还是在寻找一颗失落的星星

你在寻觅什么
在这沉沉的黑夜
是在寻找一把丢失的钥匙
还是寻找一段遗失的往事

你在寻觅什么
在这沉沉的黑夜
是在捕捉田边的流萤
还是在寻找一份丢失的真情

你在寻觅什么
提着一个小小的灯笼
在这沉沉的黑夜
难道是为了寻找一个失落的记忆

一缕亮光

朦胧的灰暗中
一缕亮光
透过小小的天窗
照进了我的生活
啊
多么灿烂

冥冥的晦暗中
一缕亮光
穿透了层层的阻挡
照进了我的心房
啊
多么亮堂

沉沉的阴暗中
一缕亮光
透过了厚重的云隙
照耀在天地之间
啊
多么辉煌

重重的黑暗中
一缕亮光
出现在天际边
如彩似霞
啊
我看到了希望

去了

去了，去了
去了的是什么
是晴空的鹤影
是望断的大雁
是离岸的孤帆
是坠落的夕阳

去了，去了
去了的是什么
是美好的时光
是心中的无奈
是远去的故人
是作别的云彩

去了，去了
去了的是什么
有的去了让人怅然若失
有的去了让人空空如也
有的去了也就去了
有的去了却让人无限感怀

去了，去了
去了的是什么
有的去了还会再来
有的去了则一去不返
有的去了希望它永远过去
有的去了便成了永远的怀念

致诗友

我不介意
你把我的诗集
装在你随身携带的包里
与公文、钱包、小镜为伍
这不是对我的不敬
相反的倒是一种形影相随
就像朋友
随时都可以交流感情
随时都可以促膝谈心
越是随意
越能看出一个人的品性
闲暇时取出来看上几首
用诗来填补生活中的空隙
诗的本身就是诗啊
那是一种怎样的境界
那是一种怎样的人生诗意
那是一种怎样的诗意人生

我不在乎
你把我的诗集
放在你的案前床头
与枕头、床柜、台灯为伍
这不是对我的轻视
相反的却是显得更加亲昵
就像闺蜜
悄悄私语
推心置腹
越是自然
越能表现出一个人的追求
在一日生涯结束前静下心来看上几首
在诗的意境中渐入梦境
诗的本身就是诗啊
那是一种怎样的境界
那是一种怎样的人生诗意
那是一种怎样的诗意人生

我很介意

我很在乎

我的诗是否能触动你的心灵

我的诗是否能让你产生共鸣

我的诗是否能让你抵达至高境界

我的诗是否能激发起你美好的感情

作为知音

我真的希望

我的诗就像流淌在田野里一条清澈的小溪

能够照见你曾经的影子

能够映出你贮存的真情

能够勾起你难忘的记忆

能够看见你纯洁的心灵

诗的本身就是诗啊

那是一种怎样的境界

那是一种怎样的人生诗意

那是一种怎样的诗意人生

一半

一半是日
一半是月
古人造字时为何把日月合成一个明
一半是白天
一半是黑夜
一天二十四小时就是这么构成的
一半是火焰
一半是海水
如何就构成了一个水火难容
一半是男
一半是女
组成了多少和谐的家庭
一半是阳
一半是阴
好一个阴阳八卦图

责任

诗的沦落
诗的凋零
真不知道
为何偏偏在我们生活的这个时代发生
作为当代诗人
是否应该扪心自问
这其中是否也有我们自己的责任

啊
诗人
我们都写了些什么
我们是如何来展示自己的才能
把它放进历史中去检验
不知道会不会感到羞愧
感到脸红

活在诗里

活在诗里
那是一个很不错的去处
就像生活在童话故事里的一个孩子
怎么也长不大
永远是那么至美至纯
永远怀着一颗赤子之心
最终成为一种意想不到的永恒

活在诗里
永远是那么美轮美奂
永远是那么充满诗意
那是一个属于我的世界
它能净化人的灵魂
就像一个美丽的童话故事
最终都有一个非常完美的结局

为谁写诗

为谁写诗
如果是为自己
如果是为满足自己那点可怜的虚荣心
仅只书写自己的人生苦乐
仅只抒发个人的爱恨情仇
那可真的是太渺小
那可真的是太卑微

为谁写诗
为你,为他,为这个世界,也为自己
自己的喜怒哀乐,自己的心路历程
自己的人生希望,自己的切肤之痛
如果能和大多数人产生共鸣
如果能够成为共同的心声
那么你写的诗,绝不仅仅只为自己

有一股巨大的力量
来自于深厚的大地
脚踏在这块坚实的土地上边
犹如深扎的树根
吮吸着丰富的养分
孕育出智慧的结晶
跳动着共同的脉搏
谱写出优美的韵律

为什么写诗

你问我为什么执着于写诗
那是因为我想奉献给这个世界一份美丽
恰如在无花的季节找不到鲜花送给情人
给
一首沁人肺腑的诗
完全可以代替玫瑰一表心意

你问我为什么执着于写诗
那是因为我想奉献给这个世界一份温馨
恰如瑟缩在寒风中无助的生灵
给
一首充满人间温情的诗
不知能否暖你的心

你问我为什么执着于写诗
那是因为我想奉献给这个世界一份安慰
恰如人生遭遇不幸身陷绝境
给
一首亲切鼓励的诗
或许会增加你的信心和勇气

你问我为什么执着于写诗
那是因为我想奉献给这个世界一份纯真
恰如在这个甚嚣尘上灯红酒绿中浸染太久
的镜子
给
一首充满真情的诗
但愿能净化你蒙尘的心灵

诗魂

人已远去
只剩下些影子还在风中漫步
隐隐约约的声音若有若无
是否是在寻找那些遗失的故事

原本就没有什么风流韵事
以后的经历就更没有什么秘密
只有太多沉重的记忆让我无法忘记
可是何人还能记得谁是我我又是谁

不是因为离得太远看不清楚
而是因为离得太近不敢看得过于清楚
我以我的方式去体验人生况味
总是以最传统的面目去书写最不传统的诗

也许怪就怪在这里
我是一个容易被忽略又无法忽略的诗魂
游荡在这个茫茫的世界
为的是找回人们被丢失的良心

站在——

站在人间的门口
总是有些忐忑
不知会有怎样的命运
不知会有怎样的人生
但无论是怎样的前程
我都会努力进取　以使自己不虚此生

站在地狱的门口
等待命运最后的裁定
此时的我已经无所畏惧
即使最终被打入地狱
也不过是经历更严酷的血与火的历练
让那不死的灵魂百炼成金

站在天堂的门口
我知道即将进入那个传说中的极乐世界
但我对此似乎并无太大兴趣
我依然无限留恋我生活过的人间
尽管它曾经给我留下过
太多的无奈太多的伤痛

写在大经诗集扉页

如今这样的诗几乎无人写了
可我依然还在坚持
我清楚现在市场上流行什么
但是我就是不愿意随波逐流

不想委曲自己
不想取媚世俗
只想书写真情实感
只想对得起良心

不图妄取虚名
耐得住寂寞和冷清
出一本诗集也算是给自己一个交代
任由别人去评

暴风雨过后

暴风雨过后
我走过一片小树林
耳边不时听到滴答声
啊
谁还在垂泪
难道是为那些被无辜折断的小杨树

听说

听说
上帝不喜欢眼泪
这话不知道
是谁说的

不过,大人们都信
遇事尽量忍着
脸憋得发紫
也不流泪

只有小孩子
是个例外
他们不管怎样哭
上帝也不会生气

致一百年后的信

以一百年前的名义
写一封信
寄给一百年后转世成为另一个人的自己
我想有必要简单介绍一下如今的我
以便后来者能够知道自己的前生
并以这一封信做为联系的凭证

今世的我相貌虽不惊人但还算出众
才能只能说是平平甚至都说不上是聪明
写了几千首诗应属勤奋
只是不知一百年后能有几首还能流传于世
历尽艰辛结局虽然还算不错
但总觉此一生未能充分展示自己
我之所以写此信不仅仅是为了致意
而是想把未来的心愿寄托于后世代我完成

想像中一百年后的你一定是高大英俊
但愿相貌和我完全一致以便相认
才能若能大大提高我绝对不会提出异议

如果能够出生在一个殷实的家庭实我心愿
如果能够接受良好的教育我想定会学有所成
但愿能够完成前世未竟的事业
给这个世界留下几多真正的好诗

不知道一百年后的人如何看待我们这个时代
不知道一百年后的人如何看待我们这个时代的人
不知道一百年后的人对我们这一代人的付出是否尊重
不知道我们留下的遗产是否仍是财富
但至少我们这一代人对来世始终抱着巨大的希望
只希望生生不息的灵魂能一脉相承

醉态

那不是微醺
完全是醉
飘飘欲仙踉踉跄跄地回归
不幸却倒在村旁的麦秸堆里
斜戴着帽子
半闭着眼皮
一只脚脱落了鞋子
任午后的烈日暴晒
依然呼呼地大睡
直到日落星出
被家人寻到
人
犹在梦里

逃出叙利亚

逃出叙利亚
选择逃亡
选择远走他乡
因为那里的战火在燃烧

谁不爱自己的家园
谁不爱自己的祖国
选择离开实在是无奈
那逃亡路上的艰辛谁能晓得

不愿卷入战争
只能是选择含泪离开
我不愿杀人
也不想被杀

信仰

有信仰的人
真的是有幸
无论有怎样的经历
无论是怎样的人生
生
精神有依托
死
灵魂有归宿

过关

关口
人生会遇到多少重要的关口
地势险要
重兵把守
森严壁垒
真不知是怎样的披坚执锐
要闯过一个又一个关口
直到今日

如今,回头再看
已是血色黄昏
真难想象当初是怎样闯过来的
现在想来真是有点后怕
如果过不了关该会是怎样的命运
能够顺利过关
除了个人的因素
大约还需要一点运气

赠友诗

走遍天下
阅人无数
我之所以对你敬重
是因为你懂得珍惜
我之所以愿意和你成为朋友
是因为你懂得尊重

旧（一）

旧地重游
难得有这样的时候
唉
不知是否还风光依旧

旧物重现
不知已经久违了多少时候
唉
再见到时是否仍会睹物思旧

旧事重提
不知会重提起怎样的旧事
唉
其中有多少令人唏嘘

旧人重聚
人生能有几次
唉
但愿曾经的旧情并未变旧

旧（二）

旧景难忘
旧物难舍
旧情难了
旧人难却
啊，旧
这世上有多少的旧
沁上了多少岁月的痕迹
附着了多少曾经的故事

多少旧的曾经新过
多少新的都会变旧
时光荏苒
星转斗移
多少旧的
已弃之如履
又有多少旧
因旧而让人倍加珍惜

我的诗

我写诗主要是给自己看的
就像日记
写自己的经历
自己的真情
自己的感悟
自己的心路历程
并不兼顾别人的好恶
并不考虑他人的感受
如果你喜欢
我会把你视为知己
如果你不喜欢
不看就是

我有耐心去写
不知是否有人耐心来读
别怨我写得太多
没有新意
又太普通
应知我本是个普通之人

写的都是些寻常之事
写的都是些寻常之情
就像一面普通的镜子
可以从中照见自己的影子
啊，苍天在上
请相信我写的每一首诗
都是用自己的心血凝成

为了诗梦　坚持一生
——读秦大经诗稿断想

武冀平

秦大经乃河南内乡人氏，1938年出生。20世纪50年代，我们曾在北京著名的师范学校（即老北师）同窗三载，朝夕相处。在校时又在不同班级、不同社团活动；毕业后根据工作需要，走上教学岗位，成了一名教师。

和大经相交，那是各自经历几十年旅途之后的事了。我们都住在朝阳区劲松一带。一日，大经到家走访，相赠一本砖头厚的诗集，捧读之余，发现，大经不仅是位可敬的教师，竟是位人们不曾熟识的诗人；进一步交往之后，又得知，他还是位颇有成绩的保健专家，经营着一间生产各种保健品的厂家，产品行销海内外，应是位成功人士哩；在文学上，他和沈念乐、贾士杰、李爱莲、周士宝等同学，活跃在楹联小组多年。他们都是中国楹联学会会员。

最近，他拿来打印好的三大本诗集。

我说："嚯！三大本呀，真有分量。"

大经："你是资深编辑，看看是否能出版呀！"

我答："能！能！以前拜读过大作，够水平。"

大经："谢谢你的鼓励，这只是诗稿的一部分，咱们年纪也不小了，希望早些面世。"

我说："成，当年，你为什么不在报纸杂志上发表一些诗作呢？"

"基本上没有发表过，不过，在国外的杂志上倒是发表过。"

"我觉得，你的经历太丰富了，实非一般教师能比。似乎写诗当成了记的日记了。"

"从1951年，13岁开始写诗，至今没有停过笔。"

"大概有多少首呢？"

"没有认真统计过，大概有上万首吧。三十年前写的诗，大都在'反右'、'文革'中遗失殆尽，其他的诗诗后几十年写的。"

"实在可惜！"我说："我的老师，名诗人朱英诞生前曾大量写过新诗，属林庚、废明圈儿里的诗人；但新中国成立后，基本上没发表过诗，先生1983年病逝后，留下几千首诗作，近几年，有几位研究文学的博士生，在王泽龙教授指导下，正在整理全集呢！"

"哦！"

"你们都是属同路人，将来，也会有人专门研究你的大作，亦应给你应有的一席之地。那时，他们可能也会称你是隐没的诗人哪!"

"不敢当!不过,我的诗也算是给自己、给家人、给亲友;给我生活过的这个时代的一个交代。"

"好一个交代。我一定再认真拜读大作。古人云:切忌随人脚后行,一语天然万古新。又说,天生我才必有用,古来圣贤皆寂寞。"

我不是诗人,但我喜欢读诗,朗诵诗。对于浩如烟海诗歌,我没有资格说三道四,现在,只是把学诗读诗的点滴心得,附于此,就算是对诗歌的一点认知而已。

诗的故事(《诗上庄》刘章研究会)

我得到一本"诗上庄"的小册子,让我久久陷入沉思。

小册子是说,关于河北承德市兴隆县深山区安子岭乡上庄村跟诗歌的故事。

上庄村一百多户人家530多位村民,有一半还不住在庄上,俗话说的"半空"吧。就是这样一个不起眼的山村,走出了乡土诗人刘章、诗人刘向东和刘福君、散文家刘芳等4位中国作家协会会员,这在中国乃至世界,都堪称罕见。

刘章的诗,还是在上世纪70年代我就读了他的诗作了,他那富有泥土气息的诗篇,篇幅短,文字活泼,给我留下深刻印象。我喜欢他的诗，只要见到，无不吟咏为快。刘章说："我以燕山为背景，以父老和心灵为依托，扎实生活，诚实写作，不更不辍。"

刘章诗作《乡音未改》云：

乡音未改／乡音难改／乡音怎改！／

乡音不改／我的诗情不衰／

这就是先生一路高山流水诗情不衰诗意盎然的秘密！文化需要自觉，文化需要持久的培育、扶持和正确引导。只有文化自己之特质并且深入人心，我们的民族复兴才有牢固的基石，我们的中国梦才能梦想成真！

诗上庄赛诗会有这样一幅对联：

上至九十九，下至刚会走

书本常在手，诗词常挂口

有位乡土诗人成幼殊作《金沙自白》值得一读。

虽然我很小，我是金的。／把我放在火里，我还是金的。／我虽然是金的，我很小。／把我和别的放在一起，／不然我就没有了。／我总在闪光，我总在笑，／我总是快乐的。／我总在唱，／虽然声音很小，虽然你也许听不见。／虽然你也许听不见，／我总在小声地唱。因为我怀着感激，／要反映出灿烂的阳光。／（选自第三届鲁迅文学奖，获奖诗集《幸存的一粟》）

读新诗（冯文炳）

冯文炳（废明）先生的《读新诗》，是上世纪三四十年代在北京大学任教时写的讲义（包括《新诗问答》一篇），摘录其中部分内容，仅供现代文学和研究工作者及新诗爱好者参考。

"……新诗也是一种诗。……我对于新诗能够有的一点意见，可以说是从旧诗看来的。我所谓旧诗，乃指着中国文学史上整个的诗的文学而论……有的人不能理会到这是诗的内容的变化，这变化是一定的，这正是时代的精神。好比晚唐人的诗，何以能说不及盛唐呢？他们用同样的方法作诗，文字上并没有变化，只是他们的诗的感觉不同，因之他们的诗我们读着感到不同罢了。……我以为中国的诗的文学，到宋词为止，内容总有变化，其体裁也刚刚适应其内容，那一些诗人所写的诗都应该算是"新诗"，而这些新诗我想总称之曰"旧诗"，因为他们是这用一性质的文字。初期提倡白话诗的人，以为旧诗词当中有许多用了白话，因而把那些诗词认为白话诗，我以为那是不对的，旧诗词，即我所称的"旧诗"，实在是一个性质之下运用文字，那里头的"白话"是同单音字一样的功用，这便是我总称之曰"旧诗"之故。这样诗的体裁，其所能表现的内容，大约已经应有尽有，后人要再作诗填词，恐怕只是照葫芦画样，即算作者是天才,也总是居于被动的地位,体裁是可以模仿的,内容却是没有什么新的了。说到这里我想把说的话作一个了结,我的重要的话只是这一句:我们的新诗首先要看我们的新诗的内容,形式问题还在其次。

……然而旧诗所以成为诗,乃因为其运用文字都是一个性质,然而旧诗之所以成为诗,乃因为旧诗的文字,若旧诗的内容则可以说不是诗的,是散文的。这话听起来或者有点奇怪,但请随便拿一首诗来读一下,无论是诗也好,词也好,古体诗也好,今体诗也好,其愈为旧诗的佳作亦愈为散文的情致,这一点好象同西详诗相反,……中国诗中,象"前不见古人,后不见来者,念天地之悠悠,独怆然而涕下,"确是诗的内容。"姑苏城外寒山寺,夜半钟声到客船。"其所以成为诗之故,岂不在于文字么?若察其意义,明明是散文的意义。我先前所引的李商隐的"我是梦中传彩笔,欲书花叶寄朝云"确不是散文的意义而是诗的,……新诗要别于旧诗而能成立,一定要这个内容是诗的,其文字则要是散文的。旧诗的内容是散文的,其文字则是诗的,不关乎这个诗的文字扩充到白话。

……我相信我们的时代正是有诗的时代,我们的新诗正应该成功,也必得其有我们的新诗出现,我们的新文学才有意义。

徐志摩评说八十年[1]

"徐志摩（1896～1931），浙江省海宁县人，曾留学英美，他的诗集有《志摩的诗》、《翡冷翠的一夜》、《猛虎集》、《云游》。徐志摩的情诗则写得较委婉、手法比较多样。

徐志摩的诗在讲究节奏整齐上，与闻一多的诗是接近的，许多诗在回环复沓中增强了诗的音乐感。但他不像闻一多那样多地在文学上使用修辞的手段，有时还以口语入诗。如《残诗》对皇族的没落表示哀伤是不足取的，但运用了北京的口语，曾被称为"平民风格诗"。他的表现手法是丰富多彩的。以其大量的爱情诗而言，思想内容都较狭窄，而表现方法却千姿百态。他的最杰出的诗，能用语言表达各种不同的情致。《再别康桥》以轻灵的文字，造成一种依依不舍的惜别情致。在艺术创造上，徐诗自成风格，为白话诗发展增添了新因素。

徐志摩是贯穿新月派前后期的重镇。他的思想和艺术的发展，在新月派中带有典型性。前期新月派的徐志摩，在写作《志摩的诗》和《翡冷翠的一夜》时，还是一个"有单纯信仰"的"理想主义"与乐观主义者（茅盾《徐志摩论》）。他热烈地追求"爱"、"自由"与"美"（胡

---

[1] 黄修己编著《中国现代文学简史》（文化艺术出版社，2008年7月）一书"综述：文学史上的徐志摩"。

适《追忆志摩》)……都形成了徐志摩诗特有的飞动飘逸的艺术风格,如朱自清所说,"是跳着溅着不舍昼夜的一道生命水"(朱自清《中国新闻学大系诗集·导言》)。

在评价徐志摩的诗歌时,兼顾到了思想性与审美性两个方面。

请看《雪花的快乐》:这里,"雪花"的形象无一不符合大自然雪花的物理特征,又分明融入了诗人的个性、情感,以至身姿,融入了"五四"飞飏向上的时代精神;诗里的"她",更具有宽泛的意义,是一种精神力量、理想境界的人格化,诗人对纯真爱情的渴求与对美好理想信念的渴求,在这里又是天衣无缝地消融为一体。这正显示了徐志摩诗歌的特色。

除了阐释徐志摩诗歌的总体特色之外,还从"意象"和"音乐性"两个方面突出了徐志摩对于形式美的追求,肯定了诗人在"创作中追求美的内容与美的形式的统一"的试验精神。

徐耀东先生在《评徐志摩的诗》中记:

英国的康桥是徐志摩最喜爱的地方。1920年,他在康桥住过;1925年重游康桥。《再别康桥》即写于此时。诗的第一节,前三句旋律上带着细微的弹跳性,仿佛是诗人用光脚着地走路的声音,像是诗人的飘逸的温柔的风度音乐化。第二节重在抒情,在音乐上像用小提琴拉满弦奏欢乐的曲子,一二和三四两联之间,不拘平仄,但又适度注意，抑扬顿挫，增强了诗的节奏感。读后，它的音乐旋律仍在我们的"心头荡漾"。（选自《中国现代文学研究丛刊》1980年第2期）

谢冕先生在《云游》文中亦说：

这是一位生前乃至死后都有争议的诗人。也许历史正是这样启示着人们，愈是复杂的诗人，就愈是有魅力。因为他把人生的全部复杂性作了诗意的提炼，我们从中不仅窥见自己，而且也窥见社会。

茅盾："志摩是中国布尔乔亚'开山'的同时，又是'末代'的诗人。""圆熟的外形，配着淡到几乎没有的内容，而且这淡极了的内容，也不外乎感伤的情绪，——轻烟似的微哀，神秘的象征的依恋感喟追求：这些都是发展到最后一阶段的、现代布尔乔亚诗人的特色。"

我们要求于诗人的首先是真。真正的诗人必须是真实的人，作为社会的人，这本身就先天地意识着"不单纯"。在徐志摩身上体现出来的复杂、矛盾、不单纯，正是作为诗人所必有的素质。

在新文学历史中像徐志摩这样全身心"融入"世界文化海洋而摄取其精髓的人是不多的。

中国新诗史上第一次有组织的格律诗运动是由闻一多、徐志摩领导的，他们以《晨报副刊·诗镌》为阵地，鲜明地提出自己的艺术主张，所谓新月派即指此。要是说，新诗运动，重点在于争取白话新诗地位的确定以及新诗内容更加贴近现代社会生活和现实人生的争取；那么，在此之后，以新月派为中心的新诗运动的目的，则在于新诗向着艺术自身本质的靠拢。正如朱自清说的，徐志摩他努力于'体制的输入与试验'，而且"他尝试的体制最多"。

徐志摩的爱情诗为他的诗名争得了很大的荣誉，这些诗确有真实生活写照的成分。

徐志摩的诗风受英国诗的影响很大。他吸收和承继了英国浪漫派的诗歌艺术，为自己树立了理想目标。

*　　　　*　　　　*

说到即将付梓的这三卷诗集，本不愿多谈，原因也简单，因为我不是诗人，又不是研究者，没有资格。既受大经所托，这里，也只好啰嗦几句。

大经是这样一位诗人，在这个浮躁喧嚣的时代，他算得上是一个静得下心来，认认真真对待生活的人。他重真情，珍视精神生活；他努力倾诉来自心灵深处的声音，写诗，是他几十年养成的习惯。只为内心的宁静与充实，只为写诗给他带来的快乐。我以为，把大经写诗这样嗜好，不要赋予太多太深的意义为好。在我看来，简简单单地生活，认认真真地读诗，随心所欲地写诗，这就是一个读书人，就是秦大经的追求。几十年初心不改，这不也很幸福吗？！

诗写得很多，自然有粗细之分，这，还是请读者自去评说吧。现在,我只想从三卷诗作中,各选出一二首我喜欢的诗歌和读者共飨。

第一卷为"诗情",有一首《剪刀,锤子,布》,我觉得很有意思:

剪刀,锤子,布/从小到大都在玩的一种游戏/它是那样富于哲理/真不知道是哪位智者的发明/锤子砸剪刀/剪刀剪布/布包锤子/一物降一物/倡导一种公平/相互制约,避免独大/小而适于游戏/大而适于政治的清明/

第二卷为"真情",有一首《小木房》给我留下美好印象。

坐在柔软的沙发里/孩子们依偎在身旁/亲爱的你是否还记得/当年秦岭深处那个小木房/

当年秦岭深处那个小木房/是用几块木板为我们搭起的新房/它建在密密的深林里/它建在淙淙的泉水旁/

我们结婚时没有热闹的场面/有的只是说不出来的冷清和凄凉/没有亲友的祝福和贺喜/只有漫天大雪到处白茫茫/

新婚之夜是多么富于诗意/我们结合在多么纯洁的环境里/雪花从板缝里不断送来天上的祝福/梦醒时才发现是为我们加盖了厚厚的雪被一床/

秦岭深处那个小木房啊/一想起它心中便涌起无限

的感伤／这里是我们相依为命的起点／从此后你无悔地跟着我漂泊四方／

　　经过了多年艰苦的跋涉／度过了多少酸楚的时光／当我们终于有了幸福归宿的时候／我仍难以忘记秦岭深处那个小木房／

　　坐在柔软的沙发里／孩子们依偎在身旁／亲爱的你是否还记得／当年秦岭深处那个小木房／

　　第三卷为纯情，有这样两首诗；即《一支老歌》、《黄色》，亦写的很美，耐人寻味。

《一支老歌》：

　　一支很久不被传唱的老歌／不知从何处随着轻风飘然而来／那优美而又熟悉的旋律／犹如故人相会在天涯／感到是那么舒怀／

　　一支很久不被传唱的老歌／不知从何处驾着紫云而来／多少往事浮现在眼前／恰似一把失而复得的钥匙／把记忆的闸门打开／

　　一支很久不被传唱的老歌／不知从何处随着月光飘然而来／多少珍贵的情愫被重新勾起／好像梦回那美好的时光／久久不能忘怀／

《黄色》：

　　不以金黄抬高自己／不以土黄看轻自己／我以我色荐轩辕／任世人褒贬／绝不去改变自己的本色／

　　无意争春／任蒲公英点缀青草地／无意争秋／奈何

斑驳金秋不争也是／无意与其他颜色比短长／你有你的热烈／我有我的辉煌／你有你的宁静／我有我的灿烂／共同妆点这个美丽的世界／啊勿道昨日黄花／太阳的光辉里也包含着我的色泽／

  总之，我认为，这三卷诗做到了"文章不写一句空"。写到这里，我也不能再絮叨了，对耽误读者太多的宝贵时间，仅表深深歉意啦。

2016 年 12 月于锦园

谨以此诗稿
献给喜欢诗的朋友

秦大经

1938年生于河南内乡。马山口河西人。

1957年北京师范学校毕业,从事教书工作。1966年下放到邯郸农村生活,1975年到河南正阳工作,1987年在邯郸创办东方植物蛋白研究所。1992年应邀到北京一家生物制品公司做总工程师,1994年创办北京黑色食品开发公司。

大经诗稿 ②

真情

秦大经 著

学苑出版社

图书在版编目（CIP）数据

大经诗稿 / 秦大经著 . — 北京 ：学苑出版社，2017.7

ISBN 978-7-5077-5278-6

Ⅰ．①大… Ⅱ．①秦… Ⅲ．①诗集－中国－当代 Ⅳ．① I227

中国版本图书馆 CIP 数据核字（2017）第 180133 号

责任编辑：洪文雄
封面题字：冯大彪
封面设计：徐道会
出版发行：学苑出版社
社　　址：北京市丰台区南方庄 2 号院 1 号楼
邮政编码：100079
网　　址：www.book001.com
电子信箱：xueyuanpress@163.com
联系电话：010-67601101（销售部） 67603091（总编室）
印　刷　厂：北京京华虎彩印刷有限公司
开本尺寸：700×1000　1/16
印　　张：68
字　　数：600 千字
版　　次：2017 年 8 月北京第 1 版
印　　次：2017 年 8 月北京第 1 次印刷
定　　价：360.00 元（全三册）

目 录

微笑 /1
带露的玫瑰 /2
勿忘我花 /3
丝 /4
怀念 /5
拉勾 /6
丢手绢 /7
雪雕 /9
白头到老 /10
完全属于自己的 /13
靠山 /15
假如 /16
唯一 /17
春光 /18
曾经 /19
依旧 /20

真爱 /21
天然之美 /22
依偎 /24
寄 /25
倚着 /26
月光小路 /28
一桢小像 /29
别 /30
我遗落了一段真情 /31
化验 /33
孩子出生以后 /34
圣母图 /35
捉迷藏 /36
迟 /37
中山公园水榭旁的绿色长椅 /38
丢魂落魄 /39

难如人愿 /40
爱之果 /41
幸福来临 /42
相约来世 /43
等我 /44
难圆 /45
情有独钟 /46
受伤的岸 /47
拥梦而眠 /48
梦境 /50
燕归来 /51
离 /52
记忆 /53
抹去眼角的泪 /54
忘忧花 /55
夜 /56
我爱希芳 /57
春睡 /58
等待 /59
重逢 /60
缘分 /61
你离我很远 /63
赠别 /65
不为别的 /66
未了情 /68
心中的梦 /69

地久天长 /70
墨菊 /71
梅子 /72
山歌 /73
别情 /74
流泪 /75
白杨树叶哗哗响 /76
学会宽容 /79
我愿 /80
忆 /82
分别 /83
小木房 /84
牵着你的手 /86
心心相印 /88
致老同学 /90
思 /92
期望 /93
美梦 /94
温馨的记忆 /95
相约 /96
最多 /97
诺言 /98
很多 /99
银锭桥 /100
知己 /101
时间 /102

背靠着背 /103
保留 /105
柳絮 /106
假如你是一棵大树 /107
寒流 /108
没有地方哭 /109
深沉 /111
远近 /112
也许是个梦 /113
七夕 /114
许诺 /115
选择 /117
保存真情 /118
赠诗 /119
悦 /120
写在红叶上的诗 /121
一个冬天的童话 /122
与君漫游 /123
游子吟 /124
悲剧 /125
青瓷 /126
洁白 /127
哦 幸福 /128
一幅画 /130
当你有机会看到这首诗的时候 /132
最美的一瞬 /133

结 /134
冷落 /135
心之弦 /136
致旧友 /137
打开一把小伞 /138
为了忘却的记忆 /140
知心十四行诗 /141
手 /142
爱的体会 /143
无题 /144
寻 /145
拜年 /147
寄友 /148
表白 /150
缘 /151
纯洁 /152
月夜图 /153
离开 /154
梁祝后传 /155
谈恋爱 /156
旧地、旧人 /157
孤独的心情 /158
想你 /159
命中注定 /160
夜 /161
只因为不曾遇到你 /162

你的温柔 /163	短笛长箫 /194
梦中知己 /164	真情表达 /195
一首小诗 /165	月光下的梦 /196
曾经的爱 /166	月夜 /197
苦酒 /167	床 /198
关爱 /168	旧梦重温 /200
梦里情怀 /169	致友 /201
怀旧诗 /170	散步 /202
依旧 /171	爱河 /203
凝视 /172	深爱 /204
如果说希望 /173	月光宝盒 /206
惦记 /174	脚步 /208
知音 /177	转身 /210
对你的那份情愫 /178	别情 /212
见过许许多多的爱情 /179	这里真静 /213
织锦 /181	把手伸给我吧 /214
跌入污泥中的珍珠 /182	别梦依稀 /215
回到现实 /183	回味 /216
回忆 /184	似曾相识 /217
流失 /185	瞬间 /219
隐身人 /186	一剖心迹 /220
梳子 /188	真爱 /222
寻找 /189	生死恋 /223
梦路 /190	吸引 /224
爱情挽歌 /191	最美好的时光 /225
花的情怀 /192	暧昧 /226

轻轻地向我走来 /228
新白蛇传 /229
原因 /230
未了 /231
缠 /232
醉 /233
投石问路 /234
梦中相遇 /235
缘份 /236
悄悄来到我身边 /237
祝福 /239
致…… /240
雨中情 /242
致友人 /243
天使 /245
梦里情怀 /246
情人谷 /247
只为 /248
不想失望 /249
身后 /250
为的是 /251
喜相逢 /252
致友人 /253
挽留不住 /254
爱在向晚黄昏时 /255
梦舟 /256

在乎 /257
你是那么清纯 /258
曾经的真情 /259
爱在心中 /260
没有结果 /261
致友 /262
浅浅的小河 /263
梦中相见 /264
雪夜 /265
紧紧攥着的…… /267
不期而遇 /268
偶然 /269
与众不同 /270
相伴 /271
熟了 /272
相 /273
热闹过后 /274
赠诗 /276
拨动 /277
你曾经是我的偶像 /278
一场春梦 /280
数不清 /281
尽兴 /283
寄玉清 /284
一生之好 /285
偶遇 /287

一个人的时候 /288
朦胧 /290
双数 /292
初衷 /293
爱情天梯（一）/295
爱情天梯（二）/296
爱情天梯（三）/297
每当想起你的时候（一）/298
望 /300
长长 /301
前缘再续 /302
老地方 /303
错过 /305
包容 /307
旧情 /308
每当想起你的时候（二）/309
等候 /311
那个清纯少女 /312
酬知音 /314
情思悠悠 /315
旧 /316
一次 /317
轻 /318
良宵 /319
有诗为证 /320
岁末寄语 /323

曾经拥有的美 /325
舍不得 /326
落日 /328
致老妻 /329
捕捉 /330
怀念 /332
虚掩 /334
思念 /335
当一切都成为往事 /336
想 /338
芳香如故 /339
我心中充满感激 /340
思旧 /342
没有爱够 /343
对视 /344
昵称 /345
结束之后 /346
错过 /347
短笛 /348
幻想的爱 /349
幻 /350
欣赏 /352
爱你 /353
非常怀念 /354
致小段 /356
我爱你一如从前 /357

微笑

最喜欢你的微笑
真的
在我的印象里
你的微笑最美

你柔情似水的眼里
流动着迷人的透明
你微微翘起的嘴角
挂着自然的纯真
你嘴边那两个浅浅的酒窝
没有美酒也能醉人
你一脸的灿烂
使我如沐在春天的阳光里

啊！开在脸上的花
是你温馨的微笑
真的
你微笑的时候最美

带露的玫瑰

见过你痛苦时暗自垂泪，
见过你幸福时喜极而泣，
见过你同情时悄然泪下，
见过你感动时泪湿衣襟，
当真情冲破了紧闭的闸门，
怎能再挡住那纯洁的泪水？

谁不喜欢感情真挚的人？
何必为故作坚强强忍住晶莹的泪。
每当看到你眼里蓄满泪花的时候，
我不由想到在我面前展现的：
岂不是一幅感人的画？
岂不是一朵带露的玫瑰？

勿忘我花

是谁给你起了这么一个名字
勿忘我花
是谁情思如此深长
衷肠幽幽一缕香

勿忘我、勿忘我
寄语离别人
那朵勿忘我花
在为你开放

丝

那根丝很细
细得只能用感觉才能体会到它的存在
那根丝很长
长得只能用生命去丈量
那根丝很韧
韧得几乎找不到能斩断它的利刃
那根丝很纯
纯得透明而且晶莹
那根丝很乱
乱得找不到头绪却依然牢牢的萦绕在心头

怀念

春情已去
独留幽梦
曾经灿烂的一树繁花
早已不见了芳踪
只有心中那份撩人的眷恋
只有心中那份悠长的惦记
让人难以忘怀
空望归路

碧色滴翠
晨露晶莹
脸上挂着的泪
是在怀人还是怀旧
悠悠白云
可是闲愁
望眼那载满惆怅的小舟
不知随流去往何处

拉勾

拉勾
少年时表达诚信的一种游戏
手指与手指紧勾着互相一拉
那可真的是一诺千金

当人长大以后
那种幼稚的表达方式早已被庄重的缔约代替
但不见了的那种纯真
仍期望着在心中延续

别笑我自作多情
多么想和你再拉一拉勾
彼此再互相作一次承诺
永结同好、永不变心

拉勾，拉勾
勾起了多少岁月
勾起了多少记忆
勾起了多少甜蜜

丢手绢

小时候
谁没有玩过丢手绢的游戏
把手绢丢在小朋友的身后
让他发现后站起来追
那种一个在前跑一个在后追的欢欣
是多么令人怀念
多么纯真

如今,已是何等年纪
我依然无限留恋儿时丢手绢的游戏
如果我此时在你身后悄悄丢一方手绢
不知道你会不会会心地捡起
因为那里面
包藏着一朵玫瑰
或者是一颗赤诚的心

我不知道，此时的你
还敢不敢像儿时那样
我在前面跑
你在后面追
当然，我会跑得很慢
或者干脆转过身
站在那里……
等你……

雪雕

冰天雪地
为何在这严寒中难舍难分
两个人紧紧地相拥
从未见过如此的亲密
完全连结成为一体
中间没有一丝空隙

胸和胸贴在了一起
大约是想温暖彼此的心
臂与臂搂得是那么紧
可能是激情的表示
唇与唇热烈的吻
竟然是那样的玉洁冰清

只有彼此的背暴露在外
有如两只交颈的天鹅
互相微微地张开翅膀
努力为对方遮挡风雪……
啊！是谁用天然的洁白做原料
塑成了这尊表现爱的雪雕

白头到老

结婚时
我们彼此有过承诺
其中记得最清楚的一句
是：
携子之手
白头到老

那时候
你的一头飘逸的秀发
我的一头乌黑的卷发
是我们青春时的骄傲
我对你不只一次说过
你的头发多么柔软多么美丽
你对我也不止一次夸奖
你的头发多么浓密如果长在一个女孩头上
该是多么漂亮

当我们有了第一个孩子
一日闲坐在小窗下

突然发现你头上出现了一根白发
几乎在同时
你也发现我头上也出现了第一根白头发
我们互相为对方拔去
弃在地上又小心翼翼地捡起
放置在日记本中做永久的珍藏

从此以后
互为对方拔去出现的白发
成了闲暇时经常的工作
直到这种自虐的手工操作已经满足不了正常需要
这才不得不另辟蹊径
开始了挽救黑发行动——
那漫长的染发岁月

年复一年月复一月
终于对如此操作感到了疲惫
有一天你突然对我说
老头子
你看我们是不是让头发回归自然如何？
我同意了你的合理化建议
认为人到这个年龄
也该让满头的银白在头上闪耀智慧之光

当白发完全替代了黑发
互相看着对方竟然变成了欣赏
彼此没有说话也什么都不需说
只是含情脉脉手牵着手走在灿烂的晚霞里
心中默默念着：
携子之手
白头到老

完全属于自己的

被小心保存了一生的
或许是一个旧得泛黄的纸袋
或许是一个锈迹斑斑的小匣
里面装的既不是财富
也不是珍宝
那里面的东西完全属于自己
不会当作遗产分给后人
那是一生的珍藏啊
对别人来说
也许并没有太大的意义

此一生有过多少非同寻常的经历
经历过战乱
经历过灾荒
经历过沦落
经历过生死
多少辛苦得到的财富都已经丢失
多少努力获取的身外之物都已经舍弃
唯独这小小的纸袋或是铁匣

与生命同在
不离不弃
啊!里面究竟珍藏的都是些什么?
看了请不要失望——
那是一生的积蓄:
一帧旧照
一封旧信
一片岁月太久的红叶
一个欲朽未朽的同心结
一团胎毛
一缕青丝
一把不知道取之何处的土
或许还有数滴真情的泪……

靠山

总觉得身后有个影子
在悄悄给我关爱 给我呵护
无论是烈日当头还是大雨如注
总有一把小伞及时罩在我头顶

总觉得身后有个影子
在悄悄给我关爱 给我呵护
无论是天有不测遇寒遇冷
总有一件小袄及时披在我肩头

总觉得身后有个影子
在悄悄给我关爱 给我呵护
每当我需要依靠的时候
总有一个宽厚的肩膀给我有力的支撑

总觉得身后有个影子
在悄悄给我关爱 给我呵护
每当我充满感激地回过头来
总能看到他那双深情的眼睛

假如

假如爱情是一棵连理树
我愿你是红花
我是扶花的绿叶
把你衬托得更加艳丽

假如生活是一杯淡淡的水
我愿把它调成五光十色的鸡尾酒
让你愉悦
让你陶醉

假如幸福是一块烤熟的饼
我愿和你面对面坐在小桌的两头
共享甜蜜
细品人生

假如生命遇到必须抉择的难题
两个人只能活一个
我愿你活
我去化作护佑你生命之根的沃土

唯一

你是我的唯一
我不知道该去怎样形容你
在浩瀚的沙漠里
你是我唯一的水源
在无涯的大海上
你是我唯一的陆地
在深邃的蓝天下
你是我唯一的彩云
在茫茫的人世上
你是我唯一的惦记

说什么我的眼里只有你
不
是在心里

春光

成熟女孩的标志
是美丽的眼睛不再顾盼
是牛仔裤上不再出现破洞
略施粉黛
衣着也变的得体、庄重
啊
成熟
春光已经内敛
孕育着甜蜜
不再轻易乍露

曾经

曾经
问问你我
谁不曾拥有过太多的曾经
岁月匆匆
多少鲜活的经历
如今都早已风干
成为了历史

斑斑往事
其中有多少已经淡远模糊
又有多少仍历历在目
一如昨日
啊，曾经
不忍去问你我之间
曾经有多少被珍藏在内心深处的曾经

依旧

花依旧
草依旧
莫道东风不解情
萋萋芳草遍天涯
花落青果满枝头

人依旧
心依旧
莫道人约黄昏后
历历往事未敢忘
恍若在梦中

情依旧
爱依旧
莫道依旧难依旧
真情实爱永不变
依旧是依旧

真爱

情真意切
却理不出个来龙去脉
孤独的心灵
渴求着一种人生际遇
把彼此的心温暖，关爱

靠近我，真爱
即使是爱得死去活来
饥渴的情感
真的需要雨露的滋润
才能生出灿烂的花来

啊，真爱
那种无与伦比的精神境界
命中注定
今生今世
应该是我始终不渝的期待

天然之美

天然之美
自然天成
一如你那美丽的脸
红里透白,白里透红
不需粉黛,不需胭脂
即使经过水洗雨淋
也依然娇艳得如海棠沾露

天然之美
美在天然
比如你那迷人的眼睛
顾盼溢彩,流动生辉
清澈明亮,纯之又纯
显示出一种别样韵致
让人见了顿觉清新脱俗

天然之美

不需粉饰

比如你那樱桃般的嘴唇

不需唇膏,不需口红

总是饱满而又红润

而那口中洁白而又整齐的牙齿

即使珍珠的晶莹也无法与之比拟

天然之美

何需雕琢

比如你那与生俱来的气质

那种优雅,那种高贵

不是想学便能学会

即使是一颦一笑

也完全是一种天生丽质的神韵

依偎

依偎在你的身边
真的是一种幸福
感受着你的温暖
体验着你的呵护
人
不再寂寞
心
不再孤独
啊
似水柔情
似幻却不是幻
似梦却不是梦

寄

不是艳遇
而是意中人相逢
经历过狂风暴雨
经历过严寒酷暑
知君者我
知我者君
侠骨化作柔肠
愿将此一生托付

命中注定
忠贞不二
你
非我不嫁
我
非你莫属
人生之缘
愿与此生相始终

倚着

倚着
倚着门
倚着窗
倚着墙
依着幽幽的紫藤
还有梦
还有无限的心事

倚着
倚着山
倚着水
倚着树
倚着爱人的肩膀
身上会感到温暖
心里会感到踏实

倚着
谁倚着你
你倚着谁
总是互相倚靠着
谁也离不开谁
就像是汉字中的一撇一捺
书写出一个互相支撑的"人"字

月光小路

朦胧中的一条月光小路
飘逸在无尽的夜色之中
那是我们曾经做过的梦
似由融融的月魂铺就

留下了多少诗情画意如锦如绣
留下了多少美好回忆萦绕心头
幽幽向远方
从青春一直到白头

啊．曾经走过的月光小路
竟是那样的如幻如梦
回头再看已去的岁月
已是化做了星光无数

一桢小像

我心中保存了一桢小像
那是你当年如花初放时的青春模样
我把它安置在精致的水晶框里
珍藏在心灵深处最真挚的地方

当岁月让记忆把多少往事遗忘
我却依然无法忘记你旧时形象
你大约也绝对不会想到
这世界上还有一个人把自己珍藏

当多少年后我们有缘相会
我会向你展示我保存的那桢小像
多么青春多么迷人多么阳光
怎么？你眼里为何闪耀着激动的泪光

别

夜色朦胧
寒风刺骨
雪花不解人情纷纷扰扰
啊,离别何故选在这个时候

一杯淡酒
几声叮咛
祝愿一路好走
但愿归在春光明媚时候

牵挂从此开始
不知何时才能了去
那道不尽的思念
那揪人心的别情

夜深人静
人已远去
听着那渐行渐远的车轮声
直至了无声息犹自在听

我遗落了一段真情

我遗落了一段真情
在梦牵魂绕的那片热土
如果是一粒种子
经过这么长久的岁月
也该长成了大树
可惜的只是一段
令人难忘的真情
最怕被对方遗忘
最怕早已被无情的风吹得无影无踪
多少次曾怀着前去寻觅的冲动
可又怕找到的
是一个破碎的梦

忽然一天有个似曾相识的人来到我家门口
因为容颜的改变
一时又想不起到底是谁
他来自千里迢迢我梦牵魂绕的那片热土
向我打听一个他失散多年的朋友
他要找的那个人就是我呀

就是我多年前遗落的那份真情
我们拉着手都流泪了
他说:"真想念你
这些年
你让我找得好苦。

化验

他们把我的心拿去化验
想看看我的爱能有多纯
化验后他们告诉我
那里面没有找到一点杂质

他们把我的心拿去化验
想看看我的爱能有多真
化验后他们告诉我
那里面没有包含一点水分

他们把我的心拿去化验
想看看我的爱能有多深
化验不到一半他们就告诉我
我的爱已经比海深

孩子出生以后

想写一首最美的诗
纪念我的孩子来到这个世界
邻家老人说长得象幼时的我
活脱脱就像是从一个模子里出来

有人说孩子是父母的过去
怪不得让人看去似曾相识又如此可爱
对于自己生命的杰作
当然是参考着自己的形象塑造出来

有人说孩子是父母的未来
是人生的希望所在
生命就是以这种古老的方式延续
传承着一条生生不息的血脉

祝福你啊我的孩子
我的太阳，我心中最大的爱
愿你们快乐健康幸福成长
承担起未来对世界的职责

圣母图

初为人母的少妇
坐在摇篮边是那样的恬静
纤手轻轻地晃动着摇篮
柔光里轻轻唱着一支古老的摇篮曲

清秀的脸上溢满了幸福
甜蜜地望着熟睡中地婴儿
那是她的杰作
上帝赐予的最宝贵的礼物

你是否注意到她此时的眼睛
流露出来的慈爱是那样的深那样的纯
这使我不由得想起
那个伟大的圣母

捉迷藏

不要再和我玩捉迷藏的游戏了
没看看我们如今已是何等年纪
为了寻找那份真诚
我已经找得很苦很累

多么希望像儿时那样
我问:"藏好了吗?我要找了!"
你答:"藏好了,你来找吧。"
于是我很快便找到了你

多么希望像年轻时那样
你藏的让我无论如何也找不到
正当一筹莫展无可奈何之际
你却突然窜出给了我一个惊喜

如今,请不要再和我玩捉迷藏的游戏
我已找遍天涯心竭力疲
你知道吗?为了寻找那一颗心
我一直在苦苦地寻

迟

爱有时真的无法表白
只能在心中深深埋藏
当多少年后旧事重提
已经消磨了多少等待

当人已憔悴发已变白
这才有勇气把心中的话说了出来
迟到的爱得到的回答是怎样的一句无奈
如此重要的话为何到此时才说出来

中山公园水榭旁的绿色长椅

中山公园水榭旁的绿色长椅
并非刻意躲在一个静谧的地方
绿树掩映花荫扶疏在湖光山色之中
垂柳依依柔风轻拂柳丝长长

这是我们第一次约会之处
这是一个令人难以忘怀的地方
每年一到这个日子我们便会携手前来
看柳芽吐绿桃李含苞迎春开放

一如当年依偎着并坐在这长椅上
享受爱的幸福和百般柔肠
羞看湖水中情侣缠绵的倒影
好像又回到初恋的那段时光

记住这个美好的日子会使真爱永驻
哪怕皱纹爬满额头发已成霜
记住这个美丽的地方重温甜蜜
把人生美好的记忆深深地珍藏

丢魂落魄

当你离开我的时候
我的魂也跟你一起去了
无论你去到哪里
他都形影不离跟着
无论你乘车乘船乘飞机
他都不占座位
用不着买票

当你离开我的时候
我的魂也跟你一起去了
你走他也走
你坐他也坐
只是你睡觉的时候
他不敢造次
只是小心翼翼细心把你关照

当你离开我的时候
我的魂也跟你一起去了
你可知道我此时的情况多么糟糕
你可知道那种丢魂失魄的感觉

难如人愿

人们期望
有情人都能成眷属
可是上帝没有承诺
爱神也无能为力
爱莫能助

不是不愿
而是不能
承受了太多的真挚
却无以为报
心中深感欠了还不完的情

求谁原谅
该原谅谁
得不到的常常是最想得到的
人间多少没有结果的结果
让人不知该如何把"如愿"二字解读

爱之果

漫步在果树下
成熟的爱之果突然落下
终于给额头一个表现勇敢的机会
绝不能让它落到别人头上

被甜蜜击中
是种怎样的感受
高兴都来不及
怎么会感觉到痛

幸福来临

事前没有任何征兆
有如晴空里七彩的花雨突然从天而降
干渴的禾苗得到了甘霖的滋润
谁也不会在乎打湿了衣裳

曾经有过多么漫长的等待
曾经有过多少望眼欲穿的盼望
总盼着那份美丽飘然而至
恰如梦幻中的新娘悄然来到自己的身旁

幸福降临
多么欢畅
若问幸福是个什么模样
请看她就微笑着依偎在我的身旁

相约来世

今生意未了
相约来世
记牢定下的表记
以便来生相认

如果是前世约定
今生又在这里相遇
前缘再续
身边的老槐树可以作证
你说过下辈子还要嫁我
因为你还没有爱够
我说过来生还要娶你
因为还想得到你的温柔
那是永远的爱
能把冥冥的未来穿透

等我

临别时我们曾经相约
你在前面的某个地方等我
不见不散是我们说过的话
尽管不可知的未来虚无飘渺

只要是彼此的心都有承诺
哪怕是在另一个遥远的世界
我相信你一定会在相约的地方等我
哪怕是海枯石烂，天荒地老

世界什么在未来都可以忘却
但千万不能忘记在前面等我
请牢记我们彼此的承诺
我们在此生已把冥冥的来世相约

难圆

中秋月圆
人却不圆
独倚冷窗前
融融月光照孤单
是劫不是缘

心无绪
人难眠
欲将生平付笔端
想画个圆
却总画不圆

情有独钟

我为什么对你情有独钟
那是因为你的超凡脱俗
好像是开放在伊甸园里的一朵奇葩
那奇异的香
那纯洁的美

我为什么对你情有独钟
那是因为冥冥中有神指引
在我心目中你是完美的化身
正是我人生的追求
正是我梦中的寻觅

我为什么对你情有独钟
那是因为你的真情让我感动
爱的本身就是爱啊
需要的是缘分
好像并不需要太多理由

受伤的岸

感情泛滥
可曾考虑过灾难
原以为情天幻海
风光无限
岂不知覆水难收
最终陷入自己制造的泥沼
致使蛙声呱噪一片

啊
不是游戏的游戏
轻易越过了界线
被得罪,受了伤的
岂止是岸

拥梦而眠

拥梦而眠
无论是在闪烁的星光里
还是在融融的月光下
那无拘无束地漫游
有如身披彩带飘逸的飞天

拥梦而眠
无论是在春日的草地上
还是在夏日的花荫间
那从梦境中生长出来的藤蔓
已在额头上开满了如花的灿烂

拥梦而眠
无论是在柔软的睡床上
还是困顿在异乡的客栈
都是一种超脱的潇洒
都是一种浪漫中的浪漫

拥梦而眠
无论是在冰冷的冬夜里
还是在孤独的寂寞中
但只要有梦
就会有希望的明天

梦境

趁着夜色朦胧
让我们潜入梦中
仿佛是来到了另一个世界
我发现
咱们俩依然紧紧手牵着手

像飞天飞在神的国度
我们在天地间自由地遨游
这里没有任何禁忌
每个人都可以充分发挥自己的潜能
去做自己想做的事情

让我们编织我们的梦
我用我的真情
你用你的纤纤素手
告诉我你的愿望
你说想把所有的美好都变成永恒

燕归来

草如茵
柳色新
东风到处是芳菲
莫道燕去无消息
春来也
花似锦
劝君且忍相思泪
可知天涯路上
尽是匆匆归来人

离

包含多少恩怨
包含多少无奈
即使坚强的人
也难把一个沉重的"离"字承载

包含多少眼泪
包含多少感慨
莫轻言一个令人断肠的"离"字
只为心中曾经有爱

记忆

你真的不必不好意思
承认已经把我忘记
实际上不好意思的应该是我
是我当初未能
给你留下深刻的记忆

不,你说你不是这个意思
你说你真的想把我忘记
只是无论做怎样的努力
也无法抹去深刻在心中的记忆
除非是人已成灰,心已死去

记得的都还记得
忘记的均已忘记
清点一下记忆中的库存
留在心中的
都是珍藏的精品

抹去眼角的泪

抹去眼角的泪
我转过头
不再回首
过去的一切
无论是爱是恨
是喜是悲
都如深秋飘落的黄叶
留给树枝的只有无尽的回忆

抹去眼角的泪
我转过头
不再回首
前面的一切
无论是阴是晴
是雨是风
都如初春枝头绽开的花蕾
给人们带来希望和憧憬

忘忧花

忘忧花,忘忧花
深山是我家
过往君子采一朵
伴你走天涯

忘忧花,忘忧花
山中一奇葩
见了忘忧忧皆忘
灼灼放光华

忘忧花,忘忧花
花开满枝桠
但愿人间无忧愁
花开满天下

夜

夜的气息
神秘而富于魔力
那是一片生长爱的沃土
总是带着一种浪漫和温馨

不必春光乍泄
不必光天化日
所有的温柔甜密
只需用心灵感受
你看那些纯情少女
初吻时都是闭着眼睛

我爱希芳

秦岭深山茫茫的雪地里,
开放着一枝鲜艳的红梅.
我不知是红梅的鲜艳衬托得白雪更加雪白?
也不知是白雪的雪白衬托得红梅更加艳丽?
啊！雪地上的那枝红梅,
我爱你,
爱你,
希望之花,
芳香无比。

秦岭深山茫茫的雪地里,
走来一位身穿红衣的少女。
我不知是少女的红衣衬托得白雪更加雪白?
也不知是白雪的雪白衬托得少女更加美丽?
啊！雪地上那个身穿红衣的少女,
我爱你,
爱你,
希望之花,
芳香无比。

春睡

春日午后
暖阳里总有些倦意
我俩休息在柔软的草地上
头顶上是浓浓的花荫

你把头枕在我怀里
均匀地发出细微的呼吸
蓬松的长发散发出诱人的香味
美丽的脸上泛起淡淡的红晕

啊
好一个春睡的维纳斯
平日里我怎么没有发现
你是如此的美丽

我尽情地欣赏着这幅春睡图
好像在欣赏一件精美的艺术品
梦中的你大约不会因为我这样地看而羞涩
不知你是否还感到我在你脸上轻轻的一吻

等待

在冬的严寒里,
在夜的黑暗中,
我孤独地伫立在风中,
盼望着我的盼望,
等待着你的到来。

严寒里的盼望,
黑暗中的等待,
我已经盼望了很久,
请相信我的耐心,
我一定要等到你的到来。

黑暗中等待光明,
寒冬里等待春来,
在这漫漫的长夜里,
我在等待黎明的第一缕曙光。
我在等待第一朵春花在枝头绽开,
我在等待盼望已久的你,
披着满天彩霞微笑着向我走来。

重逢

经历过生离死别后
终于盼到了重逢的日子
我在车站上等你
那劫后余生的重逢

想象着见面的情景
一定是非常的激动
你不顾一切地向我跑来
一头扎进我的怀里
我紧紧地把你搂着
不在意别人的眼神

真实的情况并非如此
你穿着单薄的衣服
提着简单的行李
像一尊雕像站着
远远对着我
无言地流着泪

缘分

在那茫茫的人海里
我怎么就会遇见了你？
在那熙攘的人群中
我们的目光不过是偶然碰在了一起
怎么就迸出了火花？
怎么就出现了奇迹？
我说是心有灵犀
你说是今世缘分

想象中的白马王子
寻觅中的梦中情人
真是可遇不可期
你羞涩地看着我
我大胆地看着你
梦一般地走到了一起
我说这就是心有灵犀
你说这就是今世缘分

可记得我们第一次难忘的牵手
你说是我首先牵了你的手
我说是你首先牵了我的手
此段公案
谁与你评理？
反正手和心此生永远牵在了一起
我说这是心有灵犀
你坚持这是今世缘分

你离我很远

你离我很远,
你离我很久,
此时的我,
只能用心来感受:
远方的你,
是否还是我原来心目中的你?
你是否和我一样,
还珍惜原来的友谊?

异样的环境,
异样的经历,
身份地位的差异,
拉大了我们的距离,
岁月无情的风霜,
也在改变着我和你。
我害怕你改变得太多,
担心已经认不出现在的你,
你还在思念我吗?
思念我这个落魄的诗人。

长久的分别，
太远的距离，
此时你我，
都被长久的分离产生了担心。
天涯咫尺，
当我们又走到一起，
你发现我还是原来的我，
我发现你还是原来的你。

赠别

我的人在流浪,
我的心在漂泊,
我象空中一朵飘浮的云,
无情的风在左右着我的命运。

不要怨我不辞而别,
不要怨我忍心离开你,
是无情的风把我吹向远方,
使我成了一个浪迹天涯的人。

带着你的思念,
带着你的真情,
带着你的爱我漂流四方,
即使离你再远我心中也不会感到孤寂

每当你想念我的时候
我想你会倚窗眺望远方的云
可知我也在思念着你
那云里储满了思念的泪

不为别的

不为别的,
只是为了我的真挚的感谢,
为了那份纯洁,
为了那份无暇的雪白,
我悄悄地离你去了,
最终我选择了离开。

爱需要一个温暖的小巢,
可我无家可归四处漂泊,
雪花般浪漫是冬天的故事,
为了保持那份纯洁,
为了保持那份雪白,
最终我选择了离开。

留下我的祝福,
带走你的真情,
你的真情让我知道这个世界还有爱,
为了保持那份纯洁,
为了保持那份雪白,
我能回报你的,只能是悄悄离开。

真 情

为了保持那份纯洁,
为了保持那份雪白,
我想把雪花珍藏起来,
我把它存放在这首诗里,
当你看到这首诗的时候,
我已经悄悄地离开。

未了情

那年相识芙蓉城,
多承心相倾。
真情无限美如梦,
聚也匆匆,
离也匆匆,
梦醒影无踪。

总想人生结伴行,
期盼再相逢,
重温花下旧时梦,
月色朦胧中,
两行相思泪,
一段未了情。

心中的梦

心中的梦太支离破碎,
犹如一个被人击碎的镜子,
与其去做无谓的修补让破镜重圆,
不如让碎片各自去照属于自己的那片天地。
啊!
我的梦
我的心
再也无法映出一个完整的月亮,
因为镜子早已破碎。

地久天长

你说我是你心中的太阳
我想我会为你发热发光
你说你不是我身边的月亮
但你的清晖已融融地照在我的身上
啊
太阳、月亮
尽管不能朝夕相处
但只要遥遥相望
便能够地久天长

墨菊

一

在我写的很多诗里
其中有专门为你写的一首
诗中没有提到你的名字
肯定你会知道是哪一首

二

能说今生今世无怨无悔
一定是个幸运的人
我们不单有怨而且有悔
是被无辜捉弄的人

三

不必悔恨,不必伤悲
毕竟我们曾经拥有
像开在枝头的鲜花
永远定格在彼此的心里

梅子

梅子熟了
挂在枝头
怎奈世风无情
错过了采摘的时候

望梅
是一种怎样的心情
梅子,如今只要想起你
心中都充满了酸的滋味

山歌

山里的人爱唱歌
山里的山多歌也多
深山里边出俊鸟
俊鸟也爱唱山歌
嗦罗罗　嗦罗罗
深山里边出俊鸟
俊鸟也爱唱山歌

山里的人爱唱歌
山里的歌多花也多
深山里边出好花
好花妆点咱好山河
嗦罗罗　嗦罗罗
深山里边出好花
好花妆点咱好山河

别情

相聚是缘
怎忍说分别是散
望着你依依地转身
垂下了含泪的眼
留下一个精致的背影
让人留恋
让人牵挂
那一生都割舍不断的思念
在我心中
化作了永远的梦萦魂牵

流泪

我不会在别人面前流泪
不管受多么大的委屈
我会强迫自己忍住
哪怕是咬破嘴唇,咬碎牙齿

我会努力表现得坚强
不让泪水冲破脆弱的河堤
为了尊严我只能允许自己
在一个人时方行使流泪的权力

当一个人躲在静处伤心流泪的时候
最害怕被人发现过来安慰
我连忙擦干眼泪为自己辩解
刚才不知怎么眼里掉进去了一粒沙子

只有在自己的亲人面前
才能毫无保留地倾泻自己的感情
我知道只有这个时候
才能获得温馨的抚慰

大行诗稿

白杨树叶哗哗响

白杨树叶哗哗响,
姑娘送小伙子向远方,
他们走到村口旁,
离别的话儿好心伤。

"再见了家乡,
再见了姑娘,
今天我就要去远方,
带着我的破行囊。
我不知今后要走的道路有多远,
我不知今后离家的日子有多长,
外边的世界太茫茫,
为了不误你的好时光,
请你把我忘。"

"再见了哥哥,
再见了情郎,
今天你就要去远方,
请把我的心也带上。

无论你今后的道路走多远,
无论你今后离家的时间有多长,
外面的世界太茫茫,
请不要忘了,
家乡爱你等你的姑娘。"

白杨树叶哗哗响,
姑娘送小伙子去远方,
他们走到小河旁,
离别的话比那河水还要长。

"再见了家乡,
再见了姑娘,
今天我要到外面捞世界,
也不知结果怎么样?
捞到幸福我就带给你,
捞到苦果我就在外独自尝,
我不能让你也受苦,
误了你的好时光,

"再见了哥哥,
再见了情郎,
今天你要到外面捞世界,
也不知结果怎么样?
捞到幸福你带回来我们一起享,
捞到苦果我也要和你一起尝,
苦甜我都等着你,
请你不要忘了,
家乡爱你等你的姑娘。"

学会宽容

走出昨天的阴影
放下心中的沉重
不要耿耿于怀
那毕竟是已经过去的事情

尽管是一场恶梦
尽管给心灵留下许多伤痛
过去的就让它过去
对待过去
你要学会宽容

走出昨天的阴影
放下心中的沉重
挺起自己的胸脯
走好未来属于自己的路

恶梦已经醒来
时间会治愈受伤的心灵
含着微笑面向人生会使心里一片光明
对待生活，你要学会宽容

我愿

我愿往前看
不愿回头瞧
过去伤得我太深
心中留着深深的伤痕
不堪回首的往事
总想忘记
但忘记过去
又谈何容易？

我不想让今天的生活，
笼罩着昨天的阴影
我不想让明天的太阳，
笼罩着昨天的乌云，
我不想背着过去沉重的包袱
走将来的路
我不想让受伤的心
浸泡在痛苦的泪水里

告别过去,告别眼泪
尽管那曾经是我一段刻骨铭心的经历
我必须把它深深地埋藏在心底
我必须把它深深地封存在记忆里
我把过去的一切
托付给飘落的黄叶
我把未来的一片蓝天
留给自己

忆

在记忆的枝杈上
挂着一个难以忘怀的旧梦
像儿时春天里放飞的风筝
没有青云直上
却高高地挂在柳枝梢头

那是多梦季节里最美的花
那是年轻时最纯的情
岁月的风雨没能使他锈迹斑斑
相反的,时光却把它擦拭得更加夺目
啊!心底里那些闪光的记忆

人生谁人没有遗憾?
我们的遗憾是没有完全实现我们的梦
所幸的是它留给了我们甜甜的忆
尽管里面有许多苦涩
我们仍愿意经常地品味

分别

我要为你再写一首诗
你想为我再唱一支歌
挥挥手分别在霞光里
留给彼此都是美好的记忆

莫相忘,永相忆
人间最珍贵的是情谊
祝你今后的日子像诗一样好
祝我将来的生活像歌一样美

如果我们今后再相会
我想还应该在灿烂的日子里
我还能记起你曾为我唱的那支歌
你还能一字不差背出我写给你的那首诗

我要为你再写一首诗
你想为我再唱一支歌
挥挥手分别在霞光里
留给彼此都是美好的回忆

小木房

坐在柔软的沙发里
孩子们依偎在身旁
亲爱的你是否还记得
当年秦岭深处那个小木房

当年秦岭深处那个小木房
是用几块木板为我们搭起的新房
它建在密密的深林里
它建在淙淙的泉水旁

我们结婚时没有热闹的场面
有的只是说不出来的冷清和凄凉
没有亲友的祝福和贺喜
只有漫天大雪到处白茫茫．

新婚之夜是多么富于诗意
我们结合在多么纯洁的环境里
雪花从木板缝中不断送来天上的祝福
梦醒时才发现是为我们加盖了厚厚的雪被一床

真 情

秦岭深处那个小木房啊
一想起它心中便涌起无限的感伤
这里是我们相依为命的起点
从此后你无悔地跟我漂泊四方

经过了多少年艰苦的拔涉
度过了多少酸楚的时光
当我们终于有了一个幸福归宿的时侯
我仍难以忘记秦岭深处那个小木房。

坐在柔软的沙发里
孩子们依偎在身旁
亲爱的,你是否还记得
当年秦岭深处那个小木房

牵着你的手

牵着你的手
我的梦
还有你的温柔
静静地
静静地
一直往前走
走过漫漫的夜
走过长长的路
什么也别说
让心来感受
那份甜蜜
那份温柔

你可还记得
那年在西安
流落在街头
也是漫漫的夜
也是长长的路
雨在天上下

泪从眼里流
如果不是牵着你的手
我的梦
还有你的温柔
相偎相依
我真不知道
能否走出那段艰难的路

心心相印

真想对你说
我是怎样深深地爱着你
自从命运
把我们嫁接到一起
生命之树
就再也分不出
哪一片叶子属于我
哪一片叶子属于你
无论是苦涩
无论是甜蜜
花
是我们共同的花
果
是我们共同的果
悲伤
是我们共同的悲伤
欢乐
是我们共同的欢乐
风雨一起走过

坎坷一起走过
我的心里装着你
你的心里装着我
噢!
这就是人们常说的心心相印
是吗?
请在我耳边
悄悄告诉我
你也在深深爱着我

致老同学

保留一份乐观
保留一份天真
保留一份热情
保留一份童心
不要总是对着日历
感慨飘落的岁月
不要总是对着镜子
悲叹频添的银丝
人老心不能老
这世界还很年轻
过去付出的艰辛应有回报
美好的日子对我们来说
才刚刚开始

真 情

别说我们已老
别说已近黄昏
只有珍惜自己
这个世界才属于你
保持身心健康
保持乐观精神
微笑的眼睛里是一个明媚的世界
昏花的目光中绝不会有明朗的天空
你给生活一个微笑
生活会还给你一个希望
你给生活一点奉献
生活会还给你
一片温馨

思

无论在什么地方
无论在什么时候
只要一想起你
眼里总是湿润润的
心里总是热乎乎的
那种真情流露
真的如月光下涌出的清泉一般纯净

期望

我对你的最大期望
就是不要让我失望

美梦

你的梦
一定很芬芳
很美丽
很温馨
很甜蜜

因为
我发现
很多蜜蜂
蝴蝶
纷纷往你梦里飞

温馨的记忆

无论怎样寻觅
再也找不回失去的往昔
凋零的落叶早已不知踪迹
只有心中还保存着那份美丽

真情似水
冷热深浅知道的只有自己
即是整个世界都已经忘记
心中仍保留着那份温馨的记忆

相约

冥冥中你走进了我的世界
无意间我也闯入了你的生活
但愿彼此不是一闪而过的流星
但愿彼此不是匆匆而去的过客
相逢相知都是缘分
让我们彼此珍惜
一起开花
一起结果

最多

热爱生活

享受生活

只有热爱生活的人

才能充分地享受生活

生活是一首诗

生活是一支歌

生活是一本教科书

只要认真想想

其实

生活教会我们懂得的

最多

诺言

永远有多远
人生只能截取其中的一段
忠诚面临着考验
请问：
你是否仍在履行着曾经的诺言？

情思
在芝兰幽香处升华
在桃李纷飞中迷乱
莫轻言，地老天荒
海枯石烂

很多

很多痛苦
我不会忘记
但我不愿经常忆起
因为
它会让我痛苦

很多甜蜜
我不会忘记
我会经常忆起
因为
它会让我甜蜜

银锭桥

银锭桥下微波荡漾
映照过多少古往今来的脸庞
多少追求美好的人都慕名而来
期望能在这里留下一段洒满彩霞的时光

据说这里是北京风情最浓的地方
亭台楼阁京腔京韵柳丝长长
如果你夏夜泛舟在什刹海上
霓虹摇曳荷花飘香真让人恍如在人间天上

听晨钟暮鼓发古之幽情
赏银锭观山的美妙景象
好一幅绝妙的山水画卷
那画中可有你曾在其中徜徉

银锭桥下微波荡漾
映照过多少甜蜜幸福的脸庞
据说站在桥上如果能看清心上人的影子
甜蜜和幸福便会永远陪伴在身旁

知己

生命中最大的幸事
莫过于能有一个知己
肝胆相照
推心置腹
说 和别人不便说的话
诉 和别人不能诉的苦
经历过生死考验
永不变心

不是所有的人
都能有此交情
那是多少矿石中筛选出来的一颗璀璨的钻石
那是多少泥沙中冲洗出来的一粒闪光的金子
人生能有一二知己已经足矣
可以陪你笑
陪你哭
陪你共享人生的欢乐和痛苦

时间

纷纷飘落的
是遍地的落英
啊，春已挽留不住

纷纷飘落的
是雨一样的思绪
正是欣欣向荣的夏日

纷纷飘落的
是黄金般的记忆
人间正道是个秋

纷纷飘落的
是漫天的飞雪
一年又将去的心情

墙上挂着的钟不知怎么停止了摆动
可时间并没有因此停住脚步
无论你是睡是醒
它始终在走……

背靠着背

坐在蓝天下
背靠着背
心贴着心
四周是如此之静
抬头望远天
白云悠悠

坐在草地上
背靠着背
心贴着心
心情是如此之好
仰头望夜空
数星星

背靠着背
心贴着心
互相支撑着
谁也离不开谁
说吧

此时此刻
你说什么我都爱听
从过去说到未来
从现实说到梦

保留

我把对你的那份感情

深深地保留在心中

不想轻易吐露

就像蓓蕾

一旦展露

便会失去许多芳香

就像激情

一旦表达

便会失去许多温度

就像真诚

一旦说出

便会失去许多成色

就像美梦

最好还是珍藏在梦中

不想醒

我想保存它的美好

即使是一个梦

柳絮

关于柳絮扬花的传言
总是与春天的故事有关
那种飘来飘去的景象
不该成为一种心情的烦乱

来也淡淡,去也淡淡
如白雪化作鸟羽之轻柔
如绒花披着轻纱的浪漫
但愿无烦无扰这个世界

不想在天地间迷失
只想在某一个地方结缘
我真的不愿在这个世界漂浮
可我掌握不住自己的命运请莫怨我柔弱苍白

啊!茫茫无际的情天幻海
只想觅一方净土作为家园
但愿漂泊不是注定的命运
只是人生一个迷茫的阶段

假如你是一棵大树

假如你是一棵大树
我真的不愿在你的树荫下乘凉
有福同享
有难同当
我不想你因为我
承受烈日的灼烤

假如你是一棵大树
我真的不愿藤一样把你攀附环绕
互相支撑
互为依靠
才能构架牢固的基础
才能达到美好的境界

假如你是一棵大树
我真的不愿在你的阴影里生活
阳光雨露
生命之要
我愿和你并肩生长
长成一棵和你一样挺拔的大树
依恋在你的身旁

寒流

感情遭遇寒流
已在某个地方冻结
也许曾经非常美丽
此时却已成为凝在冰中的蝴蝶

说什么冬去春来
说什么春风化蝶
当融融的暖意溶化了冰雪
感情已经不在——
像那只已经断魂的蝴蝶

没有地方哭

一位乡下大嫂
独自一人走出了村
远远的找一个绝对僻静的地方
盘腿坐下 掏出手巾
开始悲天怆地地哭

多么好的一个去处
可以充分提供哭的自由
就连多嘴的的麻雀也会退避三舍
匆匆飞去
它们也不愿窥探别人的隐私

想怎么哭 就怎么哭
想哭多久 就哭多久
反正不会有人来劝
没有干扰
完全可以自己把握哭的程度

把眼泪哭尽
把手巾湿透
把满腹委屈哭个通透
让凝结的瘀块不再憋得心里难受
也就完成了这次哭的任务

整整散乱的头发
擦干脸上的泪痕
拍拍身上的尘土
然后大大方方依然故我的往回走
脚步似乎也变得轻松

啊 那位乡下大嫂
我真的好羡慕你
你至少还有一个畅快哭的地方
我想哭的时候
甚至连个哭的地方都没有

深沉

我为什么对你爱得如此深沉
那是因为对你所有的爱
全都发自内心
正如一棵充满生命力的大树
要想亲吻至高的蓝天
就必须把自己的根扎得很深很深

我为什么对你爱得如此深沉
那是因为这个世界所有的无奈
我都深有体会
我懂得真正的爱
能得到是何等的不易
因此倍加珍惜把它藏在心底

远近

没有谁比你离我更远
真正的远在天边
没有谁比你离我更近
那是因为离别时相互交换了彼此的心

别说天外的黄莺离我更远
别说窗前的百灵离你更近
但那远那近
其实
和你我都没有一点关系

也许是个梦

也许是一个梦
也许只是一种幻觉
你这爱的精灵
怎么就偏偏看上了我

明明面前空空如也
你却说不远处就有一个非常美丽的花园
穿过花园的幽径
直到一个蓝色的湖泊
我们在湖中洗净自己的灵魂
去攀登那直上青云的台阶

人相随 心相托
手挽着手共走人生路
朦胧中好像就有你和我
明月如水
美人亦如水
却只为抚慰爱你的我

七夕

据说七夕这天
喜鹊全都从人间消失
他们都到天上去了
都去银河搭建鹊桥
年年如此
不辞劳苦
为的是成全牛郎织女相会

直到如今
依然如故
只是鹊桥上不见了当年的牛郎织女
他们都追求时尚去过外国的情人节了
啊 被冷落的鹊桥
被抛弃了的传统
被辜负了的那些痴心不改的鸟儿

许诺

我很在意
你的许诺
你说将来
要送我一片金色的阳光
还有一小片精心剪裁的云彩
啊
多么浪漫
但愿这个美丽的愿望能够实现

我不知道
将来有多远
但我有耐心
等待你的许诺兑现
啊
一个小小的礼物
一片金色的阳光
一片精心剪裁的云彩

终于有一天
你在一个雨过天晴的日子
来到我面前
我问你曾经的许诺
你说全在天上
只是需要
我自己去裁 自己去剪

选择

是我选择了你
还是你选择了我
互相选择对方
体现了某种平等的原则
应该说是选择的最高境界

是我选择了你
还是你选择了我
这种主动被动的选择
也许是一种缘分
但愿能有一个完美的结果

我们总是不断
变换着选择和被选择的角色
那种感觉
有时感到一种从未体验过的美妙
有时感到非常无奈

保存真情

真想找个地方
寄托所有的真情
我害怕它丢失
即便是一滴眼泪

多少珍贵的情愫
到头来却发现无处安置
真想找个隐蔽之处
既避免被世俗污染又能保持如初的纯净

多么想把今生所有的真情
完整地保留给自己
以便在寂寞的时候
小心取出来细细体会

赠诗

踏上红地毯
走进婚姻殿堂
折叠起浪漫的翅膀
回到现实的生活

负起生儿育女的传承
奏响锅碗瓢盆的乐章
营造温馨幸福的家庭
创造生命的灿烂辉煌

悦

己悦 悦己
人爱 爱人
那种爱与被爱的感觉
真的很美

己知 知己
真情 情真
莫问情系何方
只在彼此心的某个隐秘之处

写在红叶上的诗

写在风里的诗
最容易被风吹走
像一朵漂浮的云彩
转瞬间便不见了踪影

写在雨中的诗
总是有些潮湿
那些点点滴滴的记忆
很难化做潇湘的斑竹

写在雪上的诗
冰晶玉洁冷艳得耀目
只是不知是什么原因
不能见容于春日

写在霜上的诗
或许只是在薄薄的一层上留下身影
还是写在霜染的红叶上吧
岂不知经霜的红叶最宜保存诗意画情

一个冬天的童话

一个冬天的早晨
初雪的纷飞
如实的反映出心情的烦乱
不知为何我来到一个本不想来的地方
难道是为了一段理不出头绪的情感
难道是为了一段不忍丢弃的纪念

当我来到那棵曾经约会的大树跟前
忽然发现有个熟悉的影子迎面而来
怎么会有如此的巧合
难道是冥冥之中谁的安排
难道是心有灵犀,旧情难舍
让这种不期而遇成为了必然

人未死
心仍恋
似乎是一种默契
谁能说纯系偶然
一个冬天的童话
发生在一个纷纷扬扬的大树下边

与君漫游

与君漫游
渐入佳境
或许只是一个山回路转
便已忘却了归路

眼前是一个怎样的缤纷天地
如梦的精彩
如幻的生动
让人恍若置身仙境

见所未见
闻所未闻
如此神来之笔
看去竟是浑然天成

一切都在意料之外
一切又都在情理之中
徜徉在你营造的的世界里
才真正明白什么是享受

游子吟

一粒来自他乡的种子
被命运之风携带到这里
如果环境条件适宜
它会在这片沃土上
发芽生长扎根
开出鲜花
结出硕果
奉献自己的生命之美

浪迹天涯的人
处处以天下为家
不想老死故里
如果能在哪里结缘
他的吻
会同样热烈
他的爱
也许会更深

悲剧

很多很多的悲剧
在这个世界上不断的发生
也许会触及到柔软的部分
让人陪着滴几滴眼泪

谁愿意制造悲剧
谁愿意成为悲剧人物
怪不得越来越多现代的人
都喜欢皆大欢喜的喜剧

悲剧不会因为人不喜欢而远去
它还在生活中不断地演绎
比如说爱你的人你不爱
你爱的人又不爱你

青瓷

那件被认为是无价之宝的青瓷
不知是从谁的手中跌落
面对一地的碎片
追究责任似乎已于事无补
重要的是如何来收拾残局
世上有多少非常珍贵的东西
问自己是否真的非常珍惜
已被打破的将会成为永远的遗憾
即是粘合起来也会留下裂痕
小心维护吧
我们心中所有的珍贵
请保持它的完整，完美
千万莫让它从你的手中破碎

洁白

比白更白的是雪
比雪更白的是玉
比玉更白的是瓷
比瓷更白的大约就是心灵

雪之所以为白
是因为来自天上
玉之所以为白
是因为来自地心
瓷之所以为白
是因为经历了烈火的冶炼
像心灵那样
始终能保持洁白的品性

哦 幸福

哦 幸福
我说不清楚你究竟是属于我
还是我属于你
或者是互相属于对方
一生一世,都忠贞不渝

哦 幸福
曾经迷失的幸福
你现在究竟是在何处
我不知道你是否也在找我
可我知道我一直在焦急地寻你
不怕踏破铁鞋,艰难险阻

哦 幸福
我的朝思暮想的爱人
有时你离我是那么遥远
即是远在天边我也把你憧憬
有时你就在眼前
我恨不得立即把你揽入怀中

哦 幸福
你这美的化身
在我最艰难的时候
是你给我力量，对我微笑，向我招手
在我最顺利的时候
我依然对你挚爱有加，忠心耿耿

哦 幸福
我的美梦中最美的梦
为你我可以赴汤蹈火，历尽苦难
为你我可以舍弃一切，甚至生命
即是在漫漫黑夜我只能看到天上的星星
也会联想到你那美丽而又明亮的眼睛

哦 幸福
我一生的追求
我今生别无所求
只求能够把你拥有
愿我们永远在一起
不离不弃，终身相守

一幅画

曾经夜半挑灯
用我诗人之笔
精心画你
画盛开的花
我想在你最美的时候
把它变成一幅
充满诗意永不褪色的画

多少年过去啦
那幅画一直在我的墙上挂
谁也不知道画的是谁
只知道是幅非常美的画
只有我清楚
画中的人,画中的花
还有那熟悉的眼神
还有那不曾忘却的一段佳话

如今

我们都已经老了

我是多么希望

你有机会再看看当年这幅画你的画

什么也不要说

什么也不必说

年轻时彼此曾真心的爱过

能留下一段美丽的记忆

能留下一幅美丽的画

已经够了

当你有机会看到这首诗的时候

人的一生会犯许多错误
我的最大的错误是得到了你又不幸把你失去
直到现在我都无法原谅自己
扪心自问不知到底错在哪里

也许是无力抵御世俗的冲击
也许是命运无情的作弄
我们为自己真情付出了代价
那是彼此 心中永远的痛

当多少年后我们偶然在某处相遇
唐突间也许不知该怎样称呼
那是一个永远无法弥合的伤口
我只能把此时的感受默默写进自己的诗中

当你有机会看到这首诗的时候
你也许会惊讶于两人的心竟是如此相同
你也许最能体会那种怅然若失的迷惘
但愿回报我的不是滴在这首诗上的几滴眼泪

最美的一瞬

花最美的时候
是晨光里刚刚开放
娇嫩的花瓣上还挂着晶莹露珠的时候
人最美的时候
是明媚的阳光下
绽放着青春灿烂微笑的时候

我真的非常幸运
想当年
你会心回眸嫣然一笑
恰似一道奇妙的闪光直透我心底
像感光的胶片,被我
定格住了那最精彩的一瞬

结

琴瑟和谐

慎弹别调

小心维护

勿使弦断

断了的弦即是再接起来

也会留下一个无法回避的结

冷落

美人迟暮
英雄末路
风光早随秋风远去
空留几多愁绪

时光易老
岁月无情
如今能有几人还在关注
那沦落江湖的凄楚

门庭冷落
落叶遍地
寂寞黄昏谁人与共
闲说当年繁华时候

心之弦

心之弦无意中被谁拨动
不知道会跳出怎样的音符
说不清是一声深沉的叹息
还是一段欢快优美的乐曲

弦上微微颤动的韵律
不知道是谁碰到了那根神经
说不清是唤起了一段美好的回忆
还是勾起了一段沉重的往事

啊 心之弦
心之弦真的不愿在冷清中一直沉寂下去
可知我仍在寂寞地等待着有缘的人
拨动这心之弦，弹奏出最美的生命之曲

致旧友

当年我在我的心里
安置了一个极好的去处
那个地方不大不小
恰好能装进你的名字
还有你的美丽

我把那个名字保留的真好
以至几十年过去之后
取出来看时
依然和新的一样
包括你当年的美丽

我没有忘记你
我怎能忘记你
那份珍贵的记忆
恰如一直惦念我的你

打开一把小伞

打开一把小伞
撑起一片属于自己的天空
晴天为自己遮阳
雨天为自己挡雨
无论是晴天还是雨天
那五颜六色的精致
都是一道亮丽的风景

打开一把小伞
撑起一片属于自己的天空
别说那一片天地过于狭窄
可知就在那小小的伞下
从古至今产生过多少诗情画意
演绎过多少绮丽的故事

真 情

打开一把小伞
撑起一片属于自己的天空
多么希望和你
肩并着肩
相偎相依
同撑一把小伞
共走人生路

为了忘却的记忆

在一个不曾忘却的地方
留下了多少不曾忘却的往事
在雪上写下过青春的誓言
待到春暖花开再去造访
却早已不见了踪迹

为了不曾的忘却
为了忘却的记忆
去寻觅一个消失了的纯洁
总有几分惆怅
总有几分说不清楚的恍惚

从朦胧时说起
它就是那么让人憧憬
不曾得到时
会以无限的激情去幻想它的美好
已经得到后
会让人爱得更深

知心十四行诗

很久都没有得到过亲切的抚慰
冰凉的心居然也能够生锈
谁能在此时为我轻轻擦拭
那令人怀念白皙而又温暖的小手

人在寂寞孤独的时候
即是心如钢铁也同样需要温柔
我是多么希望在这个时候
能来一个知心的朋友

也许是梦也许并不是梦
你千里迢迢不期而至
带给我的是一个怎样的感动
无论此时是坐在天堂门前还是地狱门口
知心者或许就是这样
总是出现在最需要的时候

手

这是一双怎样的手
怎样的手
能给你无限的温暖
能抚平你心中的伤痛
能提起不堪沉重的沉重
能托起落到头顶的祸福
能牵着一家大人小孩的手
努力向前
不避风雨
能紧紧握住来之不易的幸福
并把它永远地留住

这是一双怎样的手
怎样的手
我把它紧紧地捧在自己的手里
并把它捂在自己的心口
亲爱的
这就是你的一双美丽的手
当我摩挲到你满手的老茧
心中感到的却是无限的感激无限的温柔

爱的体会

爱的甜度
无与伦比
都说有如蜂蜜
蜂蜜哪有这种滋味

爱的温度
无微不至
听说能够让心融化
那荡漾着春风般的温柔

爱的深度
深不见底
谁能测出具体数据
说明他爱的还不够

爱的广度
无边无际
大爱无限
无限的爱是这个世界最能感动人的美丽

无题

听别人的故事
流自己的眼泪
说不清是一种感动
还是一种共鸣

弹别人的琵琶
舒自己的心曲
如果自己都不能感动自己
还怎能去感动别人

内心的脆弱
外表的矜持
你没有关注过我
怎知道我在关注着你

性情中的东西
往往会决定一个人的命运
多么希望和你不期而遇
在山高水远的某处

寻

寻
谁没有太多太多寻找的经历
寻找丢失的珍贵
寻找丢失的往事
寻找丢失的人
太多的丢失让我们有了太多的寻
有时是为了寻找开门的钥匙
有时是为了寻找丢失的东西
有时某种东西明明拿在手里仍要到处去寻
有时甚至此时此刻
还有人在茫茫人海中寻找你

寻
好像不仅仅是在寻找丢失的部分
其实更多是在寻找对未来的希冀
寻找一份真情
寻找一份美丽
寻找一个似锦的前程
寻找一个理想的归宿
寻找一个梦中的人
啊！但愿人间所有的寻
都如蓦然回首间
她在灯火阑珊处

拜年

春节早起
新的一年新的开始
趁着老伴梳洗完毕
我连忙搬个椅子请她端坐正位

她诧异我要搞什么把戏
我连忙解释以正疑虑
我说：现在磕头早已过时
我给你鞠个躬吧，感谢你一年来对我的照顾

她含嗔地推了我一把
无不温柔地说：这样的事
也只有你，能做得出
说着趁我还没有来得及准备
作为回报
她已搂住我的脖子
给我一个深深的吻

寄友

一

与君交游
足慰平生
萋萋芳草连天涯
何处不青青

爱在哪里
情归何处
即是化作一缕袅袅的青烟
也在梦牵魂绕中

二

随心所欲的漫游
从来也不预设去处
一切都随其自然
任山高水长
白云悠悠

真 情

徜徉在天地之间
寄情于山水之中
人生际遇都讲究一个缘分
喜相逢时执手相看
却似命中注定

三

过了那么长时间
我依然把你想念
往日的情怀铭记在心
今生今世都不会遗忘

你问我如今情系何方
我想对你说
我的那颗心
依然停留在最初的那个地方

表白

没有人比我更知你
没有人比你更知我
知我者
君
知君者
我

没有人比我更爱你
没有人比你更爱我
爱我者
君
爱君者
我

缘

命中注定今世无缘
只能把希望寄托于来世
是谁做出如此悲观的判断
把一段生生死死的情债
演绎成了凄美的悲剧

来世本是个假定
如把过多希望寄托在它身上岂不太玄虚
未来也是
未来永远是个未知数
我们总是以最美好的愿望把它想象
不知道将来它会以什么样的方式回报我们

不要轻易说什么命中注定
其实命中什么也没有注定
不要轻易说今世无缘
无缘为何今世又相逢
要我说呀
今生有缘，缘在今世

纯洁

白玉无瑕
白雪无痕
纯洁之所以被人所珍惜
恰如一张白纸
可以随意挥洒精彩人生

荡荡乾坤
黑白分明
比如婚纱
无论怎样娇艳
洁白依然是首选
比如爱情
无论如何浪漫
纯洁依然最被看重

月夜图

好一幅迷人的月夜图
是谁把它描绘得如此温馨如此纯净
那种诗情画意淡远恬静
可曾勾起你思情无数

像情窦初开的少男少女第一次约会
情与景在融融中交相辉映
可曾记得当年手挽着手在月下散步
那种境界恍如犹在耳边轻轻回荡的小夜曲

金色的月光洒满了美丽的田野
也把那一片金色 洒在我们的心中
美好的时光总是那样的让人忆念
真的是如诗如画如幻如梦

好一幅迷人的月夜图
图中可有你和我的身影
每当月上柳梢独自倚窗望月的时候
真的不忍去问此时正在想谁

离开

离开这里的时候
刚刚跨出门槛
不知为何
却又停住了脚步
不由地转身
又跨进门里
好像遗忘了什么东西

其实什么都没有丢失
屋里所有属于自己的东西早已拿走
剩下的只有曾经的经历
剩下的只有苦涩或甜蜜的历历往事
我怀着无限的留连
最后深情环顾这熟悉的一切
然后深深地鞠了个躬
趁着眼泪还没有涌出
连忙匆匆离开
再也不忍回头

梁祝后传

为爱殉情的人
绝不会希望自己变成两只小小的蝴蝶
翩翩翻飞在花丛中
一个叫梁山伯
一个叫祝英台

如果真有来世
我想这一对情侣
还会相约投胎在风景如画的某处
一个是谦谦俊男
一个是纯情靓女
也是同窗
相互爱慕
只是少了后面的悲剧
时代不同了
他们以后结婚生子
过着幸福美满的日子
真的做到了
有情人终成眷属

谈恋爱

乡下女子
到了谈情说爱的年龄
总是有些羞涩
总是在悄悄中进行
绣个袜底
互赠信物
相见时总在无人看见的偏僻处
夜晚场院看电影谁没有趁机钻小树林玉米地的经历

城市女子
到了谈恋爱的年龄
真是大胆的出奇
花前月下早已经成为过去
一切都在众目睽睽中进行
君不见越是热闹的车站、街头
越是有恋人旁若无人的亲热
连见的人都不好意思的场面
已经成了城市一道靓丽的风景

旧地、旧人

旧地
不知为何总让人产生重游的冲动
或许是为了重温
或许是为了重走一遍人生路

旧人
多少已经淡远
多少依然历历在目
忆起时依然令人唏嘘

旧情
难断的是因为旧
像那贮存太久的老酒
历久弥香,醇味越浓

旧事
多少仍铭记在心
多少已经变得模糊
而那一生都难以忘怀的
是因为注入了太多的心血
太多的感情

孤独的心情

一个人孤独的时候
无月之夜连影子都弃我而去
眼前是一片茫然
不知道自己会把自己引向何处

一个人徘徊在空旷处
心中浮起多少无名的愁绪
问自己究竟在寻找什么
以填补这无限的空虚

啊,寂寞、孤独、空虚
有时候即是身处闹市
要一杯打发时光的咖啡或是红酒
无人与共,眼前的一切也不过是些与己无
关的浮光掠影

身无所托
情无所寄
多么盼望有不期而遇的童话
以不辜负那颗在寂寞中等待的心

想你

有的时候
独自一人
连自己都不知道
自己在胡思乱想些什么

海阔天空
时风时雨,时阴时晴
有时想天下,有时想自己
有时想别人此时此刻是否在想心上人

心猿意马
时喜时悲,时笑时嗔
想到高兴时不由窃窃地笑
想到伤心处不由悄悄的流眼泪

浮想联翩,似梦却醒
常有一种不可名状的感觉
特别是在想你的时候
心头更是另一番滋味

命中注定

命中注定会失之交臂
却不知为何仍两情依依
除此之外大约人生再无失落
如此的憾事恐怕会伴随终生

总想回避却无处回避
总想再续却无法再续
心事茫茫欲哭无泪
只为真情无枝可依

总想忘记却无从忘记
总想珍藏却不知该放何处
挥剑斩愁愁却更愁
抽刀断水水却更流

说不清楚如今是什么关系
也不知再见面时该怎么称呼
命运原不该如此把人捉弄
只有互道一声珍重　聊慰生平

夜

夜的颜色
不等同于黑暗
那么宁静
那么悠远
总是给人一种柔美温馨的感觉

闪烁的星星
朦胧的月光
让情人幽会
让家人团聚
给劳顿了一天的人们提供了休息的机会

啊 夜色多么美
花在悄悄的开 草在悄悄的长
孕育着美梦和希望
你听 不远处新生儿嘹亮的啼声
简直是在唱一首生命之歌

只因为不曾遇到你

只因为不曾遇到你
此前我才把许多大好时光随意地抛掷
你说还为时不晚
总算是懂得了珍惜

只因为不曾遇到你
此前我总是到处挥霍着自己的真情
你说这并没有什么错
恰恰是我身上最大的长处

只因为不曾遇到你
此前我总把自己拥有的财富分赠给他人
你说那都是种子
身后也许会开出花朵无数

只因为如今有幸遇到你
我才把全部身心都收回
你说集爱于一身
并不影响你做一个堂堂正正的人

你的温柔

我赞美你的温柔
那真挚而又深情的美丽眼睛
那柔软而又温暖的纤细小手
如灿阳,如细雨,如春风
凡是所到之处
心花绽放
欣欣向荣

再冷的冰 也能被你融化
再硬的心 也能被你感动
再重的伤 也能被你治愈
再大的痛 也能被你抚平
即使再荒芜的土地
也能在你的照料下复苏
啊 你的温柔 无与伦比
多么希望一直焐在我的心口 给我温柔

梦中知己

是你在敲我的梦之门吗
我的经常来造访的梦中知己
今晚我早已入睡进入梦中
目的就是能 及早与你 梦里相亲相怩

梦里梦外绝对是两重天地
即使有个梦中的人也能有个地方敞开心扉
梦外有多少真心话我真的无处倾诉
无论满腹的真情还是心中的苦

莫要说梦里是虚梦外为实
只要彼此真诚相待互为安慰便已足矣
请接受我这把作为礼物的开门钥匙
今后无论何时前来我都欢迎

不是出于礼貌也不是出于疏忽
我们彼此从未询问过对方来自哪里
姓甚名谁
若问这是为何 只因你是我的梦中知己

一首小诗

一首温馨的小诗
是我送给你的礼物
请你把它保存在心里
一旦遭遇到寒冷
他会带给你融融暖意
因为里面贮存了太多的温度

曾经的爱

我们曾经爱过
曾经 多么准确的定位
如今能够听到如此坦诚的剖白
已经足慰平生

过去的已经过去
何必旧话重提
不过那曾经的美好
至今依然美好
那曾经的甜蜜
至今依然甜蜜
只不过多了几分苦涩几分酸楚

曾经的爱
彼此都曾付出过真情
那是人生一段刻骨铭心的经历
尽管如今再不能挽回
但我依然珍惜
那一份爱
那一份情

苦酒

美好的开始
黯然的结束
杯中酿造的原是甜蜜的琼浆
谁会想到 喝到最后杯底竟成了难咽的苦酒

是什么造成了如此的不堪
这绝不是最初希望的结局
如今互相埋怨已经没有了意义
令人痛惜的是所有真心的付出全变成了不堪回首

别说早知如此何必当初
当初原不知会是这样的结局
毕竟相亲相爱携手走过一段人生路
但愿在岔路口分手时能互道一声珍重

来 让我们在摇曳的烛光下干杯
干完杯底我们自己酿成的苦酒
不论它有多么苦涩
我们都要一饮而尽即使是血和泪

关爱

我真的很在意你
不知你对我
能否以心对心
对我也同样非常在意

如果你的脸上出现淡淡的愁绪
我会化作一缕清风轻轻把它拂去
如果你的眼前显现一丝阴影
我愿变成一片光明映照你的前程
如果你的身上感到有寒风袭来
我会化成一片灿阳一直暖到你的心底
如果你的心田久旱不雨
我会变成润无声的细雨把你的心滋润

莫问我是谁
你心中应当有数　你应当清楚
那是一个
一直真心关爱着你的人

梦里情怀

似在梦里又似不在梦里
似在梦外又似不在梦外
明明看着你就站在我的面前
像从前那样让手手相牵

尽管互相之间只有一尺之遥
但又恍若处在两个不同的世界
中间有一层无形的东西阻隔着
既是无情又是无奈
却忍心让彼此泪眼相待

梦里情怀梦外情怀都是情怀
但愿真情不变痴心不改
即使天涯路断又该如何
即使你在梦里我在梦外
我也会永远的把你等待

怀旧诗

旧人旧事
皆已远去
但多少仍在怀念中
冷凝成眼睛里的一汪晶莹

旧的不能变新
但新的可以变旧
我以我心酬知己
记忆中灿如星光的闪烁可是旧人的影子

依旧

休说了无新意
温馨却是依旧
依旧的人
依旧的事
依旧的风景
依旧的依旧
像一张已经泛黄的旧照片
依旧是那样脉脉含情

依旧的素雅
依旧的馥郁
依旧的豁达
依旧的真情
依旧的一颦一笑甚至是一声叹息
都依旧是原来的样子
啊 我心依旧
但愿你心如我也是一个依旧

凝视

谁在凝视着你的睡眠
像在欣赏一幅美丽的画
充满着深情
久久地不肯离去

也许是窗外融融的月光
把金色的光涂在你平静的脸上
为的是让你更加美丽
也许是母亲温柔的目光
慈爱地把你关注
而你此时依然在梦中
也许是爱你的人坐在你身旁
趁着你熟睡的时候
在你的额上轻轻一吻

如果说希望

如果说希望
我希望我是你的希望
当你满怀激情展望未来
我就站在远处你可以看得见的朝霞里

如果说希望
我希望我是你的追求
当你孜孜不倦追求你的目标
原来我温暖的怀抱就是你梦寐以求的归宿

如果说希望
我希望我是你的梦
当你从美梦中睁开惺忪的眼睛
惊喜地发现我就坐在你床头
深情地拉着你的手
延续着你的梦……

惦记

一

惦记
谁把谁惦记
是你 还是我
是我 还是你

能有人惦记
能被人惦记
那真的是人之大幸
只因没有被忘记

相知相惜 相念相忆
莫问究竟是谁在惦记着谁
像两股细细的清泉
一直流到彼此的心里

啊 惦记
人在两地 心在惦记
你在惦记着我
我在惦记着你

真 情

二
雨 打在窗玻璃上
像泪
模糊了眼前的风景
还有绵绵的思绪

已经离开的你
不知是否带有雨具
不知此时是否已经到达目的
还是人仍在途中

雨天总兼着风
恰如离别总带着愁
我想即使远在天涯
但如果想到一直有人在把你惦记
心 也不会感到孤独

三

说不清楚是什么原因
总期望人生再有一次相遇
期望几十年后在某个交叉路口偶然相逢
彼此表现出的居然都是一个惊喜

满脸的皱纹记录着岁月的年轮
频添的白发却掩盖不住旧时的影子
昔日的错对已没有了任何意义
关心的是分手这么多年的日子过得是否如意

所有的浪漫早已销声匿迹
一切都变得非常实际
毕竟心中曾保存过一份美丽
如今情感里留下的只是一份惦记

知音

谁在月下弹琴
谁在花间徘徊
素手调宫商
谁解其中意

弦内之音
弦外之音
心灵共鸣者
恰恰是知音

对你的那份情愫

对你的那一份情愫
我自己也说不清保存了多久
如今早已凝成了一粒晶莹的珍珠
一直深藏在心的某处

此时 此刻
我真的有些犹豫不决
不知此物该由自己继续珍藏
还是一剖心迹作为馈赠给你的礼物

见过许许多多的爱情

见过许许多多的爱情
传统的
时尚的
但人们最喜欢的依然是爱的——
纯洁
如荷叶上晶莹的露珠
如灿阳下闪烁的钻石

见过许许多多的爱情
现实的
浪漫的
但人们最向往的依然是爱的——
专一
如长空相随的大雁
如水中相依的鸳鸯

见过许许多多的爱情
缠绵的
曲折的
但人们最在意的依然是爱的——
完整
如没有残缺的完璧
如毫无瑕疵的白玉

见过许许多多的爱情
理想的
梦幻的
但人们最珍惜的依然是爱的——
忠诚
如永不改变的承诺
如永不变心的永恒

织锦

好一幅富丽堂皇的织锦
不知是出自哪位芊芊素手
织的是如梦如幻的人间风景
还有那巧夺天工智慧和缜密的心思

经为爱
纬为情
谁能用七彩的丝线
精心编织一个辉煌完美的人生

跌入污泥中的珍珠

一颗跌入污泥中的珍珠
浑身上下沾满了厚厚的污泥
当它被无意打捞上来的时候
都以为是个泥丸
再也看不出来本来的面目
而被弃之在路边的某处

啊
不幸跌入污浊中的珍珠
所幸的是始终保持着自己的品性
没有自甘堕落 没有同流合污
一旦某一天洗去了附在身上的污垢
依然是晶莹璀璨的珍珠

回到现实

你不是什么公主
我也不是什么王子
让我们经过蜕变
拉开那玫瑰色梦幻的帷幕
回到实实在在的现实

我不是什么王子
你也不是什么公主
现实并非都是温柔
让我们同撑一把花伞
相偎相依 共同经历人生的风风雨雨

回忆

是回望还是回顾
都带着点怀旧的意味
或许还带点淡淡的伤感
在日渐远去的图景里
是回忆还是回味
毕竟都有让人惦记的理由
这里不论是遭遇还是相遇
那份厚重都已在岁月的风尘中凝结成了记忆

流失

从天上流失的是雨
从地上流失的是水
从眼里流失的是泪
从心里流失的是情
所有的流失都是那样无可挽回
有的甚至没有得到一个正式的名分

从头顶流失的是云
从身边流失的是影
从脚下流失的是时光
从生命中流失的是珍贵
多少珍贵都已经悄悄流失
待发现时却再也无法寻回

隐身人

隐身人
你是谁
是一个我爱的人
还是个爱我的人

总觉得就在身边
却连个影子也无
你隐藏得真好
虚幻得真实

无影又无踪
来去都无需我开门关门
想和你说说知心话不知你在也不在
寂寞时孑然一身又不知你就在一旁相陪

斟两杯清酒放在桌子的两头
但愿一头坐着的是我一头坐着的是你
我知道你喜酒善饮
不要说这是引诱

只是真的希望你此时此刻莫负良辰
能在我的面前显现真容

隐身人
你是谁
如果真的是意念中的人
却为何丝毫未动那杯为你斟的酒

梳子

一头乱发 如何整齐
一团乱麻 怎么理顺
这时候我突然想起了小小的梳子
不论是大是小
似乎都具备梳理的功能

多少乱七八糟的事
多少纠葛不清的情
多少漫无头绪的旧账
多少盘根错节的关系
这时候我真想有一把很大的梳子
把这个混乱的世界梳理清清楚楚

人间梳似月
天上月如梳
当你把一切梳理清楚之后
还可以悠闲地坐在小窗下
为自己心爱的人
把满头的乌发细细梳理

真 情

寻找

为了寻找丢失的爱情
我已走遍了天涯海角
我不相信我的执着
得到的只是一个无情的回报

并不是所有的丢失都不能找回
要不怎么还有那么多人努力去寻找
世上所有的美好都不可能真的消失
或许是被幸运者捡去或者埋没在荒草

窗外树上筑巢的花喜鹊
一大早便在枝头对着我喳喳地叫
虽然听不懂它说的是什么
但我知道它是一只专门负责报喜的鸟

我不顾一切向外奔跑
门口风尘仆仆站着的真的是心中的他
我们紧紧地搂抱在一起
原来他也一直在把我寻找

梦路

在虚无缥缈之中
修一条飘逸的彩色梦路
那梦路一头踩在自己的脚下
另一头就是每个人希望达到的去处

可以像天使那样长出一双洁白的翅膀
可以像飞天那样身披一条长长的彩带
体验一把飘飘欲仙的感觉
那可真的是随心所欲无拘无束

啊 梦之路
真不知修到了何处
如果能从梦里修到梦外
那可真的会梦想成真心想事成

爱情挽歌

为爱情写一首挽歌
实在是一件非常残酷的事情
爱情死了
人却活着
让我如何去吟唱
让我怎么去致悼词

美丽的开始
悲剧的结束
无论心中是怎样的痛
也想为逝去的爱献上一束鲜花
也努力在分手的时候
大度地给对方一个祝福

爱情死了
无处葬身
只能深深埋在心中
写一首挽歌深深怀念吧
无论是唱
或者是哭

花的情怀

每朵花都有自己的颜色
那是在向这个世界充分地展示自己的美丽
红的热烈黄的艳丽白的素雅紫的雍容华贵
人各有爱
真正的好花从不以色迷人

每朵花都有自己的香味
那是在向这个世界展示自己的气质
有的浓香有的淡香有的清香有的异香扑鼻
从来都是蝶恋花
花只是以自己独特的香示人

每朵花都有自己的品位
那是在向这个世界强调自己应受到的尊重
有的妖艳有的柔情有的高傲有的楚楚动人
充分展示自己的风姿
只为有缘遇到真正的爱花的人

每朵花都有自己的秘密
从来不主动向人道及
风中的摇曳 雨中的似泪 晨时的迷惘 月下的徘徊
都只是在等待
等待那个我爱爱我的人

短笛长箫

短笛高亢
恰似凤鸣
辽阔草原上
谁在倾耳听

长箫低徊
有若龙吟
月下朦胧处
可有知音人

真情表达

那份真情
全都含在眼里
漾着浓浓的春意
我害怕它溢出
变成了晶莹的眼泪

那份爱意
不宜冒然倾诉
只有拜托热心的黄鹂委婉地转达
但愿心有灵犀
能知我心

月光下的梦

月光下的梦
总觉得有一种金色的透明
说不清因为什么
实际上都是漂浮在朦胧的雾中
似真亦幻 让人
不知身在何处

言不尽的诗意
道不清的梦境
也许太迷离恍惚
所以只留下无限美丽
供你醒来时细细体味
却无处寻觅

月夜

月如金钩时
最易勾起无限的情丝
一如独倚窗前的少女
微微闭起美丽的眼睛
深情地回味恋人那最初的一吻

月光融入春夜
静谧中何处飘来花的香味
人在此时可曾体验到心灵深处萌生的爱意
恰如恋人那充满感情的抚慰
在月明风轻中顿生一种莫名的温馨

床

如果有人提出一个并不荒诞的问题
问你能始终给人提供温暖之处是在什么地方
我想即是文人雅士才子佳人
也很少回答应该是床

床
是的 床
就是那个一米宽两米长
就是那个叫做家中之家被称作窝的地方

床
就是一生三分之一与之相依的床
给你温暖 供你解除疲劳
供你做梦 给你提供新的能量的地方

普通得再不能普通
寻常得再不能寻常
如此一个与人休戚相关的重要地方
令人困惑的是
为何不见有人把它赞美把它颂扬

真 情

啊 床
这个人生都离不开的地方
不知为何 只有人提出卧榻之侧岂能容人酣睡
不知为何 只有人提醒千万不要上错了别人的床

旧梦重温

旧梦重温
重温旧梦
如今已说不清楚究竟是怎样的一种滋味
能忆起的只是一个挥之不去的忆念
其他的是非恩怨
早已被漫漫的时光消溶
只剩下了精华
那生命中最美好的部分让自己感动

旧梦重温
重温旧梦
留在心头的居然都是温柔
每当想起的时候
总像是从心灵之中涌出的一股暖流
总想仰望夜空中那颗遥远的星星
它仍在熠熠闪光
像极了那双已经远在天边的眼睛

致友

无论在什么地方
无论在什么时候
无论遭受怎样的不虞
无论遭受怎样的打击
无论遭受怎样的寒冷
无论遭受怎样的孤独
无论遭受怎样的变故
无论遭受怎样的走投无路
请不要忘记
在这个世界上
还有一个真正爱你的人
始终不渝
即使整个世界都把你抛弃
请相信
我绝不会把你舍弃

散步

傍晚时候
最喜在乡间小路上散步
假如有爱人相伴
我想一定是肩并着肩手牵着手

紫雾轻轻飘荡在远处
小路渐隐在暮色中
那如梦般的朦胧
可曾勾起你无限的往事

鸟已回巢
农人已荷锄而归
好一副归去来兮的田园图
这一日中最美好的时候

夜幕降临
星月初生
白日的喧嚣已被宁静代替
勿忘你我曾携手漫步在这乡间小路的月光里

爱河

这里有一条无形的小河
静静地从我们身边流过
也许你不曾在意它的存在
那可能是因为你还没有长大

那是一条世界上最美的小河
河水是那么纯净而又清澈
多少男女都双双沉浸在其中
敢说这世上的人绝大多数都坠入过

啊 就在身边的那条小河
或许也从你的心中流过
请问可曾留下一段浪漫的故事
可曾为它唱一首动情的恋歌

深爱

藏得越深
爱越不易丢失
连理的树连根都已经缠绕在一起
一如你我
都把它珍藏在心的最深处
把它当作人生最宝贵的财富

莫道青春韶华早已过去
即使白发苍苍
共同的怀念
依然会带领我们经常回到遥远的过去
几十年前的往事依然历历在目
就像昨天刚刚发生的事情
甚至连细节都未因岁月的腐蚀而模糊
相反的
因为经常的摩挲而显得更加光彩夺目

真 情

甜蜜　幸福
足以够我们一生享用
谁说美好青春不能永驻
我就把你当年最美好的时候
像把鲜花定格
永远的开放在我的记忆里

月光宝盒

一个小巧玲珑的小盒
要多精致就有多么精致
你尽可发挥你的智慧去想像它的美丽
绝对的独一无二

浑身闪烁着珠光宝气
像一个比梦还美的梦
究竟是什么贵重的东西
才有资格置入这样的匣中

也许是月光宝匣
也许是百宝箱子
打开来是个精彩的世界
合起来是对珍贵的保存

啊
精致的小盒
我不知道你是否也有一个
其中保留着你所有的美丽

啊
月光宝盒
谁手里有一把开锁的钥匙
想起时可以随时把它打开
又能够把它随时关好珍藏在某处

脚步

你的脚步常在我的门外响起
时而轻盈
时而沉重
即使像蝴蝶飞过花丛
我也能想像你此时美丽的倩影

你的脚步常在我的耳边响起
时而很远
时而很近
走来时我是那样欣喜若狂
走去时我又是那样怅然若失

你的脚步常在我的身边响起
时而清晰
时而模糊
那似乎踏在心弦上的拍节
犹如奏响着一只妙曼的乐曲

你的脚步常在我的心中响起
不知何时
已在我的心中踏出了一条小路
啊 心中的人 心中的路
已经走进了灵魂深处

转身

转过身来
前面是一道风景
转过身去
面前又是一道风景
无论是前面还是面前
只是在转身之间
或许就会有不同的境遇

转身
和过去作别
向未来招手
交换了方向
改变了前程
闭上了眼睛
滴下了泪水

真 情

转身
那熟悉的一切已经离去
那树上的飞鸟已经不见了踪影
只有优雅转身的背影
在夕阳中是那样楚楚动人
啊 转身 当你转身以后可曾回过头来
看见曾经爱你的人依然痴痴立在你的身后

别情

不要把生离死别写得那么凄楚
不要把难分难舍说得那么愁苦
如果剔除掉所有的伤感
我想剩下的
一定是一种特别的真挚
一种别样的心情

以微笑作别掩饰内心的伤感
以酒为敬总想增加些欢乐的成分
谁说别情早已被古人写尽
其实古情今情已有许多的不同
如今虽然已经没了作别的长亭和短亭
但机场 车站 码头依然延续着那太多的
纷纷泪雨

这里真静

这里真静
静得可以听到枝头小鸟的心跳
静得可以听到远处泉水的叮咚
如此一个静谧的地方
多么适合我们彼此倾诉自己的心声
都说爱不需要理由
萍水相逢 一见钟情
我可没有如此浪漫
真的
我爱你真的有太多的理由

把手伸给我吧

把手伸给我吧
接受一份温馨
把手伸给我吧
接受一份帮助
把手伸给我吧
接受一份友谊
把手伸给我吧
接受一份真情

把手伸给我吧
不要留下遗憾
把手伸给我吧
珍惜这个机会
把手伸给我吧
就在此时此刻
把手伸给我吧
不要拒绝向你伸出的手

别梦依稀

别梦依稀
不知情寄何处
欲将心事付瑶琴
孤寂中
谁来听

乱了的心性
理不出个头绪
无奈对镜梳青丝
却发现 梳上断发无数
不忍弃

回味

一个人寂寞的时候
不妨静静地闭上眼睛
细细地回味
那曾经的温暖
那曾经的温柔
那曾经的细腻
那曾经的甜蜜
那曾经的纯洁
那曾经完全属于自己的真挚……

人生所有的美好
最宜绵长地回味回顾
让自己把自己感动
让自己把自己美丽
也许此时此刻
脸上会现出会心的微笑
也许
不由眼角处会涌出
几滴晶莹的泪珠……

似曾相识

一

似曾相识
无法印证
总觉得有些渊源
总觉得曾经携手走过一段人生路
手有余温
心有旧情
那不可考的朦胧如梦

绝不可能
怎么可能
无奈莫名的感觉总在顽强地提示
不是今生就是前世
要不就无法解释
何以相见会如此怦然心动
何以萍水相逢会如此似曾相识

二

总觉得在哪里见过
一颦一笑都是那么熟悉
莫非是旧时相识
莫非是曾在梦中相遇

努力地回忆从前
努力地寻找记忆
那遥远的朦胧往事
却都是那么模糊

莫非是前世渊源
今生在这里相遇
那种隔世的约定
总是让人有一种说不清楚的激动

似曾相识的不期而遇
大约很多人都有
啊 似曾相识
会演绎出怎样一个传奇的故事

瞬间

瞬间有瞬间的美丽
永远有永远的悠长
请原谅我不可能永远下去
与其做不到
倒不如去追求瞬间的辉煌

瞬间有多远
瞬间有多长
转瞬之间
便又星转斗移
地老天荒

多少瞬间
转眼即逝
多少瞬间
即使不经剪裁
也会给人留下不可磨灭的印象

一剖心迹

一

一剖心迹
向谁
人生难得有这样的时候
正所谓孤独之所以孤独

大千世界
谁值得托付
谁能知我
我知者谁

满腹心事
恰如紧紧闭合的贝
一旦有一天敞开胸怀
你会发现其中凝结了多少晶莹的珍珠

二

如果是爱

我说不清楚

如果说不爱

那是违心

因为不知道是否能够得到

所以总是用虚情掩盖真实的内心

自尊和自卑蛰伏在心底

甜蜜和痛苦原来是一体

希望和失望是一枚硬币的两面

自信和犹豫不知为何总是混杂在一起

说出藏在内心深处想说的话

有时候真的需要极大的勇气

真想当着你的面向你一剖心迹

你可知道我一直在深深地爱着你

真爱

情真意切
却理不出个来龙去脉
孤独的心灵
渴求着一种人生际遇
把彼此的心温暖　关爱

靠近我　真爱
即使是爱得死去活来
饥渴的情感
真的需要雨露的滋润
才能生出灿烂的花来

啊　真爱
那种无与伦比的精神境界
命中注定
今生今世
应该是我始终不渝的期待

生死恋

爱的极致
真的是置生死于不顾
那种死去活来的感觉
一切都是那么真实

演绎在生死线上
体验着不可分离
浪漫吗？也许
那人间的生死恋情

幸福
你可真懂什么是真正的幸福
告诉你吧
不是在幸福中死
就是在幸福中生

吸引

如果你没有看我
怎知道我在看你
说不清什么原因
或许仅只是偶然一瞥
便已经互相吸引

好像做了什么见不得人的事
心在突突地跳
脸在阵阵地红
像一个乡下小姑娘
羞怯地躲避着对方那火辣的眼神

无花却已微醺
无酒却已微醉
如若要达到最佳境界
应当是
彼此目光相遇时最为传神

最美好的时光

最美好的时光
最美好的地方
我想绝对不能没你与我共享
否则何以能称之为最

灿烂阳光
微风轻拂
那枝头萌动的是嫩芽还是蓓蕾
且不去想它是鹅黄还是娇红
所有美好的感觉都似来自灵魂深处

最美好的时光
总是那么一种含情的眼神
都是那么意犹未了
心犹未尽
最终成为了如梦如幻的记忆

最美好的时光
我想是和你在一起的时候

暧昧

想说
又无法说
想问
又不忍问
真的说不清楚
你我之间
如今是一种怎样的关系

同事？熟人？
早已超出了这个范围
朋友？知音？
似乎比这还要亲近
情人？相知？
已经变得难舍难分
却仍没有明确彼此的身份

有些尴尬

有些暧昧

真的难以说得清楚这种关系还要维持多久

舍之难舍

弃之难弃

一种超越了世俗的情感

有时显得神圣而又纯真

轻轻地向我走来

轻轻地 轻轻地向我走来
象天外飘来的一片云彩
那一袭淡淡的清香
素馨 典雅
沁人心脾

轻轻地 轻轻地向我走来
像一支小夜曲驾着清风飘来
那拨动人心的旋律
柔美 流畅
令人陶醉

轻轻地 轻轻地向我走来
是谁在月下披着轻纱般的薄雾向我款款走来
难道是梦中人
脉脉含情
已经从梦里来到了梦外

新白蛇传

无论是怎样的相遇
都是相遇
无论是命运安排
还是萍水相逢
当两个人的目光偶然碰在了一起
怎么也不敢相信
居然撞出了强烈的火花
让人不能自己
啊 我不敢说这是缘分
但此时却真的希望是缘分

信不信由你
这世上有多少偶然
到头来都有了一个必然的结局
在天堂杭州
在断桥西湖
你不是白蛇却有白蛇的美丽
我不是许仙却有许仙的聪慧
但愿你我
能够重新演绎一段美丽的爱情故事

原因

原因的最高境界是没有原因
理由的最高境界是没有理由
因为太多的理由常常被颠覆
因为太多的原因常常被异构

比如说爱恋
年轻时爱你的原因是因为你清纯
到如今你早已双目混浊历尽人生
你说为何我爱你比从前更加真挚

比如说爱情
年轻时爱你的理由是因为你美丽
到如今你早已青春不再满脸皱纹
你说为何我爱你爱得比以前更深

未了

情未了
意未了
未了之情心难舍
真情绵绵无绝期
总以未了应未了

人未了
事未了
未了之事奈如何
欲以完美作了结
画上一个圆满的句号

缠

一缕情丝
一付柔肠
不知怎么被挂到了心上
啊 那是缠
不是挂
要不
怎么能够
有一种魂牵梦绕的感觉

那种细微
那种紧密
那种光泽
那种贴切
真的如丝一般的柔软
啊 一缕情丝
一付柔肠
紧紧地缠绕在心上

醉

如果
有那么一个机会
桌子上摆满了美酒
在摇曳的烛光里
只有你我二人在一起
来 让我们干杯
人生难得一回醉
只因酒逢知己

微醺
彼此都敞开胸怀,尽吐心扉
求雅
绝不流俗
尽情
却不纵欲
醉生
但不梦死

投石问路

是一丝怎样轻柔的清风
吹拂了窗前的垂柳
致使它在眼前不住的晃动
是一滴叶上怎样的晨露
悄悄地滑落到池中
泛起了微微的涟漪
是一粒怎样圆润的石子
小心地投入到水中
激起了层层的波纹
啊
如果那粒石子不是投入到水中
而是投入到心中
不知道这是不是投石问路

梦中相遇

究竟是在梦中
还是在现实
一切都是那么真切
让人不敢相信自己的眼睛
是因为月色朦胧
还是因为泪眼模糊
当我们执手相看
但愿这并不是在幻中

据说真情时常带有悲剧的性质
但爱之神也时常会被真诚感动
不论他安排怎样的相见已不重要
即使是在梦中

缘份

缘份
缘份总是一种缘份
最宜顺其自然
那不是强求的事情

有缘自是有缘人
无缘终是难挽留
我相信缘份
想必你也相信

随遇而安
随缘而定
劝君莫惆怅
切记缘份二字

缘来时
执子之手到白头
缘尽时
莫笑东风不解情

悄悄来到我身边

悄悄地
来到我身边
像云
竟没有引起我的注意
在我最干渴的时候
为我送来了一杯水
当我感激地抬起头来
她却已转身匆匆离去
只看到她的背影

悄悄地
来到我身边
像雾
竟没有发出任何响声
在我最寒冷的时候
为我送来了一盆火
只见她蒙着厚厚的头巾
看不清面孔

悄悄地
来到我身边
像风
竟没有引起任何惊动
在我最黑暗的时候
为我送来了一盏灯
我不失时机紧紧抓住了她的手
充满感激地问：
你是谁
她轻轻地回答
一个真心爱你的人

祝福

能被你喜欢
是我的福份
我不知该怎样向你表达感激
只能轻轻地说一声谢谢
真的是发自内心

能为你所爱
是我的荣幸
我不知该用怎样的语言作答
才不致伤害你的自尊
因为 因为
我的心已有所属
我想保持它的纯洁 忠诚和完整
请原谅
对不起
祝你早日找到一个你爱爱你的人
我想我会
深深地为你们祝福

致……

我无论如何也不会想到
在这个世界上
居然有一个人
年年岁岁
日日月月
在默默地把我思念
为我祝福
为我祈祷
从青丝到白发
从青春到暮年
从不曾有一日中断

我有何德何能
值得对我如此顾盼
是为往日情
是为今世缘
当我终于有一天知道这么多年你一直为我祈祷
你知道我当时是如何的感动
你把被我紧攥的手轻轻抽出

微微一笑
似乎在说
不为别的
只为一往情深

面对如此一个知己
今生今世还有何求
望着你那双清澈深邃的眼睛
你轻轻地说
弦未断
曲未尽
无论是远在天边
或者是近在咫尺
我仍会以我的方式
把你思念
为你祈祷
为你祝福

雨中情

雨中情
是一把关于伞下面的一小片淋不到雨的地方
古往今来
演绎过多少美丽的传奇

风中雨中
是谁罩住了你免受风雨之苦
是谁与你相扶相依
走过 那段风雨泥泞的路
迎来了雨过天晴
迎来了风雨之后的彩虹

雨中情
风雨后
你可发现共同走过的地方
已经演绎出了一个动人的故事

致友人

一

曾经爱过
如今仍在爱着
相信这一种爱
今生今世都不会改变
直到永远

休说只开花不结果
不结果又该如何
多少灿烂的花被定格在心中
再也不会凋零　其实
多少没有结果的结果
也是结果

二

一刀两断
何其干脆
只是没有问问
断了的是什么

如果是爱
那会流血
如果是情
那会流泪

人到此时
我忽然想到藕断丝连
羡慕起友好分手的笑容
当知凡是两断的原来都是一体呀
肉连着筋
筋连着肉
难道就没有更好的方式
一定要如此极端，如此绝情

天使

在我痛苦的时候
是谁悄悄来到我的身边
给我亲切的抚慰
啊 亲人

在我悲伤的时候
是谁静静来到我的身边
轻轻地为我擦去眼泪
啊 朋友

在我受伤的时候
是谁悄悄来到我的身边
为我包扎伤口
啊 天使

在我不幸的时候
是谁轻轻来到我的身边
给我带来了温暖
啊 爱人

梦里情怀

梦中的一朵奇花
竟然开到了梦外
你看花园里那朵带露的玫瑰
居然和梦中的是镜里镜外

梦中捕捉的灵感
美丽得简直像一只色彩缤纷的蝴蝶
我小心翼翼的把它装进诗里
居然带到了梦外

梦中制作的盛宴
竟被搬到了梦外
朋友们请各就各位
让我们共享这精神大餐

梦中演绎的故事
居然延续到梦外
让我们继续我们的梦想
在阳光下实现我们的梦里情怀

情人谷

如沐爱河
如入情谷
此处多风采
见证过多少
古往今来的人物

爱河沐爱
情谷生情
凡至此处者
可曾留下新佳话
供人传颂

是君子者自潇洒
是淑女者自风流
莫道此处谷幽幽
人生邂逅
或许就在此处

只为

只为你的美丽
我匆忙的脚步
愿意为你驻足
即使耽误了行程

只为你的赏识
我匆忙的身影
愿意为你停留
即使是一谢曾经的眷顾

只为你的真情
我匆忙的逆旅
愿意为你止步
即使是前方还有太多的风景

只为你的忠诚
我匆忙的人生
愿意与你生死与共
不论是在天涯何处

不想失望

真的不想
让你对我失望
恰如你一样
也不愿让我失望
失望什么
什么失望
心中常有一种隐隐的担忧
心中常有一种惴惴的害怕
但只要心中的真情不会变化
但只要激情的烈火仍在熊熊燃烧
但只要青春的脸上仍漾着微笑
亲爱的
真想附在你耳边
轻轻对你说
我真的对你充满着希望
我真的也对自己充满着希望

身后

一直悄悄地站在你身后
而你却浑然不知
多么希望你蓦然回首
便能够看到那个一直关注你的人
就在你身后不远处

一直静静地站在你身后
而你却浑然不知
多么希望你灿然回顾
便能够看到那双深情的眼睛
就在你身后不远处

一直默默地站在你身后
而你却浑然不知
当你有一天终于回过头来的时候
发现人已幻化成了一棵浓荫婆娑的大树
就在你身后不远处

为的是

他们雕刻着自己的生活
为的是
让它精致
他们修饰着自己的日子
为的是
让它靓丽
他们构思着自己的未来
为的是
让它完美
他们酝酿着自己的爱情
为的是
让它甜蜜

喜相逢

余音缭绕
暗香浮动
春风拂柳
花影扶疏
良宵应有美景
佳时应有好事
寻觅中
蓦然回首
竟发现
幸福离我如此之近
触手可及
如幻如梦
犹如梦中牵手
啊
应是喜相逢

致友人

能被你一直想念
让我十分感动
能被你一直惦记
让我倍受安慰
那浓浓的真情
那融融的暖意
在人生漫漫的寂寥中
人不再孤独
身不再凄冷
因为，因为
在这个世界上
始终有一个人
把我结记在心里

挽留不住

多少挽留都挽留不住
让人空生那么多失意
像那一去不返的逝水
只在记忆中留下些许影子

多少挽留都挽留不住
让人空生那么多悲凄
像那紧紧攥在手中的流沙
到头来依然是两手空空

多少挽留都挽留不住
让人空生那么多感慨
像那不断流失的岁月
都是一个无可奈何花落去

多少挽留都挽留不住
让人空生那么多失落
像那隐忍不住的泪水
无论是为旧人还是旧情

爱在向晚黄昏时

你在那边寂寞
我在这边孤独
两个孤寂的影子
萦萦孑立
冷冷独处
不知如何消解那万古的空旷
如何走出那心灵的困境
给自己哪怕只是一份小小的安慰
短暂的温柔

坚守传统
不想越雷池一步
说什么两情相悦
说什么惺惺相惜
奈何这迟到的人生邂逅
奈何这晚来的相识相知
都已把多少可能变成为了不可能
人生或许就是这样无奈
正所谓孤独之所以孤独

梦舟

春江波平
恰在黄昏之后
柳岸泊处
弯月初升
恍恍然却似梦舟
啊
梦舟
可否载我权作逍遥游

慨然得允
欣然登程
穿过彩云
驶过碧空
飘飘然
不知怎么便来到梦中人梦的边缘
啊 如此良宵
不知能否潜入你的梦中

在乎

在乎自己的人
谁是？
自己在乎的人
是谁？
无论身在何方
但人相惜
心相近
无论什么时候
都知道对方的重要
都可以视为知己
啊
我在乎的人
在乎我的人
可是你

你是那么清纯

你是那么清纯
如大河源头之泉水
如昆仑无瑕之白玉
你是那么妩媚
如春花绽放在枝头
如砥石闪烁在阳光里
你是那么聪慧
如善解人意的精灵
如从天而降的天使
你是那么动人
即使回眸一笑
也如惊艳一现
顾盼生辉
即使眼中生泪
也如海棠滴露　总是那么
楚楚动人

曾经的真情

曾经的真情
至今依然是真情
我把它仔细地折叠起来
深深地收藏在内心深处
再不轻易打开
因为怕勾起往事
让自己忍俊不住流泪

世事变化
天地反复
但被窖藏的真情
并未从记忆中消失
相反
历久弥香　经储更醇
啊　那曾经的真情至今依然是真情

爱在心中

藏在心中的美丽

一旦说出

我害怕在风吹雨打中凋零

藏在心中的纯净

一旦流露

我害怕在世俗中受到玷污

藏在心中的温暖

一旦涌出

我害怕在冷暖中失却了原来温度

藏在心中的真情

一旦表达

我害怕在迷乱中得不到应有的尊重

也许

也许就是这个原因

我对你的挚爱

直到如今

依然保留在心的最深处

没有结果

曾经爱过
如今仍在爱着
相信这一种爱
今生今世都不会改变
直到永远

休说只开花不结果
不结果又该如何
多少灿烂的花被定格在心中
再也不会凋零,其实
多少没有结果的结果
也是结果

致友

莫说无缘
无缘为何相遇又相知
莫说有缘
有缘为何却好梦难圆
唉
命运弄人
说什么愿天下有情人都能成眷属
说什么愿天下挚爱者都能结良缘
这个世界太无奈
太多的意未了 情难断
总让人留下了太多的怨
太多的叹
啊 那曾经的邂逅
那曾经的缠绵
但愿不会化成为云烟
在天空中飘散
但愿能在彼此的心中珍藏
成为永远的美丽
成为永远的怀念

浅浅的小河

月光真好

莫辜负了如此良宵

我和你

你和我

相对而坐

其间隔着一个窄窄的小桌

心中隔着一条浅浅的小河

浅饮微醺

细语漾波

浅唱妙曼

浅笑无邪

正是莺飞草长时候

有你相陪

人不再孤单

有我相伴

身不再寂寞

啊

中间仅隔着一个窄窄的小桌

心中只隔着一条浅浅的小河

梦中相见

真的是如梦如幻
你又出现在当初相识的那片茫茫雪原
依然是一袭素装
依然的旧情难掩

依然是旧时的模样
美丽一如当年
秀发上片片雪花装点着清纯
多情的眼里似有泪光闪闪

也许是太久的音信断绝
多么盼有一天能梦中相见
无限的心事多么想互相倾诉
奈何那天路遥遥堆积了太多的伤感

幻中相逢也是相逢
梦中相见也是相见
相约天各一方彼此珍重
即使若离若即即使如梦如幻也能一了心中的怀念

雪夜

夜已渐深
孤独的我早早上床休息
忽然感觉门外有人
但不知为何却不见敲门

门外大雪纷飞
纷扰中似有人影晃动
此时此刻我想绝不是个过客
一定是一位久违了的故人

竖耳静听
门外因冷跺脚的声音似乎有些熟悉
我大声喊
门没有关 是自己人何必要说请进

没有回音
这让我心生诧异
连忙起身打开门来
发现人已杳然 雪上空留一串长长的脚印

大舒诗稿

谁？
深夜顶风冒雪前来造访却不进门是为何人
望着这天上来客的纷纷大雪
我想只能是你

唉 你
我的梦中人
既然来了却为何又不进门
以慰茫茫天涯互相思念之心

紧紧攥着的……

总觉得手中紧紧攥着些什么
可是打开来看却空空如也
面对这样的现实我怎么也不愿意相信
明明手中攥得有些发汗的手里
怎么能够
怎么可能空空如也

紧紧攥在手里的东西
那是一份珍贵
那是一份难舍
有时候甚至与生命同在
或许就是一颗滚烫的心
或许就是一份永恒的爱

如果你不介意
请告诉我你手中紧紧攥的是什么
即使是一滴眼泪
也愿它晶莹、圣洁
即使是一片云彩
也愿它光辉灿烂

不期而遇

萍水相逢总是一个萍水相逢
不期而遇总是一个不期而遇
人生交集应是一种缘份
无论是在何时还是在天涯何处

冥冥中总有一种似曾相识之感
朦胧里却说不出是在今生还是前世
当今日你和我在这里不期而遇
但愿是真情修得的前缘再续

心有灵犀真的是心有灵犀
一见如故真的是一见如故
人的一生会有多少不期而遇
但愿都能演绎出美好的故事

偶然

纯系偶然
偶然得简直像一个童话故事
这世上有多少可遇而不可求
竟把幸遇这个词诠释的淋漓尽致

偶然有偶然的机缘
必然有必然的结局
说什么偶然还是必然
冥冥中应是命中注定

与众不同

像所有受过良好教育的淑女一样
你这个人比较恪守传统
那种典雅
那种持重
并没有影响你接受新鲜事物
并没有束缚你倾向自由的本性

聪慧娴淑
底蕴丰厚
智商情商
皆非等闲之辈
更兼丽质天生
集古今之美于一身

不拘定式
不走常路
多少非同寻常的作为
多少意料之外的决定
出现在你的身上
恰是你的与众不同之处

相伴

修造一只通往未来的小船
在彩云间
如弯月
泊在朦胧的岸边
愿它载我去往那希冀中的境界
实现我人生美好的夙愿

去意忐忑
迢迢星汉
月光如水
天涯路远
但只要始终有你相伴 无论什么时候
我都不会感到孤单

熟了

熟了 熟了
田里的庄稼
熟了 熟了
枝头的果实
熟了 熟了
陌生的朋友
熟了 熟了
熟了的菜肴
熟了 熟了
成熟的季节
熟了 熟了
甜蜜的爱情

真 情

相

因为相遇而相顾
因为相顾而相识
因为相识而相善
因为相善而相知
因为相知而相惜
因为相惜而相助
因为相助而相关
因为相关而相思

热闹过后

热闹过后
便是冷清
无论是亲是疏
无论是远是近
一个个都相继离去

有的不辞而别
有的争先恐后
有的唯恐不及
有的难分难舍
还有的欲留还去

一片狼藉的庭院
只有你一个人紧紧站在我的身后
双手搭在我的肩上
像一尊雕像
一动也不动

真 情

风雨人生
形影相随
不离不弃
此一生能有你与我生死与共
应是我今生最大的安慰

赠诗

相忆不易
那要有多少刻骨铭心的往事
相忘亦不易
那要经历多么漫长时光的消弭
说什么相记在天涯
说什么相忘于江湖
岁月悠悠
尽管天各一方
我从来就没有忘记你
因为
因为我始终把你珍藏在心里

拨动

是一种怎样的互动
居然把心之弦拨动
以至于弹奏出悦耳的叮咚
是一种怎样的触动
居然触动了最敏感的神经
以至于心情久久不能平静
是一种怎样的感动
居然触到了心灵深处最柔软的部分
以至于真情如泉水般涌动
啊
无论是拨动、触动、感动
都是一种真情流露
无论是感动别人或被别人感动
都是一种感动
我的心之弦长久以来太过凄冷
多么盼望有一双温存的手
轻轻地、轻轻地把它拨动
并能弹奏出优美的人生旋律

你曾经是我的偶像

你曾经是我的偶像
现在依然是我的偶像
莫道时过境迁
辉煌已经不再
你身上散发出来的芬芳
岂止是一种瑞兰
你知道
你知道
凡是心中的偶像
都是被
存放在内心深处最圣洁的地方
你
也一样

你曾经是我的偶像
现在依然是我的偶像
当知若没有非常过人之处
何以能成为别人的偶像
你知道

真 情

你知道
所有被精心呵护的完美形象
都溶进了多少感情的因素
你
也一样

你曾经是我的偶像
现在依然是我的偶像
当知你在我的心中
始终就是这个模样
你知道
你知道
谁心中不需要一个偶像
而我的偶像恰恰是以你为原型
是我自己为自己塑造的偶像
你
也一样

一场春梦

做一场春梦
不愿意醒
只想继续
这美好的时候

晨鸡请勿高啼
时钟勿要催命
让我把梦做完整以后
再回到无奈的现实也不迟

数不清

初春时节
怎么会有那么多闲情
与君站在海棠下
把花朵数
一朵一朵又一朵
怎么数都数不清

夏夜时光
怎么会有那么多逸致
与君坐在小院里
把星星数
一颗一颗又一颗
怎么数也数不清

秋日午后
怎么会有那么多凋零
与君倚在小窗前
把落叶数
一片一片又一片
怎么数也数不清

冬日黄昏
怎么会有那么多无绪
与君对坐在寂寥中
把日子数
一日一日又一日
多少往事如雪花怎么数也数不清

尽兴

尽情
尽兴
人生难得有这样的地方
人生难得有这样的时候
让你自己把自己彻底解放
让你毫无顾忌解开身上心上所有的束缚
还自己一个自由
全部展示出自己的真性情

如果是爱
那就爱个死去活来
如果是情
那就一剖心迹毫无保留
如果是泪
那就倾尽所有的悲伤
如果是酒
那就喝个一醉方休

寄玉清

从孩童开始
直到霜染两鬓
在悠悠的岁月里
无论时世怎样的变化
无论经历怎样的风雨
能够维系一生的情谊
从未改变
这种生死之交
这世上能有几人

都说物以稀为贵
我愿说情以真为珍
那份纯净
那份温馨
始终被我珍藏在心里
那就是你
我的挚友
我今生今世
最宝贵的精神财富

一生之好

多么怀念儿时的童年之好
直到长大成人仍念念不忘
就像故乡村边的小溪
从源头流淌出的清澈
多么像一个曾经的童话

多么怀念年轻时的真诚之好
共同经历过多少艰难的岁月
不管世事如何反复人生如何变化
经过风雨考验的友情
依然灿烂如花

多么珍惜今世的人生之好
越到老年越是灿如晚霞
几十年的情谊是何等珍贵
更为难得的是
你我从牙牙学语一直延续到齿落发白

多么珍惜你我的一生之好
掐指算来这世界贯彻始终的能有几个
那份温馨 那份真挚是何等的情真意长
都说人生能有一个知己已经足矣
值得庆幸的是我们彼此的知己就是你我

偶遇

萍水相逢
我问你来自何方
你诡秘的一笑
指了指天上的星空
好像来自域外另一颗星星
怪不得身上带着异样韵致

不期而遇
你问我来自何处
我坦然地一笑
指了指脚下的土地
告诉他我就来自这一方热土
显然具备着地球人的气质

无论是来自天上的星星
还是来自脚下的地球
只要产生激烈的碰撞
都会迸发出璀璨的火花
只要心心相吸
便能够成就一段美丽的传奇

一个人的时候

一个人的时候
并非都是寂寞
有多少书要读
有多少事要做
有多少人要想
有多少幻要梦
哪有那么多闲情
去体验寂寞的滋味

一个人的时候
并非都是孤独
独酌独醉
独享清静
独自观心
独处慎思
并非都是萦萦孑立
去品味那难耐的寂寞

真 情

一个人的时候
并非都是冷清
有多少人可以思念
有多少景可以成忆
有多少事可以重温
有多少梦可以构筑
并非都是凄凉
特别是在想你的时候心中充满了脉脉温情

朦胧

月朦胧
夜朦胧
朦胧之中难知处
回眸一望花弄影
不知此时
是在幻里
还是梦中

云朦胧
雾朦胧
朦胧之中人朦胧
人生谁无朦胧时
不知此刻
是眼迷离
是心朦胧

山朦胧
水朦胧
朦胧之中多朦胧
心事茫茫无皈依
不知此时
身归何处
情归何处

双数

在我的概念里
只有双数才能成为吉利数字
所谓的好事成双
大概就是这个意思

在我的日子里
我孤单怕了
即是在派对时
我也害怕最终只剩下了我孤零零的一个人

初衷

初衷
花的蓓蕾
孕育着美丽
泉的源头
流淌着清纯
啊
那曾经的海誓山盟

初衷
难道仅只是初衷
多少真情实意
未能经历住时间的考验
多少风雨之后
遍地沧桑
并未能见到彩虹

初衷
是谁坚持到了最后
无论世事如何变化
那不变的真情
那彼此的忠诚
在证明着什么叫痴心不改
什么叫有始有终

爱情天梯（一）

爱情天梯
是在何方
那不是风景的风景
如今已成为了风景
那不是传奇的传奇
如今已成为了传奇
那用一生砌起的六千多个台阶
无论它的长度　无论他的高度
都让人仰望
不为揽月
不为摘星
而是见证着真爱的忠贞不渝

爱情天梯（二）

四川乡下有两个极其寻常的男女
用生命演绎了一个可以流传千古的故事
那不是杜撰
那不是虚构
比经典还要经典
比传奇还要传奇
啊
爱情天梯　直上云霄
有六千级台阶可以作证

爱情天梯（三）

爱情天梯

千古佳话

高山仰止

风光无限

每当想起你的时候（一）

每当想起你的时候
心中便生发出融融暖意
像阳光照进心扉
什么时候想起
什么时候都会感到温暖

每当想起你的时候
心中总会涌出浓浓的真情
如清泉出自地心
流淌出的小溪
始终都是那么纯净

每当想起你的时候
心中总有一种幸福之感油然而生
能够给予别人幸福的人一定会拥有许多幸福
而能够得到幸福的人
将会从此拥有幸福

每当想起你的时候
心中便充满了无限感慨
多少美好多少情谊多少付出凝结在心
如今已化作了心潮澎湃
一江春水

望

在浩瀚的星空
有那么多有名的无名的星星
其中一颗引起了我的注意
好像是萍水相逢哪管是在天涯何处

我在仰望
它在俯视
默默里还互相悄悄地眨眨眼睛
不知道暗送秋波是不是这个意思

关于天上人间的故事
听说自古以来就有
它在天上我在地上
即使两情相悦怎能越过那迢迢云路

以寂寞面对寂寞
以孤独面对孤独
这世上有多少情思
都在无可奈何中徒望星空

长长

蚕丝长长
会织出怎样的锦
蛛丝长长
能结出怎样的网
柳丝长长
拂不去春风的缠绵
雨丝长长
模糊了眼前的惆怅
啊
长长
多少这样的长长
一如情丝
总是缠绕在心上

前缘再续

一面之缘真的是一面之缘
一见钟情真的是一见钟情
茫茫尘世真的是人海茫茫
真不知是经过多少世才修得今日相遇

用一根蓍草预测未来
用一朵莲花占卜过去
其中有多少说不清楚的过往
让人恍惚若幻似梦

有缘何处不相逢
有情何处不相遇
但愿彼此都珍惜
再续前缘重新演绎一段荡气回肠的人生

老地方

从前
我站在那个地方等你
旁边是棵刚种下的银杏树
那时候还是朦胧年龄
或许是我来的太早
或许是你姗姗来迟

后来
我仍站在那个地方等你
旁边的那棵银杏已经长成大树
那时候年轻气盛
说不清因为什么
我选择守候
你却含着眼泪黯然离去

如今
那是在多少年以后
我依然站在那个老地方等你
身倚着那棵老态龙钟的银杏树
夕阳里等待着你的归期
改变的是容颜
不变的是真情依旧

错过

错过
错过了什么
是错过了风景
是错过了季节
是错过了机会
是错过了因缘
留下了深深的悔
遗下了不尽的憾

错过
谁没有错过
多少错过
还可以重来
多少错过
成为了永远的过错
比如我和你
比如你和我

错过
那是一种怎样的错过
让眼流泪
让心流血
啊
过来人
请你告诉我
我们该怎样对待那曾经的错过

包容

我心中充满了对你的感激
像窖藏的美酒在岁月里变得越来越醇厚
在时光中变得越来越浓重
这原因
不仅仅是你对我的欣赏
更重要的
是你对我的包容

旧情

假如是一支动人的乐曲
被你在闲暇时偶然想起
那柔美优雅的旋律
不知会在你的心之弦上怎样地颤动

假如是一首熟悉的旧诗
被你在独处时偶然想起
那诗情画意的境界
不知会怎样陶冶你此时的心情

假如是一段难忘的感情
被你在寂寞时偶然想起
那些情真意切的往事
重温时会给人多少温馨

每当想起你的时候（二）

每当想起你的时候
总觉得有一股清泉流过心头
纯纯的
净净的
上面似乎还飘着几片洁白的落英

每当想起你的时候
总觉得有一缕春风拂过面孔
暖暖的
柔柔的
那令人难以忘怀的往事

每当想起你的时候
总觉得有一丝莫名的暗香在浮动
甜甜的
涩涩的
真的说不出是一种怎样的滋味

每当想起你的时候
总觉得有一种挚情溢出了眼睛
湿湿的
莹莹的
恰似海棠滴露在晨光中

每当想起你的时候
总觉得有一颗星星闪烁在天际
闪闪的
亮亮的
好像你那深情思念的眼睛

等候

你不来
我不敢离去
为了彼此的忠诚
为了曾经的约定
我不怕站在这里
栉风沐雨
望穿秋水
不怕把自己站成一块望人石
不怕把自己站成一棵相思树

那个清纯少女

那个清纯的少女
赤着双足
天使模样
双手捧着一只乳白的鸽子
高高地举起
准备放飞心中的希望

那个清纯的少女
赤着双足
天使模样
双手捧着一捧刚刚采得还沾着露水的鲜花
高高举起
无限虔诚
献给祥云中慈悲的偶像

那个清纯的少女

赤着双足

天使模样

双手捧着自己的一颗红心

高高举起

准备献给

挚爱自己的心爱人

酬知音

旧酒新焙
是否还能醉人
朝花夕拾
是否清香依旧
喜重聚
乘酒兴
为君弹一曲
琴弦　心弦
皆为之颤动
真情难了
旧曲重温
只为酬知音

情思悠悠

昔日繁华地
今日古渡口
古渡无人舟自横
悠悠千载
千载悠悠

曾经欢乐处
此时悲凉地
从来悲欢人何堪
情思幽幽
幽幽情思

旧

时过境迁
物是人非
是谁在风中寻觅
那一去不返的旧情

云消雾散
惆怅无处
是谁在月光下徘徊
那一直被记挂的旧事

啊，旧情
啊，旧事
记忆犹新
在心中从来就没有变旧

真 情

一次

一次邂逅
一段真情
一份美丽
一场好梦
我珍惜这样的拥有
哪怕是只有一次

轻

轻飘一片红叶
轻展一朵黄花
轻吟一曲秋思
轻浮一缕暗香

轻飘一片白云
轻泛一池兰天
轻摇一叶小舟
轻饮一杯秋光

轻拂一丝垂柳
轻挽一袭薄纱
轻掩一脸羞涩
轻启一句情话

良宵

今夕是何夕
今月是何月
难得能与君相聚
一了生平愿

良宵与君共度
好花与君共赏
美酒千杯岂为醉
只为敞开心扉 互诉衷肠

梦里乾坤
幻里霓裳
花好月圆春江夜
莫负好时光

有诗为证

我把你的美丽
珍藏在我的诗中
无论谁什么时候来看
它永远都不会凋零
恰如人面桃花
依旧笑看春风

勿谓言之无据
有诗为证

我把你的清纯
珍藏在我的诗中
无论谁什么时候来看
它始终都未染尘
永远的冰晶玉洁
永远是那么洁净

真 情

勿谓言之无据
有诗为证

我把你的聪慧
珍藏在我的诗中
无论谁什么时候来看
它始终放射着智慧之光
七彩斑斓
灿若晨星

勿谓言之无据
有诗为证

我把你的青春
珍藏在我的诗中
无论谁什么时候来看
它始终不会变老
永远的青春焕发
充满着激情

勿谓言之无据
有诗为证

我把你的真情
珍藏在我的诗中
无论谁什么时候来看
它都会让人深深地感动
那不变的纯真
那不变的温度

勿谓言之无据
有诗为证

岁末寄语

冬尽思春
岁末怀人
说不清是什么原因
总是不由地想起了你

不是情思
胜似情思
有一种说不清道不明的思念
居然是那么真挚
那么纯净

都说是人生如梦
梦醒后万般皆空
我却愿人生如诗
七十年断断续续的交情
一切都在无言中

啊 无言的诗
任你去诠释
你得承认 记忆也会选择
那一生一世的宝贵
都永远珍藏在记忆中

日暮黄昏
寂寞白头
人到这个年纪
还有人真诚地把自己惦记
怎能说不是一种幸福

曾经拥有的美

眷恋曾经拥有的美
那是人生一段刻骨铭心的经历
我是多么希望时光倒流重返青春
奈何时光却不能倒流

不可追回的时光真的是不可追回
只能在记忆中不断地闪回
毕竟是自己曾经拥有的美
那点点闪光在此时真不知是露还是泪

舍不得

舍不得丢失
舍不得失去
苍天在上
地祉在下
知道你对我来说是多么珍贵
知道我得到你是多么的不易

舍不得丢失
舍不得失去
我把你紧紧地搂在怀里
我把你紧紧地攥在手里
我把你的心和我的心用无形的绳紧紧拴在一起
为的是永不分离

舍不得丢失
舍不得失去
即使有一天天有不测
强行将你我分离
我想我的内心会空空如也
因为丢失的是两颗早已合二为一的心

真 情

舍不得丢失

舍不得失去

这世界有多少的舍不得

即使真的已经丢失

依然会像一只空壳的贝

依然保持着把你紧紧搂在怀里的姿势

落日

圆满的开始
圆满的结束
你看
灿烂晚霞簇拥下的落日
是一个多么圆满的结局

致老妻

只要有你在我身边
我心里面便感觉到踏实
多少年啦
我们都是这么走过来的
相依相偎
不离不弃
有你的时候日子便感到充实
没你的时候生活便变得孤独
有你的时候生活再难也会共同扛起
没你的时候日子稍有坎坷便会感到独立难支
那不可或缺的一半
已经把两个生命紧紧地缠绕在一起
一起经历沧桑
一起花开似锦
一起慢慢变老
一起共度黄昏
啊 亲爱的
只要你在我的身边
我心里面便感到踏实

捕捉

你捕捉到了什么
我捕捉到了一只蝴蝶
还是把它放了吧
这会飞的花
最适合装点这里的美丽

你捕捉到了什么
我捕捉到了一只百灵
还是把它放生吧
这会唱歌的鸟
没有它世界会变得孤寂

你捕捉到了什么
我捕捉到了一个灵感
千万把手攥紧　不要让它从指缝中溜走
这小精灵
最适合珍藏在诗中

你捕捉到了什么
我捕捉到了我深爱的人的心
如此大的收获
真的要祝贺你
心想事成 美梦成真

怀念

经常怀念
和你在一起的那些难忘的日子
无论此时
你人在哪里
身在何处
那浓浓的思念
会穿越时空
带给我多少重温
多少回顾
有时甚至还会滴几滴动情的泪

多么美好的时光
多少真挚的感情
如今认真想来
那真的是人生最宝贵的精神财富
明媚的春光
是那么温暖
潺潺的清泉
是那么纯净

真 情

辛勤的蜜蜂
酝酿着甜蜜
深藏的醇酒
是那么令人陶醉……
啊 怀念
怀念会带给人
多少期盼
多少真情
多少安慰
我不知此时的你
是否还在怀念着我
但此时此刻的我
却一直在怀念着你

虚掩

虚掩
虚掩的都些什么
世上有多少情结并非真的紧闭
其实只是用一层薄纱轻轻掩盖

虚掩
虚掩的岂止是门 虚掩的
还有心 还有爱
在慢慢的寂寞中虚位以待

虚掩
虚掩只不过是虚掩
无论是黄昏之后 或者是人静夜阑
未必一定要轻叩
只需轻轻推开……

思念

当我想念你的时候
你的影子立刻就出现在我的面前
脸上挂着灿烂的笑
恰似春光照进我的心间

当我想念你的时候
多么希望你就在我面前
像一朵正在开放的紫罗兰的梦幻
情思无限

当我想念你的时候
你可知我在把你思念
此时此刻你也在思念我吗
那天各一方的情思绵绵

当你思念我的时候
我的形象会立刻出现在你的面前
人们说这叫心灵感应
因为互相心心相连

当一切都成为往事

当一切都已成为往事
当一切都已成为过去
回头再看已去的岁月
那曲曲折折的路上
可曾留下几多唏嘘
可曾留下几多如梦的记忆

渐行渐远的时光
那是一段多么令人留恋的人生历程
历历往事历历在目
犹如繁星闪烁在天际
莫道那片洁白的雪花溶化后再不见了踪迹
请相信 那被它润泽过的土地定会是芳草凄凄

月光下的朦胧童年
彩霞中的故乡小溪
襁褓中的母亲笑脸
依稀中的相偎相依
多少珍贵让人难以割舍
多少真情让人永记在心

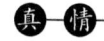

当一切都已成为往事
当一切都已成为过去
啊 哪里是我的精神家园
哪里是我最终的人生归宿
我愿把那一切都寄托给夕阳
熔化在灿烂的晚霞里

想

当你想我的时候
可知此时我也在想你
风也悠悠
云也悠悠
满眼皆是无限情思

当你想我的时候
可知此时我也在想你
依窗望月
托腮凝思
人在两地却是同样的心情

谁想？想谁？
居然充满着如此的深情
情也切切
意也浓浓
应知有思有念便是一种难以诉说的真情

芳香如故

恩重如山
即使春去秋来
那经霜后的红叶
依然依恋着根部

情深似海
即使朝花夕拾
那被收藏的情谊
依然芳香如故

我心中充满感激

我心中充满感激
感激那些曾帮助过我的人
当知在我最困难的时候
你及时伸出的援手
对一个快要跌入深渊的人有着多么重大的意义

我心中充满感激
感激那些曾温暖过我的人
当知在我遭遇寒冷的时候
是你的温暖和真情
唤醒了一个不幸的灵魂

我心中充满感激
感激那些曾关心过我的人
当我对自己失去信心不抱希望
是你们的抚慰和鼓励
使我恢复了生活的勇气

真 情

我心中充满了感激
感激那些曾爱惜过我的人
我之所以最终能够成为一个诗人
正是因为曾被爱惜
怎不让我不单感激而且感恩

我心中充满感激
感激那些曾给我真爱的人
恰恰是你们的爱呀
让我深深感到
这个世界是如此值得留恋
这个世界是如此之美

思旧

触景生情
睹物思旧

多少情怀被重新唤起
多少往事又历历在目

莫相忘啊
那曾经的美好

应相忆啊
那真挚的感情

没有爱够

爱过
至今仍在爱着
人这一生
始终贯彻着一根爱的红线
从呱呱坠地
到齿落发白
无论是去爱人
还是为人所爱
在这个世界
我真的从没有爱够
心中总是充满了留恋
充满了无限的爱

对视

年轻时
心地清纯
敢和心爱的人玩一种对视的游戏
两个人面对面坐着
互相专注地注视着对方的眼睛
看谁坚持的最久
看谁的目光不会游移
据说以此可以证明谁对爱情最为专一

如今
如今不知道还敢不敢做这样的游戏
一如当初互相注视对方的眼睛
不是躲闪
不是游移

昵称

如果不是正式场合
他只唤她的昵称
从不叫她的大名
声音里总带有一种说不出的亲切
话语中总包含一种特别的温柔

不须问是谁
只有她享有这个权利
他喜欢用这种方式
表达爱
她，也是

结束之后

过去的已经过去
结束的已经结束
吹熄点燃在心中融融的烛光
在暗中默默的分手

不要彼此伤害
不要反目成仇
原本是一段美丽的经历
何必要让它不堪回首

啊!
一切都已过去
我会忘记所有的不快
只记住你的好处

错过

近
有多近
我和你距离最近的时候
或许只有一尺之遥
或许更近 但
令人遗憾的是
却错过了拥抱的机会

短笛

长箫静夜悠远
短笛横吹清脆
高山流水觅知音
谁解其中意

花为谁开
蝶为谁舞
为我，我可晓
为你，你可知

幻想的爱

幻想的爱
其实更美妙
用最华贵的丝线
用最梦幻的色彩
用最甜蜜的感悟
用最丰富的想象
编织一个最完美的故事
拿来供现实比照

幻

月下无影
雪上无踪
飘然而来
倏然而去
刚才还执手相看泪眼
转眼便化作了烟云
怅然若失
恍若隔世
让人寻觅无处

像风
轻轻在耳边细语
说了多少体己的话
又在脸上深情地长吻
像梦
又何故如此之真
如蓓蕾挂满枝头
恍若在旧地相遇
在树下倾诉着别后的思念之情

自以为再不能相见
没想到得会在此处
足慰平生愿
从此再无憾事
悠悠复悠悠
互祝多珍重
但愿梦中常相见
以慰思念之苦

欣赏

远处有远处的风光
近处有近处的风景
当我们以欣赏的眼光去看别人的时候
可知此时也有人在欣赏你

当我们站在高处远望的时候
总是被远方的云霞所吸引
而与此同时令人怅然的是
也常常忽略了身边的风景

笑看天下
无论是远处还是近处
就算是不快乐也不要轻易皱眉
因为你不可能知道此时谁会爱上了你的笑容

爱你

爱你的人
你爱的人
有的真的难说是缘分
人生际遇
何必相逢
啊
爱你的人你不爱
你爱的人不爱你

爱你的人
你爱的人
多少真的是缘分
两情相悦
两心相仪
啊
爱你的人你也爱
你爱的人也爱你

非常怀念

非常怀念
曾经在一起相处的那段日子
回忆起来 它
是那样的美好
那样的真诚
那样的甜蜜
那样的纯净
恰似春梦在幽幽的月光中

人在风景中生活
只感到的是生活
并未意识到是风景
直到有一天去追随自己的宿命
直到有一天人在两地随岁月老去
回首再看过去的时光
竟是一段那么美好的邂逅
竟是一道那么难忘的风景

人生能有几多人物
值得人不断思念
人生有几多真情
值得人永记心中
人生有几多风景
值得人频频回顾
值得怀念的都是人生最美好的部分
真的非常怀念我们在一起相处的那段日子

致小段

多少年啦
你一直是
我心中的惦记
那份相忆
那份相惜
真的是人生最温馨的情愫
最真挚的友谊

你说
你也是
今生今世
能有一个知交
能有一份真情
能有一个始终关心自己的人
便已足慰生平

我爱你一如从前

我爱你一如从前
真正的几十年如一日
如果一定要说出其中的变化
那就是爱你爱得更深

我爱你一如从前
那是因为爱你一往情深
如果说从前是爱你的青春和美丽
如今则是爱你头上的白发和脸上的皱纹

我爱你一如从前
心里面充满了浓浓的柔情
共同经历过多少的风风雨雨
白头到老那是一道多么靓丽的风景

我爱你一如从前
心中充满了感激之情
感谢你为我生儿育女
感谢你这么多年对我精心地照顾

我爱你一如从前
相濡以沫已历四十个春秋
你是我和我这个家庭的幸福源泉
你是我和我这个家庭的精神支柱

我爱你一如从前
当你青春不再年届六十的时候
衷心地祝贺你啊我的老伴
祝你老当益壮健康长寿

秦大经

1938年生于河南内乡。马山口河西人。

1957年北京师范学校毕业，从事教书工作。1966年下放到邯郸农村生活，1975年到河南正阳工作，1987年在邯郸创办东方植物蛋白研究所。1992年应邀到北京一家生物制品公司做总工程师，1994年创办北京黑色食品开发公司。

大经诗稿 ③

纯情

秦大经 著

学苑出版社

图书在版编目（CIP）数据

大经诗稿 / 秦大经著. — 北京：学苑出版社，2017.7

ISBN 978-7-5077-5278-6

Ⅰ.①大… Ⅱ.①秦… Ⅲ.①诗集-中国-当代 Ⅳ.①I227

中国版本图书馆 CIP 数据核字（2017）第 180133 号

责任编辑：洪文雄
封面题字：冯大彪
封面设计：徐道会
出版发行：学苑出版社
社　　址：北京市丰台区南方庄 2 号院 1 号楼
邮政编码：100079
网　　址：www.book001.com
电子信箱：xueyuanpress@163.com
联系电话：010-67601101（销售部）　67603091（总编室）
印　刷　厂：北京京华虎彩印刷有限公司
开本尺寸：700×1000　1/16
印　　张：68
字　　数：600 千字
版　　次：2017 年 8 月北京第 1 版
印　　次：2017 年 8 月北京第 1 次印刷
定　　价：360.00 元（全三册）

目 录

冬夜 /1
湖 /2
小花 /3
幼苗 /4
晨曲 /5
牧场小景 /6
彩色的梦 /7
绿色的梦 /8
网 /9
湛蓝 /10
春之歌 /11
写在雪上的诗 /12
走向深处 /13
日日夜夜 /14
身在寒冷中 /15
来去 /16

联想 /17
渡 /18
如果 /19
看风景 /20
望月 /21
自然的流露 /22
纷纷 /23
舒畅 /24
点滴 /25
温 /27
穿越 /28
精神家园 /29
保留 /30
赠诗 /32
雨打芭蕉 /33
雪中漫步 /34

梦中的小路 /35
一闪而过 /36
初春 /37
梦乡 /38
小巷深深 /39
一支老歌 /40
思念 /41
在水一方 /42
触景生情 /43
红色 /44
绿色 /45
蓝色 /46
紫色 /47
黄色 /48
白色 /49
黑色 /50
灰色 /51
颜色 /52
无题 /53
月光溪 /54
想像 /55
心花怒放 /56
冬 /57
冬夜 /58
渐行渐远 /59
记忆中的美丽 /60

飘 /61
飘散 /64
预告春天 /65
梦舟 /67
黄昏 /68
倒影 /69
怎么能够 /70
熔化 /71
小诗一首 /73
回望 /74
望 /75
淡雅 /76
轻轻 /77
舒展（一）/78
舒展（二）/79
印象 /80
五彩缤纷 /81
春风 /82
深处 /83
悠悠复悠悠 /84
雨中小景 /85
水中倒影 /86
露珠 /87
思念 /88
月光和梦 /89
凝 /90

深处 /91

清风 /93

望 /94

星 /96

闪光的记忆 /97

梦和希望 /98

倾听 /99

也许 /102

凝 /103

似 /104

弹琴 /105

晨 /106

花香 /107

梦幻 /108

冬 /109

山村风景 /110

一闪而过 /111

轻音乐 /112

挽救夕阳 /113

那是 /114

连接 /115

超脱 /116

流 /117

夜色 /118

愿 /119

静 /120

轻盈的脚步 /121

平静 /122

月牙泉 /123

坝上春 /124

晨之曲 /125

梦舟 /126

动心、心动 /127

幽人行 /128

蝶影 /129

最美好的时候 /130

暖意融融 /132

黎明 /133

聆听 /134

诗 /135

享受 /136

林中小屋 /137

微起的涟漪 /138

踮起脚尖 /139

不同的声音 /140

触动 /141

寄存 /142

痕 /143

诞生 /144

保存 /145

动 /146

无边 /147

倒影 /148
喜欢仰望 /149
想像 /150
温暖 /151
渴望 /153
心花怒放 /154
扑捉 /155
不可 /156
尘埃落定 /157
蓓蕾 /158
过 /159
留影 /160
真想 /161
荷池遐想 /162
陶醉 /163
点滴 /164
一滴 /165
滴 /166
红帆 /167
微微 /168
湖中泛舟 /169
轻松 /170
无题 /171
活出自我 /172
听声 /173
撷取 /174

在山一隅 /175
怎么能够 /176
感动 /177
频频回顾 /178
遐想 /179
织 /180
没有结果 /181
映像 /182
余光 /183
看云 /184
云路悠悠 /185
融化 /186
朦胧的梦想 /187
闪光 /188
正常 /189
形 /190
浓淡 /191
淡淡 /192
浅浅 /193
赠诗 /194
微笑 /195
懂，知 /196
冷落 /197
月下漫步 /198
星光点点 /199
雨后 /200

黄昏（一）/201
黄昏（二）/202
金秋 /203
田园风景 /205
夜 /206
春风二首 /207
春风 /208
荷池之秋 /209
至 /210
伤秋（一）/211
秋（二）/212
雨过天晴 /213
秋夜 /214
像 /215
美好 /216
涟漪 /217
望月 /218
落日 /219
生命的过程 /220
衬托 /221
轻盈的脚步 /222
人在途中 /223
招手 /224
滑雪的少女 /225
看风景 /226
独白 /227

草原随想 /228
摇曳 /229
转身 /230
心情 /231
莫名 /232
一段往事 /233
清风 /234
望 /235
风雨兼程 /237
记住 /238
颜色 /239
偶题 /240
忘我 /241
印象 /242
明净的湖 /243
心旷神怡 /244
渐行渐远 /245
似 /246
现在 /247
看冰上舞蹈 /248
绿色的童话 /249
流 /250
向善 /251
梦幻 /252
梦乡 /253
寻梦人 /254

梦之路 /255
赠诗 /256
毕竟有梦 /257
静心 /258
静中境界 /259
净地 /260
安静 /261
净境 /262
静（一）/263
静（二）/264
夜读 /265
静夜 /266
轻轻 /267
听曲 /268
听音乐 /269
箫声 /270
音乐 /271
无词曲 /272
纷纷 /273
它乡之夜 /274
含露 /275
黄昏小景 /276
春风 /277
春意 /278
秋之曲 /279
痕 /280

月光如水 /281
心愿 /282
久违 /284
深处 /286
月夜 /287
声声入耳 /288
寄诗 /289
悠悠复悠悠 /290
望 /291
愿 /292
折桂 /293
留 /294
不期而遇 /295
成熟 /296
你的微笑 /297
悠悠 /298
滋润 /299
拈花一笑 /300
品 /301
追求 /302
印象 /303
走出 /304
夜静思 /305
思念 /306
雨后 /307
满天霞光 /308

真善美 /309

爱惜随想录 /310

二 /310

触摸 /312

赠友 /313

日日夜夜 /314

飘零 /315

触摸 /316

无关风月 /317

人在边缘 /318

致友人 /320

一缕清风 /321

雪中漫步 /322

似曾相识 /323

喜欢幻想 /324

过日子 /325

跳跃 /326

真 /327

如果 /328

假如 /329

白天　黑夜 /330

很小一部分 /332

渐入佳境 /334

撒 /336

如果 /337

耐读 /338

修身 /339

在许多美丽面前 /340

冬夜

这里很静
没有一丝的风
松林中的居民都已入睡
在万籁俱寂的夜里
但愿都能做一个好梦

雪花很轻
飘落时没有发出任何响声
它不想打破这里的安静
只想悄悄送一床柔软洁白的雪被
温暖冬日里大地上所有的生灵

湖

树想漂亮
开满一头繁花
不知如此装扮是否美丽
山想漂亮
穿着一身翠装
不知这样的穿戴是否时尚
鸟也在想
鹿也在想
纷飞的蝴蝶也想看看自己的俊俏模样

那一池净水
明亮得如同镜子一样
高兴得所有的爱美者都聚拢来观看自己的美丽
连那汲水的小牛
也一边汲水
一边把自己欣赏

小花

清晨的小花开得真美
娇艳的花瓣上还沾着露水
散布在绿色的原野上
像明亮的眼睛
还带着神秘

小花呀,小花
你美得真让人着迷
你可是黑夜里天上的星星
到白天散落在地上
变成了美丽的精灵

小花在柔风中轻轻摇摆
好象在信守着
他的秘密
他对我甜甜地笑着
却不回答我的问题

幼苗

一棵生命初展的嫩芽
惶惑地展望着这个陌生的世界
芽尖上沾着晶莹的朝露
在晨曦里闪耀着钻石般奇妙的光彩

宛如在接受大自然的洗礼
令人产生无限的遐想
好像看到了未来的一棵参天大树
树上开满了希望之花

晨曲

黑夜黯然离去
没有举行任何告别仪式
黎明悄悄来临
你看在太阳升起的地方
威武的士兵正在庄严地升旗

牧场小景

绿色的山坡上
群牛在享受着春天的芳草
忽然从哪里传来了悠扬的笛声
致使都抬起头瞪大眼睛竖起耳朵
好像欣赏那纯粹的牧歌

两只出生不久的牛犊无忧无虑地奔跑
忽然听到母亲在远处呼叫
一只欢蹦着去吮吸那甘甜的乳汁
另一只竟跑到了女主人身边
接受亲切的关爱和温柔的抚摸

彩色的梦

喜欢躺在染尽秋色的草地上
让秋日暖阳送我进入梦乡
我想此时的梦也会是个彩色的梦
秋光秋影在斑驳中漾着美的遐想

有人说幸福是人生一个美丽的梦
如果真是这样我情愿把梦挽留
把所有的烦恼全都留在梦的外头
梦中继续享受美丽不愿意醒

每个人的一生有多少彩色的梦
其中有多少已经实现多少尚未完成
谁不愿意实现美梦成真
谁不愿意继续做他的好梦

愿美梦在梦中开始梦中结束
在光彩里飘向那蔚蓝的晴空
秋日的天秋日的云秋日的梦
恰似一片红叶落入秋水随流而去

绿色的梦

我在讲一个绿色的故事
绿色的梦
没想来了那么多听众
挤满了我小小的屋子

森林爱听
草原爱听
它们看到了希望
看到了自己在这个世界上无可替代的作用

沙漠爱听
荒山爱听
就是繁华的世界
也期望圆一个绿色的梦

花也爱听
草也爱听
就连窗外那只可爱的麻雀
也瞪大了它期待的眼睛

网

在那个难以忘怀的地方
流逝了多少美好的时光
千丝万缕的柔情
织就了一张彩色的网
在染满晚霞的湖上
不知道还能不能捞起一轮失落的太阳

湛蓝

湛蓝的天空
飘着白云
湛蓝的海上
飘着红帆
湛蓝的远山
飘着紫气
湛蓝的湖面
飘着黄叶

湛蓝
深邃而又清澈
愿你以同样的眼光
展望这个湛蓝的星球
还有这个美丽的世界

春之歌

树木在一夜间披上了新绿
春的脚步不知怎么一下子就跃上了枝头
还没有来得及与残雪告别
急性的花蕾却簇拥着要提前展示他们的万紫千红

刚刚破壳的一团鹅黄
嫩嫩的绒毛漂浮在蓝而透明的水上
当它睁开眼睛看这个世界
首度映入眼帘的该是一个怎样明媚的天地

柔风轻抚着小小生灵
阳光温暖着天下万物
当广袤的大地开始欣欣向荣
是谁为春回大地雀跃欢呼

像一个花枝招展的少女
会给人多少美的遐思
请记住这个天真烂漫的季节
但愿温暖能伴随你的一生

写在雪上的诗

唱在风中的歌
不知被刮到了何处
我想不会幻化成一只黄莺
落在有心人的梦里

静夜里月色朦胧
忽然从远处传来了歌的回声
那声音好像是知音人的回应
荡漾在清风送爽的夜空

写在雪上的诗
早已经消失得没有踪影
我想不会幻化成一片红叶
被有心人拾起夹在了书中

清晨里晨光微熹
忽然从窗外传来了动情的低吟
那分明是写在雪上的诗句
不知
为何已经被人传颂

走向深处

走向深处
是我 是你
由浅入深
展现在前面的是一道怎样的风景

走向深处
不再在表面上徘徊踟蹰
那是一种怎样的境界
岂止是惊飞鸥鹭无数

走向深处
都是谁致力去往那至深至远的领域
无论是情是爱
无论是幻是梦

日日夜夜

当万家灯火点亮了城市和乡村
温馨的夜便开始进入静谧和深沉
是谁在守护着这一方安宁
直到黎明星光隐没

直到黎明星光隐没
东方出现了新的一轮红日
早起的人们又开始了一天的忙碌
啊 这充满着希望的新的一日

这充满希望的新的一日
不知会给人们带来多少憧憬
是谁雀跃着带来了春的消息
同时也给大家带来了美好的祝福

是谁同时也带来了美好的祝福
祝福我祝福他也祝福你
声音是那么悦耳那么动听
祝福大家夜夜是好夜日日是好日

身在寒冷中

生活在无边的寒冷中
啊,那难耐的日子
四周凝固着厚厚的蓝冰
看似纯洁透明
却无法逃出这困境

身的冰冻
心的颤抖
有谁知我此时的处境
啊,请勿调侃
这是水晶宫

来去

来了，又去了
别说什么也没有留下
别说什么也没有带走
至少　留下了脚印
至少　带走了自己

来了　又去了
别说什么也没有留下
别说什么也没有带走
至少　留下了印象
至少　带走了两袖清风

人来人往
风来雨去
风
从不说它摧开了花朵
雨
从不说它滋润了土地

联想

我见过的纯净
可知能够净到什么程度
没有微尘
清澈透明
恰似婴儿那双明亮的眼睛

我见过的纯洁
可知能够洁到什么程度
纯如清泉
洁似水晶
犹如爱人那美丽的心灵

我见过的真爱
可知能够爱到什么程度
它的悲悯
它的深情
总让我联想起母亲那慈祥的面孔

渡

寒江萧瑟
冷落清秋
古渡无人
只有谁留下的小船
任风雨
舟自横

不见艄公
更不见观音相助
人在此时
欲往彼岸
岂能坐等
最佳方案是自己渡

如果

如果是一滴雨
我的愿望是把大地滋润
尽管微不足道
但这是我的心意

如果是一滴露
我仍愿沾在绽开的花朵上面
依附着它们的美丽
保持着自己的纯净

如果是一滴泪
我愿意悄悄的擦去
我只想给人们带去欢乐
不愿他们看到我伤心

如果是一滴水
我愿意溶进浩瀚的大海
尽管再也找不到踪迹
但那里是我最好的归宿

看风景

风中看风景
总是有些捉摸不定
眼前见到的一切美好
最怕被无情吹去

雨中看风景
别是一种情趣
好一场浩大的沐浴
可是为了这个世界的洁净

雾里看风景
总是有些模糊
什么都是一片朦胧
真的是不见庐山真面目

雪中看风景
漫天如白蝶飞舞
这些天上的来客
不知除了洁白这个世界是否还能净化心灵

望月

每当月亮升起的时候
总有人在倚窗仰望
心中如一池净水
映着一个溶溶的月
不知是否还有月里的嫦娥

每当月亮升起的时候
总有人在月下徘徊
在这美妙的夜晚
披着一身的月光
就连思念都变得悠远情长

每当月亮升起的时候
心中的月亮也映着天上的月亮
此时望月的人谁在仰望谁呀
人在两地
思念却在同一个月下惆怅

自然的流露

自然的流露
没有一点人为的痕迹
如来自地心的清泉
多么纯净

自然的流露
没有一点人工的雕饰
如沾在花上的露珠
多么晶莹

自然的流露
如出水的芙蓉
那是发自内心的深处
多么美丽

自然的流露
绝不会去刻意追求什么形式
如真情的眼泪
抑制不住

纷纷

纷纷飘下的花瓣
我不想说那是凋零
落红铺满了一地
谁忍心去践踏那曾经的美丽

纷纷飘下的细雨
我不想说是来自天上的眼泪
那被滋润的土地
很快便会铺上一层嫩嫩的新绿

纷纷飘下的黄叶
我不想说那叫知秋
那铺满一地的灿烂
真的像是一条铺满黄金的路

纷纷飘落的白雪
为何如此这般的清冷
那种冰晶玉洁的品性
多么需要在温暖中变成一泓春水

舒畅

说不清是流畅还是舒畅
任它从心上流过
轻轻地闭上眼睛
躺在阳光照耀的草地上
细细品味着它的美妙

如一股清泉
潺潺流在溶溶的月光下
如一滴晨露
滚动在碧绿的荷叶上
如一支小夜曲
从心弦上发出优美的旋律
如一份柔情
像春风般轻拂过我的脸庞

啊 舒畅
那是一种怎样的舒畅

点滴

一

点滴
可是滴入清潭的水
点滴
可是凝在草上的露
点滴
可是挂在脸上的泪
点滴
可是付诸笔端的悠悠往事

点滴
谁能把它收藏
点滴
谁能用真情的红线把它串起
点滴
谁能把它挂在心上
点滴
即便保存在记忆里也是一份晶莹一份纯净

二

点滴
是石钟乳上渗下的水
是青草尖上的闪烁的露
是凝在眼角纯洁的泪
是春夜润物无声的雨

点滴
是溅起清泉的碎玉
是浩瀚夜空的流星雨
是斑斑驳驳的往事
是无限真情凝结在心头

仰起面颊 闭上眼睛
感受那点滴的清凉
感受那点滴的滋润
或许还有些许纯净 些许温柔
却总是那么晶莹……

温

温暖的部分
总让人想起融融的春日
照到身上可以驱除身上的寒冷
照到地上可以让大地欣欣向荣

温馨的部分
总让人联想起良宵里暗香浮动
那种身心的愉悦
真的是一种美好的记忆

温柔的部分
最是一个温柔
那人生最温存最柔软的情愫
不知出自何处

温情的部分
无论放在哪里
都是一种令人感念的真情
最宜珍藏在心里

穿越

穿越森林
最好是由一头大象陪伴
尽管它不是兽中之王
但确是安全的保障

穿越草原
最好是有一匹骏马
让我有机会骑马扬鞭
驰骋天下

穿越沙漠
最好是有一头带铃铛的骆驼
悠然地行走在空旷大漠之中
体验那万古的寂寥

穿越时空
最好像那飞向远天的仙鹤
你看它那刺破云天的形象
多么像一支带羽毛的利箭

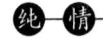

精神家园

怀着一种天真的想法
寻找一个远离世俗环境优雅的地方
我想为自己建一个精神家园
未必一定要在浩渺的仙山云外

也许是我的想法过于简单
我真的不希望复杂烦琐
只需要真 善 美做为材料
如果能加上爱肯定更好

穿过一条净化身心的蓝色小河
来到一个超脱的地方
我在这里修炼身心
啊 我希望的精神家园

保留

漫天飘飞的大雪
不知怎么
其中一朵钻进了我的脖子里
啊 好冷
像一只冰凉的小手
我不忍把它撵走
情愿用自己的温暖
溶化它身上的寒冷
至于因为什么
我自己也说不清楚

漫天飘飞的大雪
不知怎么
其中一朵竟然如此慌不择路
偏偏钻进了我的眼里
啊 好凉
但绝不同于砂子
我不忍把它揉出
情愿把它收留

纯 情

即使变成为眼泪
也是一份纯洁和晶莹

漫天飘飞的大雪
不知怎么
其中一朵居然飘进了我心里
我不单没有拒绝
而且表示了由衷的欢迎
这天上的来客
它的洁白
它的美丽
它的纯净
最为适合保留在人们的心中

赠诗

夜深沉
多歧路
我自己也说不清楚如何走到这地步
随波逐流君莫笑
但愿不是天尽头

风雪夜
多迷途
芳魂一缕飘何处
但愿梅与雪共舞
暗香浮动只在幽梦中

雨打芭蕉

植得新松听风
留得残荷听雨
是谁有此优雅的韵致
在窗前种下几株芭蕉
一片碧绿
以便人们在这江南幽深的庭院
听风听雨

雨打芭蕉
声声入耳
无论是听是看
都会别有一番感受
听雨
如古琴琵琶合奏
叮叮咚咚 疾缓有序
观雨
如绿衣佳人沐天露
那么清新 那么超凡脱俗

雪中漫步

何必如此匆匆
让人感慨人生之急促
何不放慢脚步
去欣赏身边的风景

在雪花飞舞的雪天里漫步
该是一种怎样的心情
想像中加入春的元素
这琼楼玉宇中又会平添几分妩媚

冰冻中体验冬的萧煞
寒冷中聆听春的讯息
忽然间发现不远处有几株红梅
正灼灼开放在这冰天雪地里

眼前为之一亮
耳目为之一新
那玉洁冰晶雪原上的一点点红
鲜艳得是何等耀目

梦中的小路

梦中的小路
通往何处
像一条彩带飘逸在融融的月光中
隐约 朦胧
直至心灵深处

深处 深处
谁与我结伴同行
会演绎出怎样的故事
思与幻 情与欲
全都毫无遮掩地坦露

梦中的小路
如锦如绣
芳草萋萋
曲径通幽
可曾见万绿丛中花朵无数

一闪而过

一只美丽的蝴蝶翩然飞过我的面前
有如摄入心魄的灵光灿然一闪
还没有来得及看个清楚看个仔细
它已经飞过花丛飞过粉墙倏然不见

我是多么希望那种美丽在我的眼前重现
一动不动呆立在原地翘首以待
天下果然有如此美的造化
能让人一睹芳容也算是洪福不浅

这个世界有多少美或许和你仅只是一面之缘
但这美丽却已经牢牢地结记在心间
我是多么希望把它保留在诗中
即是这如梦如幻的美只是在眼前一闪

一只美丽的蝴蝶翩然飞过我的面前
有如摄入心魄的精灵灿然一闪
人生的经历中有多少一闪而过
而这一面之缘又是多么的令人怀念

初春

寒风已不再那么恣虐
阳光已透出些许暖意
冰雪已开始悄悄融化
花蕾已经在枝头萌动
突然有一天报春鸟在晨光中欢呼雀跃
快出来吧
让我们迎接春的来临

水暖先知的鸭子已在水中嬉戏
迎春和梅花已提前把春光点缀
各种生灵已从冬眠中睁开朦胧的眼睛
美丽的少女已脱去厚厚的冬衣
她们花枝招展像春的使者
快出来吧
让我们迎接春的来临

梦乡

地平线收藏了太阳
黑夜收藏了蓝天
黑色天鹅绒的幕布悄无声息地缓缓落下
在温馨静谧中
劳顿一天的人们
都渐渐进入梦乡
啊 梦乡
梦乡是一番怎样的景像
看不见天使轻轻煽动抚慰的翅膀
听不见夜莺清脆悦耳的歌唱
只能想像
那满天的星星可是梦的眼睛
那融融的月光可是梦的霓裳
是谁收藏了我的梦
在那不可知的梦乡

小巷深深

小巷深深
勾起了多少久远的记忆
那种古老的深邃
那种寻常的营生
斑驳墙头
重门叠户
烟雨杏花
依依垂柳
还有那夜深时打更人笃笃的灯影梆声

小巷深深
多少人从这里走进又有多少人从这里走出
留下了多少真情
留下了多少悲欢的故事
那夕阳里的炊烟
那月光下的宁静
那似乎永远也走不出去的深深
可是我世代相传的故里
可是我梦中的旧居

一支老歌

一支很久不被传唱的老歌
不知从何处随着轻风飘然而来
那优美而又熟悉的旋律
犹如故人相会在天涯
感到是那么舒怀

一支很久不被传唱的老歌
不知从何处驾着紫云飘然而来
多少往事浮现在眼前
恰似一把失而复得的钥匙
把记忆的闸门打开

一支很久不被传唱的老歌
不知从何处随着月光飘然而来
多少珍贵的情愫被重新勾起
好像梦回那美好的时光
久久不能忘怀

思念

思念
有翅膀吗

我想应当有
要不怎能越过那万水千山

不为别的
只为这世上太多的思念

在思念谁
眼睛里闪着泪花

注：仿诗人沙鸥诗。1956年当着沙鸥面即席作，时年18岁。2007年经老同学刘振杰提起，才又想起这首诗。这大约是我能记起的最早的一首诗了。

在水一方

水那边有水
山那边有山
所有的山山水水
都是梦的摇篮

地那边有地
天那边有天
所有的地地天天
都会是别有洞天

日那边有日
夜那边有夜
所有的日日夜夜
都会孕育出新的明天

情那边有情
爱那边有爱
所有的情情爱爱
都是永恒的诗篇

触景生情

不是踏花归来
脚下还带着淡淡的香气
不是披荆离去
身上还带着累累的伤痕
说什么夕阳无情晚霞有意
那西天的一片灿烂
岂不是别情依依

不是雁飞长空
心里顿生几多惆怅
不是叶落归根
眼里还含着激动的泪
说什么听着别人的故事流着自己的眼泪
多少类似的情结
岂不是心心相通

红色

红色
啊,红色

是红霞满天的辉煌景致
是丛林尽染的秋光秋色
是赤日炎炎七月的流火
是燎原之火在夜色中腾起的烈焰

是灿烂开放的万紫千红
是初恋少女脸上的羞涩
是万绿丛中那一点红
是挂满枝头的累累硕果

是高岗之上飘扬的红旗
是沙场拼搏血染的风采
是真情袒露的一片赤诚
是流淌在心中的一腔热血

红色
啊,红色

绿色

各种各样的颜色
我都喜欢
因为它们组成了这个丰富多彩的世界

如果问我 有什么偏爱
认真想来
不是红 而是遍及天涯的绿色

绿色的田野
绿色的森林
绿色的草原
充满着生机
孕育着希望
生长着未来
啊 绿色

蓝色

蓝色的天
蓝色的海
蓝色的地球
蓝色的梦幻

蓝色的宝石
蓝色的花朵
蓝色的眼睛
蓝色的心愿

纯洁　透明
宁静　深远
想像中的灵魂
大约也是这个颜色

紫色

紫罗兰的颜色
在人们的心目中是那么的高贵典雅
无怪古时中国的官宦
总是以紫衣标明自己身份的显赫

是啊
红到发紫的程度
大约是人生的极致
多少人想把梦也染成紫色
多少希望之花都希望万紫千红成为一道靓丽的色彩

黄色

不以金黄抬高自己
不以土黄看轻自己
我以我色荐轩辕
任世人褒贬
绝不会去改变自己的本色

无意争春
任蒲公英点缀青草地
无意争秋
奈何斑驳金秋不争也是
无意与其他颜色比短长
你有你的热烈
我有我的辉煌
你有你的宁静
我有我的灿烂
共同妆点着这个美丽的世界
啊 勿道昨日黄花
太阳的光辉里也包含着我的色泽

白色

一提到白
我便不由想到了雪
想到了云
想到了鹤
想到了纸
想到了瓷
想到了玉
想到了普天下所能想到的堪称洁白的白

云　飘然天上
鹤　翱翔世外
雪　不可践踏
玉　白玉无瑕
瓷　那是本色
纸　最宜留白
此时我忽然想起了人
但愿能留在人间的是一个清白

黑色

黑色
总是遭受着不公正的待遇
其实它和黑暗 罪恶并无关联
可惜从古至今
一直无人为它说句公道话
伸张正义

黑色
其实只是一种颜色
它的深邃
它的神秘
它的包容
它赋予夜色的那种温柔
它给予黑头发黑眼睛还有黑皮肤的那种睿智
总应给它一个公平

灰色

说黑不黑
说白不白
黑白分明在这里真的无法分辨
啊 灰色

灰色
但愿只是一种颜色
请不要给它赋予其他意义
因为 这个世界确实存在一个灰色地带

灰色世界
但愿只是一种过渡颜色
人们多么需要朗朗乾坤
人们多么需要一个清平世界

颜色

万顷碧空一白鹤
啊
多么纯洁
万山雪中一点黄
啊
不是春花
万绿丛中一点红
啊
多么耀眼
万红林中一点绿
啊
多么遗憾

无题

我的眼前是一片
黑
我的周围是一片
暗
我的头脑有一点
昏
我的前途是一片
暗

我的头顶有一颗
星
我的心中有一片
光
我的梦中有一盏
灯
我的幻里有一片
霞

月光溪

月照清泉
清泉映月
曾记否
在那流金岁月
你我并肩坐在月光溪旁
望着水中我们亲密的影子
还有水中融融的月

舀一杯溪水
把它珍藏在心中
因为那里面保留着我们的影子
掬一捧月光
把它安置在记忆里
以便在无月的夜晚
清晖中浮现出曾经的美好

想像

一江春水映着一天的月光
令人充满着如梦如幻的遐想
如果有一叶扁舟在其中荡漾
我想应是你和我在共享这美好的时光

想像一定长着一双无形的翅膀
在天地间自由自在的翱翔
如果能够开拓更广阔的境界
这世界一定会更加美妙

啊
想像
我是多么希望用最美好的想像
浓笔重彩把未来描画

心花怒放

那是一双何等神奇的手
居然能打开你尘封已久的心扉
像一缕阳光
像一缕清新的空气
让你无法拒绝
让你无法不对自己的生存状态
作一个认真的反思
而重新起步开始生命的美好历程

那是一双何等神奇的手
居然能拨动你尘封已久的心之弦
像一阵暖风
像一份柔情
那颤动着的弦内之音弦外之音
都在奏响着妙曼的乐章
让你重新发现自己
心花怒放是何等的美丽

冬

没有依依惜别
没有举行任何仪式
它悄悄地走了
悄悄地
没有告别
没有打一声招呼
趁着人们不注意的时候
消失在黄昏之外的黑暗中

它是谁
为何无人留恋
为何如此遭人冷遇
无人回答
它曾给这个世界带来的冰雪
它曾给这个世界带来的寒冷
只有枝头多嘴的八哥作了答复
那是冬

冬夜

冷月，寒星
静谧中冰封的长河
夜色里茫茫的大地
萧瑟中枝头栖息的寒鸦
一切都好像在朦胧中被冻住

啊，好冷
只有那被厚雪掩盖下的小屋
烟囱里飘出的淡淡紫烟
窗户里透出的柔和灯光
屋子里充满的融融暖意

爷爷在灯下看书
奶奶在炉边编织
爸爸在厨房准备晚餐
小孙女撒娇在妈妈怀里
啊，好一幅温馨的冬夜图

渐行渐远

如站在窗前
望飘去的云
如站在旷野
望南飞的雁
如站在山岗
望远行的人
如站在岸边
望远去的帆

渐行渐远
渐行渐远
这世上有多少渐行渐远
但愿不是天涯梦断
从此变成了一片云烟
啊,渐行渐远
渐行渐远的都是些什么
让人如此难舍如此留恋

记忆中的美丽

也许是山回路转
也许是柳暗花明
人生中那些最美妙的时刻
常常在毫无精神准备时发生

也许是雨过天晴
也许是曲径通幽
人生中那些最美丽的地方
常常在出其不意中展现,犹如身在梦中

也许是不期而遇
也许是如在幻中
人生中那些最得意的邂逅
常常是在毫无征兆时相逢

最美妙的时刻
最难忘的地方
最感人的相逢
虽然都已成为记忆
但都没有远去

飘

一

空中飘着的
都是些什么
这天上的流浪者
那云那雾那烟
哪里是你们的归宿

地上飘着的
都是些什么
这人间的漂泊者
那人那魂那魄
哪里是你们的家园

水上飘着的
都是些什么
这浪迹天涯的游子
那浮萍那泡沫那船
哪里是你们最终的港湾

世上飘着的
还有些什么
至今仍没有归依
那梦那心那爱
是多么的令人断肠

二

一天月光一江春水
多么阔大相映成辉
我乘着一只梦的小船
船头上还挂着一只红红的灯笼
飘飘然，任风
忘却了此时是飘在水上
还是空中

三
飘
飘着的都是些什么
是雾霭，是如烟
是碧空中飘着的云彩

飘

飘着的都是些什么

是雪花，是柳絮

是蒲公英那带着小伞的种子

飘

飘着的都是些什么

是泡沫，是浮萍

是无缆的小船颠簸在风雨中

飘

飘着的都是些什么

是真爱，是痴情

是仍在飘着的一颗没有归处的心

飘散

像碧空飘散的云彩
像远山飘散的紫雾
像小村飘散的炊烟
像枝头飘散的落英

像金桂飘散的芬芳
像蒲公英飘散的种子
像月下飘散的承诺
像醉里飘散的幻梦

像风中扯碎的纸片
像浪里飘散的浮萍
像岁月飘散的往事
像夜半飘散的钟声

啊,飘散
飘散在天涯何处
不知道还能不能重聚
不知道是否还能拼凑出一个旧梦

预告春天

水在变绿
天在变蓝
向阳处的山桃开始含苞
雀跃在枝头
好像在叫
春天　春天
春天很快就要来到

冰在融化
雪在消解
湿润的土地上已悄悄钻出了嫩芽
觅食的鸭子果然是先知
它呷呷地叫着
好像在喊
春天　春天
春天很快就要来到

云在变轻

风在变软

那只负责报晓的雄鸡好像发现了新大陆

雄赳赳地站在高处

面对日出的方向不住地啼叫

春天　春天

春天很快就要来到

梦舟

春江波平
恰在黄昏之后
柳岸泊处
弯月初升
恍恍然却似梦舟
啊
梦舟
可否载我权作逍遥游

慨然得允
欣然登程
穿过彩云
驶过碧空
飘飘然
不知怎么便来到梦中人梦的边缘
啊　如此良宵
不知能否潜入你的梦中

黄昏

乘舟湖上
独自飘荡
不设去处
任风把我送往任何地方

白日将尽
黑夜将至
一边是送别夕阳
一边是迎接初升的月亮

天上星出
水中霞落
我坐拥在天水之间
四周是日月星光

倒影

深林中有个明静的小湖
像上帝遗落在这里的一面镜子
又像是童话中梦的眼睛
水映着天
悠悠白云
天映入水
白云悠悠
一切都在无垠的蔚蓝中

一半是实
一半是虚
一半是真
一半似梦
即使此时有人乘着小舟飘荡在这天水之间
即使天地悄悄地进行了颠倒
恍然间 也很难分清
哪边是形 哪边是影

怎么能够

怎么能够
来也轻轻
轻得几乎没有泛起任何涟漪
怎么能够
去也轻轻
轻得如烟飘散没有了踪影
啊
轻轻
轻轻地来轻轻地去
即使是细雨
也会滋润一片渴望的土地
即使是春风
也会摧开身后的花朵无数
即使是青草
也会绿遍天涯
即使是小花
也会用美丽彰显生命的意义

熔化

熔化
熔化的是什么

熔化的是坚冰
好一个山河开冻
熔化的是白雪
好一个冬去春来

熔化的是矿石
好一个浴火历炼
熔化的是钢铁
重铸我刚强魂魄

熔化的是柔情
好一个暖意溶溶
熔化的是心结
好一个风光无限

熔化
熔化的是什么
爱是纯净的源
情似流淌的泉

小诗一首

存在卡上的热情已经用完
无论是怎样的加减乘除最终都已归零
真想作一个友好的提示
该充值了
我的朋友
冷却不能让心结冰
请保持你身上足够的温度

回望

回望
回望什么
回望枝头的花朵
回望身后的风景
回望留恋的倩影
还是踏在雪上的脚印

回望
回望什么
回望远去的红帆
回望曾经的往事
回望值得回望的回望
还是生命中那最精彩的部分

回望
回望什么
回望故乡的炊烟
回望天涯的落日
回望已成为历史的岁月
还是那身后已成为永恒的美丽

望

望雪
在北国
应是兆瑞日
琼楼玉宇
银装素裹
好一个坦荡的银白世界

望雨
在江南
恰是好时节
莺歌燕舞
湖光山色
别是一番锦绣风光

淡雅

笑颜如花
清纯似水
淡雅　文静
恰似月光下的素馨
尽管不着一色
素面朝天
那种自然之美
便已尽得风流
让人更为心仪

轻轻

轻轻 轻轻
轻轻地飘雪
轻轻地飞絮
大约是不想打破这里的宁静

轻轻 轻轻
轻轻地抚摸
轻轻地一吻
可知其中包含多少深情

轻轻 轻轻
轻轻地细语
轻轻地脚步
那是一种怎样的小心

轻轻 轻轻
轻轻地到来
轻轻地离去
一切都是那么轻轻

舒展（一）

舒展的嫩叶

舒展的花蕾

舒展的双翅

还有富饶而广袤的大地

啊

舒展

谁说舒展不是一种美丽

舒展的四肢

舒展的皱纹

舒展的心情

还有弯弯舒展的双眉

啊

舒展

我想舒展应在春光明媚的日子里

舒展（二）

舒展开来的枝叶
那是一种怎样的蓬勃
舒展开来的花瓣
那是一种怎样的美丽
舒展开来的双翅
那是一种怎样的潇洒
舒展开来的四肢
那是一种怎样的惬意
舒展开来的眉头
难得有这样的时候
舒展开来的身心
那是一种怎样的轻松

印象

像碧绿的草原上燃起的篝火
在你的身边
在你的面前
啊 那真切感受得到的热情之花

像蔚蓝的海面上跳跃的波浪
在你的眼里
在你的身边
啊 那难以掩饰的激情荡漾

像银白的雪地上凝结的霜花
在你的发际
在你的鬓角
啊 那一袭洁如天使的形象

像金色的月光下摇曳的花影
在你的念中
在你的心上
啊 那梦中幻中的美好印象

五彩缤纷

我在想
什么时候
五彩缤纷的气球和着飞翔的鸽群
一起妆点着美丽的蓝天

我在想
什么时候
五彩缤纷的纸屑和着洁白的茉莉
撒在了你的秀发上

我在想
什么时候
五彩缤纷的霓虹和着飘飞的雪花
旋转出一个童话般的梦境

我在想
什么时候
五彩缤纷的礼花和着欢快的乐曲
构筑了一个美好的时光

春风

我来了
带着无限的希望
我来了
带着无限的深情
我来了
随着黎明的曙光
我来了
踏着春天的脚步
我来了
我该怎样向这个世界宣布
我来了
带来了怎样的欢欣
我来了
我该为这里做一些什么事情
我来了
但愿身后是百花盛开万紫千红

深处

沿着一条月光下的幽径
一直去往灵魂深处
深处　深处
应是一个极其圣洁的领域

悠悠复悠悠

蓝天里
洁白的云
山野中
曲折的路
茫茫复茫茫

期望里
七彩的霞
广漠中
绿色的梦
灿灿复灿灿

春日里
绽放的花
夏夜中
闪烁的星
悠悠复悠悠

雨中小景

雨打芭蕉
也湿润了我的心情
看着眼前的一切
在天沐中
处处都显得格外的葱葱
啊　好一个清新
好一个绿

浴中
洗去尘埃
还我一个原本的洁净
那池塘里正在开放的莲花
亭亭玉立在水中　此时
显得叶更绿
花更红

水中倒影

水平如镜
相映成趣
水中蓝天
鸟飞鱼游

一半是形
一半是影
一半是实
一半是虚

水中倒影
倒影水中
一半是真
一半如幻似梦

露珠

沾在嫩芽尖上的露珠
凝住的是一份美丽
即使是在短暂的时光里
它是那么晶莹　那么纯净　那么圆润
那么富于诗情画意
啊
露珠
无论是草尖
无论是花瓣
无论是眼角
无论是心上
映出的是一个多么灿烂的世界

思念

思念　多么深沉
多么真切　多么美丽
多么悠远
多么像晨光中开放着的紫罗兰

啊
思念
无论是沾着露
无论是滴着泪
都是那么晶莹
都是那么圣洁

月光和梦

月光和梦
二者之间似乎存在着某些共同的因素
朦胧,神秘,美妙
真的是一个很不错的去处

梦的境界,月的融融
让人亦真亦幻徜徉其中
我是多么希望坐在一条银光闪闪小河旁边
去完成人生的一个真实的梦

现实无奈太多
虚幻捉摸不定
多么怀念儿时的夏夜
在月光下扑捉流萤

凝

凝在花上的,是露
含苞欲滴
凝在草上的,也是露
那么纯净
凝在叶上的,还是露
那么晶莹
凝在心上的,是什么
我说不清楚
几滴露水从枝头的叶上滑落下来
恰巧打湿了我的一片真情
啊,那好像并不是露
更像泪
点点滴滴在心头

深处

一

深处,深处
深邃而又洁净
神秘而又宁静
无论是怎样的深不可测
都是一道非同寻常的风景
都是那么富于诗情画意

密林深处
并非都能曲径通幽
荷花深处
未必只是惊飞鸥鹭无数
庭院深处,灯火明灭中
不知发生过多少故事
内心深处
不知道珍藏了多少不为人知的秘密
或者是成年累月积累的底蕴

二

天心深处

是浩瀚的宇宙

人们仰望星空

在不断探索它的奥秘

地心深处

是一个怎样的世界

人们在不断地挖掘

它深厚的底蕴

人心深处

是一个怎样的境界

但愿一剖心迹

是一个完美的心灵

清风

清风
你起于何处
如此清新
如此纯净
我想
你一定是来自一个非常圣洁的地方
若不怎能让人感觉如此清爽
如此心旷神怡

清风
你归于何处
洁身自好
不沾纤尘
我想
你一定是归于一个非常神圣的地方
净化着人们的心灵
岂止是清风两袖

望

一

烟雨楼上
远望
到处是一片迷茫
什么也看不见

波浪岸边
望帆
前面是汪洋一片
心中总是一个忐忑

雾蒙山顶
望雁
碧空是如此辽阔
居然也能望断

风雪之夜
望归
窗外是一片纷纷
身在天涯的人此时是否能踏雪归来

二

如站在窗前

望远去的云

如站在旷野

望远去的雁

如站在山岗

望远去的人

如站在岸边

望远去的帆

啊

那是一种怎样的渐行渐远

那是一种怎样的天涯梦断

如站在窗前

望初升的月

如站在旷野

望飞来的燕

如站在山岗

望归来的人

如站在岸边

望靠岸的船

啊

那是一种怎样的渐行渐近

那是一种怎样的天涯归来

星

当晚霞退尽
当夜幕降临
那颗璀璨明亮的星星
不知何时便已出现在天空
为夜行的人指示方向
为晚归的船引领航程

当早霞升起
当晨光微熹
那颗值了一夜班的星星
不知何时便已从天空没了踪影
啊，不必去寻
它知道自己什么时间应当出现
什么时间应当隐去

闪光的记忆

点点滴滴

沾在草尖

落在花瓣

挂在眼角

凝在心间

晨光里

真的难以分清是雨是露

即使是泪

也是一份晶莹

也似无数璀璨的宝石

啊

那些点点滴滴闪光的记忆

梦和希望

天将明未明之时
人欲醒未醒之际
我紧紧拽住梦的尾巴
希望看到一个完美的结局

像一缕美丽的彩云
无论怎么抓都抓不住
再美的梦也同样无法挽留
只能是让人怅然若失

啊
梦毕竟是梦
但愿不是希望
就在前面不远处

倾听

一

在静谧中
仔细地听
宁静不单可以致远
而且能够听到许多不易听到的声音
近处的草长
远处的蝶飞
枝头的花开
树上的莺啼
它们都有自己的语言
你未必能听得懂
但只要善于倾听就是一种尊重

在嘈杂中
仔细地听
专心至致
虚怀若谷才是应有的品质
不同的声音
微弱的呼吸

不懂的知识
底层的颤栗
就这样在倾听中练就倾听的本领
正所谓聪明的聪
真的能受用一生

在喧嚣中
仔细地听
总是保持一种专注
倾听这个世界发出的各种声音
风声雨声
电闪雷鸣
四海激荡
心之真声
你能听懂所有的声音
这原因不是别的
是因为你善于倾听

二
倾听
你在倾听什么
那样的专注
那样地执着

有时似在倾听天籁的妙音
有时似在倾听人间的呼声

倾听
你在倾听什么
那样的用心
那样的凝神
有时似在倾听生命的源头
有时似在倾听人们的心声

倾听
你在倾听什么
那样的细微
那样的投入
有时似乎能听到别人听不到的声音
有时似乎能听到世界正在发生秘密

倾听
我想要说
善于倾听的人
真的是一种智慧

也许

也许是一滴晨露
也许是一滴眼泪
如果你愿意观看
那里面岂只是晶莹

也许是一池清水
也许是一面镜子
如果你愿意欣赏
那里面会看到你清晰的影子

也许是一种境界
也许是一份纯净
如果你在阅读一本真正的好诗
我不敢说能净化你的心灵
但至少
你会发现那里面
贮满了人间的真情，真性

凝

那是一种怎样的激情
燃烧到几近疯狂的程度
当我们从失去理智中归来
才发现有多少已冷凝成为不可更改的事实

激情的碰撞
缘由的邂逅
展示的是一种怎样的风景
演绎的是怎样的故事

莫说冷却
莫说已经恢复到正常的温度
请看那晨光里凝在花上草上的点点滴滴
都不是泪
而是露

似

似是而非
似非而是
隐隐约约
朦朦胧胧
犹如雾中看风景
徒增了许多不可捉摸的成分

似幻非幻
似梦非梦
真真假假
虚虚实实
犹如沙漠中观海市蜃楼
多么希望变成为现实

似
仅只是似
奈何却不是

弹琴

松风明月
好一个静
如此良辰美景
最宜有知音相伴
搬一张琴
燃一柱香
像古人那样
演奏一曲龙凤吟

悠远，委婉，深沉
如此高雅
如今还有几人能懂
如今还有几人爱听
寂寥处
即使有你一个知音
即使能拨动你一个人的心弦
我也愿为你弹奏到天明

晨

一觉醒来
晓月未沉
多么蔚蓝的天空
多么清新的空气
啊
充满希望的新的一天
已在百鸟清脆的欢迎曲中来临

你早
清晨
我向即将升起太阳的方向望去
天际边像初生的蓓蕾般灿烂
更像爱人从朦胧中睁开迷人的眼睛
啊
多么美

花香

清风从何处携来一阵沁人心脾的花香
那么悠远
那么淡雅
绝对不会让人产生一丝俗念
只是让人心旷神怡
只是让人顿生无限遐想

超凡脱俗
此香只应来自天上
想象不出花是什么颜色
应与它的品格相当
想象不出花是什么模样
大约是想象力能达到的最美形象
若不怎能散发出如此魅人的香味
啊
清风从何处携来一阵沁人心脾的花香

梦幻

飘逸在自己营造的梦幻里
真的是一种幸福
想来天堂也不过如此
所以人们才喜欢幻想喜欢做梦

梦幻在自己的梦里
真的是可以随心所欲
既没有现实那么多羁绊
也没有真实那么多清规戒律

啊,梦幻
谁说梦幻仅只是梦幻
谁说梦幻不是对现实的补充
其实认真想想
我们不单是生活在现实里
何尝不是也生活在梦幻中

冬

一袭素妆显得是那么优雅
偏偏在耳际边又斜插一朵梅花
眉宇间总有一种冷清之美
风姿绰约楚楚动人又不失端庄

经历过春之灿烂夏之蓬勃秋之金黄
如今正经历着枝头冷落万物萧煞
身在寒冷中积累着自己的底蕴
为的是春来时再现辉煌

山村风景

雨后家乡
清新得像一个刚刚浴罢的少女
身上还闪着宝石般的光彩
发上还挂着晶莹的水珠

雪后故里
素雅得像一个身披婚纱的少妇
洁白而又美丽
漂亮而又纯净
啊
美丽，纯净
那生命的出处

一闪而过

或许是坐在疾驰的火车上看窗外的风景
或许是不经意间一颗流星划过夜空
或许是一个让人眼前一亮的美丽和你擦肩而过
或许是一只依人的小鸟穿风度柳匆匆飞去

啊，一闪而过
我们经历过多少一闪而过
也许根本就没有看清是什么
却因为一闪而过而在记忆中定格成为永恒

轻音乐

徜徉在轻音乐优美舒缓的旋律中
有如一只洁白的小帆
沿着一条梦幻的小溪飘逸在行云流水中
绿树掩映
暗香浮动
天籁之音
美不胜收
那样的境界
那样的雅致
真的是超凡脱俗
真的能直至心灵深处

挽救夕阳

追赶正在沉沦的夕阳
不知道能不能在坠落前把它救起
为了完成一次重大的挽救行动
但愿都能尽心尽力

不是力有余心不足
而是心有余而力不足
原以为行动已经够快
没想到已经在黄昏之后

那是

那是一条河
有河便有岸
乘着生命的风帆
从源头到大海
从此岸到彼岸

那是一座山
有山便有峰
沿着曲折的小路
从山下到山上
从这座山到那座山

那是一棵树
有树就有根
志在向上长
从幼苗到大树
岂止是为了绿荫一片

连接

连接
那是一种怎样的传承
那是一种怎样的连接
像昨天连着今天
像日子连着日子

过去的已经过去
未来的依然未来
只留下现在
岂止是供我们的期待
岂止是供我们的回顾

连接
那岂止是连接
像小路连着大路
像小河连着大河
一直在向着远方延伸

超脱

早已厌倦了平庸
总想到达一个全新的领域
那是一个更高的精神境界
为的是不断满足自己不断向上的追求

不求脱离红尘
其实红尘里有许多美有许多难以割舍的
珍贵
只求超脱世俗
修身养性
净化心灵
啊　超脱
我追求的不是那种化羽成仙的故事
我追求的是一种心灵的高尚
因为我的根不可能离开脚下这块坚实的
土地

流

从那里面流出的是什么
是清泉
怪不得这么纯净

从那里面流出的是什么
是心声
怪不得如此悦耳

从那里面流出的是什么
是真情
怪不得让人感动

从那里面流出的是什么
是醇酒
怪不得让人陶醉

从那里面流出的是什么
是眼泪
……我无语

夜色

把浓墨溶入温馨
或许会成为朦胧的夜色
夜色总是有些神秘
人们似乎都戴着一层神秘的面纱

看不清楚
多么希望在摇曳的灯光下一睹真容
啊,夜色
夜色中的人比夜色更加难以揣猜

好一个守望的窗口
好一处隐匿的田野
其中有多少期待
其中有多少梦幻

潜入夜色
总会让人浮想联翩
而最令人难以忘怀的
往往是夜色中那一抹最炫目的亮色

愿

我愿是山,我愿是海
我愿有山的雄壮
海的壮阔

我愿是山,我愿是海
我愿有山的气魄
海的胸怀

我愿是山,我愿是海
我愿有山的底蕴
海的内涵

我愿是山,我愿是海
我愿有山的高度
海的深度
不再低俗
不再浮浅

静

沿着一条蜿蜒的林中小径
走向茂密的丛林深处
这是一条很久无人走过的路
地上铺满了厚厚的落英

不在乎这条路通往何处
不在乎路边有什么风景
只期望能够寻得一份安静
净化在喧嚣的世界上蒙尘的心灵

如果在林中遇到一个仙境般的圣湖
我会怀着感恩的心情把自己清洗干净
浴过的身上挂满了晶莹的水珠
任由它在阳光下折射成彩虹

你可认真体会过静的感觉
那种意境纯得似有也无
你可以在静中聆听整个世界
你可以在静中去感悟人生

轻盈的脚步

像雪花从夜空中飘落
像彩云在蓝天里漫游
像春风轻吻过脸颊
像芭蕾舞女惦着脚尖欲作天鹅舞
啊,多么轻盈的脚步
静谧中
居然也没有发出任何响声
不知不觉便已来到我的面前
给我带来了一个惊喜
如在童话中

轻盈的脚步
如在梦中幻中
踏过雪原
却没有留下脚印
驾过彩云
却没有留下身影
只有在我的心上
却留下了你的芳踪
啊,你是谁
为何总是潜入我的梦中

平静

啊
平静
当天地不再反复
当四海不再翻腾
当世间不再喧嚣
当心灵不再激荡
谁说
平静不是一种享受

心平如镜
恰如一池春水无波无皱
日映着蓝天白云
月照着青山绿水
啊
平静
以平静的心态待世界
这个世界该会多么安详，宁静

月牙泉

月牙泉,月牙泉
静如处子
两头弯弯
有如月牙
又如丝绸之路西行之小船
永远地搁浅在瀚海的边缘

月牙泉,月牙泉
更像一只美人的眼
清澈明净
纯情无限
你在等待什么
那千年的期盼

坝上春

坝上春
柳色新
绿茵遍天涯
喜煞放牧人

天地宽
任驰骋
骑马纵天下
谁是扬鞭人

草原美
歌声起
莫道醉不归
应有奋蹄人

草如毯
花似锦
英雄辈出处
自有后来人

晨之曲

想用一支彩笔
把想象中的明天描画
忽然抬头发现窗外天已破晓
东方出现了喷薄欲出的朝霞

窗台上一盆含苞的杜鹃
已在晨光中开放
开得是那样鲜艳
一丛如我此时心情的繁花

为了黎明的到来
小鸟们已聚在枝头歌唱
向日葵也移动着金黄的花盘
迎接那初升的太阳

梦舟

花海飘香
飘出了梦之舟溢彩流光
这是个做梦的好地方
它可以载你去往那美丽的梦乡

莫辜负这个做梦的好地方
微波荡漾中的梦舟洒满了金色的月光
你可以尽情做你的梦
在梦中实现你所有的梦想

人生谁没有梦
人生谁没有梦想
今日之梦就是对未来的向往
多么期望梦舟载我花海飘香

动心、心动

动心、心动
谁没有过动心的情况
谁没有过心动的时候
像柔风拂动了岸边的垂柳
像细雨轻敲着水面的浮萍
致使平静的心泛起微微的涟漪
致使冷落已久的心之弦在微微的颤动
啊……
动心、心动

幽人行

热闹必有热闹的原因
冷清定有冷清的理由
所有的原因者或是理由
都不可避免地造成了当前的现实

喜欢热闹的人追求热闹
哪管热闹过后会是怎样的结局
喜欢冷清的人寻找清静
请看在幽幽的月光下幽处自有幽人行

蝶影

来不及细看
便已经消失
只剩下了个朦胧的印象
被收藏在记忆里

记住了什么
那一闪而过的蝶影
请原谅我忽略了所有的细节
只记住了它的美丽

最美好的时候

最美好的时候
是在襁褓中
依偎在母亲的怀抱
接受着母亲的爱抚
吸吮着母亲的乳汁
一生一世
都难忘母亲的养育之恩

最美好的时候
是在春天里
躺在柔软的草地
闭上眼睛
舒展开四肢
接受大自然的赐予
享受这美丽的青春

纯　情

最美好的时候
是在冬夜里
钻进温暖的被窝
胡思乱想
海阔天空
忽然灵感中出现了一朵美丽的小花
忙不迭地把它写进了自己的诗中

暖意融融

是谁
吹去了你头顶的阴霾
还你一片蔚蓝的天空
是谁
拂去了你一身的愁绪
恢复了原来的平静
是谁
拭去了你眼角的泪珠
重新展现出灿烂的笑容
是谁
融化了你心中的冷冰
使一池的春水暖意融融

黎明

从深夜里
第一个走出来的
是谁

啊,黎明
它能带给人的
是希望
是光明

聆听

黑暗中
我躺在旷野
以手当枕
仰望星空
啊……
这天地是何等的静
你尽可静静的聆听
这个浩瀚的世界
这个无垠的宇宙
包括自己的心声
包括耳边的虫鸣

诗

如果你认真
如果你相信
你完全可以从精致的诗里
看到你曾经的影子
曾经的纯净
曾经的真情

诗不是镜子
它与镜子不同之处
是在于保留太多的东西
太多的美好
太多的惺惺相惜,心心相通
甚至可以照见自己的灵魂

享受

舒缓，轻松
飘逸，平静
难得有如此美好的时候
让人尽享美好的人生

舒缓，轻松
带来了一阵和煦的春风
带来了一条清澈的河流
带来了一缕愉悦的心情

飘逸，平静
带来了一支优雅的乐曲
带来了一地幽幽的月光
还有一个温馨的好梦

人在梦里
人在幻中
真若人在现实
享受轻松，享受平静

林中小屋

宁静湖畔
森林深处
营造一个精致小屋
里面住的并不是公主,王子
而是我和你
一个满头白发的老者
一个满脸皱纹的老妇
俩人相偎相依
共度黄昏
看花开花落
观日落日出
演绎一个不是童话的童话故事

微起的涟漪

微起的涟漪
是窗外月光下的湖水
还是自己的内心
因何
何因
并未感到有风
却似暗香浮动
只是一个轻轻
悠远而又朦胧
那莫名的萌动
恰似那月光下微起涟漪的湖水

踮起脚尖

踮起脚尖
去够那稍作努力便能够到的东西
比如枝头的花
比如树上的果
我们年少时
谁没有过这样的经历

踮起脚尖
提高自己
权作是芭蕾舞
去够那更高的精神财富

不同的声音

高山,原野
森林,大漠
多少人迹罕至的地方
说起来很美
听起来很妙
可知
那是地球领域中陌生的领域
那是人类世界之外的另一个世界
有人在喊
保护
有人在叫
开拓

触动

是什么触动了我的心
难道是风
不见踪影
却使心如春柳依依摆动

是什么触动了我的心
难道是雨
润物无声
却使心如梨花点点沾露

是什么触动了我的心
难道是手
那么温柔
致使心之弦被轻轻拨动,犹如弹奏一曲委婉的小夜曲

是什么触动了我的心
难道是你的眼睛
那么锐利
那深情的目光真的已把我的心穿透

寄存

营造一个充满诗情的意境
设置在风光旖旎的幽处
别嫌那个地方过于狭小
里面完全可以存放你所有的美好
还有真情

当多少年多少年过去以后
你忽然想起了曾经的寄存
连忙用钥匙打开来看
发现所有的美好依然美如鲜花
只是那真情已凝成了永恒的诗

痕

花已落
叶已尽
消失的都已经消失
过去的都已经过去
冷落枝头上
不知还保留了多少
值得记忆的事情

如果在意
请你留意
是否还留有曾经的痕
即使是寄存在风中的暗香
即使是落在树下的蛛丝马迹
即使是
那看不见却感得到的年轮

诞生

此时
世界是如此之静
好像一切都屏住了呼吸
在急切地盼望中

忽然
一声初生婴儿嘹亮的啼哭
打破了这溶溶月色夜空的宁静
宣告一个新生命的诞生

保存

我把曾经的真情
放在一个干净的地方
在太阳底下晒干
去除多余的水分
为的是不让它变质，发霉

晒干了的真情
发霉是不会发霉了
但又出现了新的问题
那就是不容易保存
既容易丢失，又容易碎

于是，我把所有的真情装进了一个个字里
排列成行
写在纸上
成为了诗
哈，我在诗里保存着自己的真情

动

动
什么在动
风动
树枝摇曳
云动
飘向何处
水动
微起涟漪
草动
摇摆不定
手动
为了何事
心动
除了自己
别人还真的说不清楚

无边

风月无边
无边的岂止是风月

无边的原野
无边的大漠
无边的洪荒
无边的海洋
别说这些其实都有边际
只是目力抵达不到
那么无边的宇宙
无边的梦幻
无边的浪漫
真的是无边无涯
任我去想像

倒影

水中的倒影
那是一种怎样的风景
蓝天白云
桃红柳绿
古寺塔影
小桥古村
还有那漂在水中的轻舟
总是一个悠悠

水中的倒影
那是一种怎样的相映成趣
融融月色
迷岸朦胧
那首次相会的地方
总是隐在一个幽处
啊,记忆中那水中脉脉含情的倒影
总是一个悠悠

喜欢仰望

喜欢仰望

多么高远

多么阔大

如果是白天

我愿让阳光和蓝天一起入怀

让我不单有个博大的胸襟

还要让内心也充满光亮

如果是黑夜

我想一揽满天的星光月光

让它化作我内心深处

不断闪耀的希望

喜欢仰望

多么高远

多么阔大

想像

我们追求完美却常常并不完美
正如我们追求圆满却常常并不圆满
生活总习惯给人留下许多遗憾
而真正的完美
只能靠想像去弥补它的缺陷

现实或许是因为过于真实
所以时常暴露出它残酷的一面
任何遮掩都无济于事
只能把期望的完美
寄托于想像或者是未来

想像,梦幻
那是对美好人生的开拓
莫说不切实际
但毕竟能提高美好的境界
不仅仅只是对心灵的慰藉

温暖

一提到温暖
便会有一种融融的暖意发自心房
便会让人感到温馨
便会让人产生许多美妙的联想

明媚的春天
和煦的阳光
新绿的大地
绽开的花朵
好一幅欣欣向荣的景象

驱走了寒冷
溶化了冰雪
唤醒了万物
驱散了凄凉
好一派大好时光

和谐的社会
美满的家庭
爱人的关怀
母亲的怀抱
谁不喜欢温暖处处荡漾

啊，温暖
请把那份温暖好好收藏
因为它不但可以温暖自己
而且还可以在必要的时候
用来温暖这个世界

渴望

遐想
那美的憧憬
渴望
那心的希冀
总觉得
光明和幸福
就在每个人的前方

想着，梦着
在远处一个灿烂如宝石的点上
啊，渴望
谁能为你干渴的心田
洒下一滴甘露
啊，遐想
谁能为你的未来
升腾起一片彩霞

心花怒放

那是一双何等神奇的手
居然能打开你尘封已久的心扉
像一缕阳光
像一缕清新的空气
让你无法拒绝
让你无法不对自己的生存状态作一个认真的反思
而重新起步开始生命的美好历程

那是一双何等神奇的手
居然能打开你尘封已久的心弦
像一阵暖风
像一份柔情
那颤动着的弦内之音弦外之音
都在奏响着妙曼的乐章
让你重新发现自己
心花怒放是何等的美丽

扑捉

梦中扑捉灵感
是件非常辛苦的事
好不容易逮住一个
却未能把它带出梦境

梦中扑捉流萤
是在蛙声一片的夏夜之中
那明明灭灭的闪烁
唯恐消失在暗中的某处

梦中扑捉星星
不知该用一个怎样的工具
与其那么费力
不如到水中去捞取

梦中扑捉彩蝶
好像是你和我俩人
那曾经某花丛中的追逐
忆起时是一种多么的美丽

不可

不可名状
如飘逸的云在霞光中的不断变幻
不可思量
就像枝头的黄莺不知飞向了何方
不可描摹
就像灵光一闪却又倏然不见
不可言传
即使勉强说出口来也会失去许多成色

有人说那是梦
有人说那是幻
有人说那是一份情思
有人说那仅仅是一种感觉
啊,只要
心有灵犀
何必一定要一语道破

尘埃落定

尘埃落定
天,真蓝
地,真绿
人,真爽
心,真静
好一个清平世界
好一个朗朗乾坤

涤尽了污泥浊水
去除了乌烟瘴气
草在悄悄地长
花在灿灿地开
阳光、雨露、沃土
孕育着美好的希望
大好时光
期待着这个世界欣欣向荣

蓓蕾

一缕薄雾
像一袭轻纱
被挂在树梢
啊，挽留它的
可是需呵护的
蓓蕾朵朵

舍不得去了
想见证它开放
悄悄地滋润
轻轻地缠绕
为的是那个美妙的时刻，及早
美丽这个世界

当夜雾散去
当黎明来到
灿烂的朝霞里
花儿已灼灼开放
那花上的点点露珠
不知是不是雾的魂魄

过

一阵轻风
从身边刮过
在耳畔私语
不知道说了些什么
只闻到淡淡的花香
令人暇想

一朵彩云
从头顶飘过
变幻着霓裳
尽情地挥洒着浪漫
展示着潇洒
令人神往

一只丽影
从眼前闪过
没有看清是什么
似是天使
长着一双隐形的翅膀
令人难忘

留影

如果你站在海边
我愿为你照一张像，留一个影
让汹涌澎湃的蓝色大海作为背景
多么壮阔
和你的气质多么匹配

如果你站在旷野
我愿为你照一张像，留一个影
让黄天厚土作为你的背景
多么旷达
恰似你的心胸

如果你站在高处
我愿为你照一张像，留一个影
让灿烂的彩霞作为背景
多么辉煌
有如你的前程

真想

真想
找一个机会
让自己尽兴地大笑一场
笑出心中所有的欢畅
如果这个世界需要欢乐
我会面对人生
笑出满天的彩霞

真想
找一个角落
让自己尽情地大哭一场
哭尽心中所有的忧伤
因为这个世界不需要眼泪
所以我会面对人生
展示自己阳光的一面

荷池遐想

脚踏莲花
步步升高
真的有点飘飘欲仙的感觉
但愿不是在梦里
那浅浅的一池清水
开满了娇嫩的红白
散发着淡淡的清香
如果能让自己变得一身轻松
那花蕊间的莲座
恰恰能承载所有美好的想象

蜻蜓点水
翠鸟穿花
浓绿中的荷池
鱼儿在其中自由地徜徉
如果除却了身上的沉重
如果除却了心头的烦恼
未必一定要在融融的月下
驾一叶小舟
随心所欲
随风飘荡,直至那不可知的梦乡

陶醉

并非是所有的醉
都因酒
并非是所有的梦
都是虚
醉卧沙场
梦眠花荫
有梦者就有希望
能陶醉者岂止是一种飘飘欲仙的风流
我陶醉过
我体验过那种无法形容之美

点滴

点点滴滴
滴滴点点
几丝秋雨
几片冬雪
几点夏露
几多落花
如果再加上几缕凄风
恰似那
伤心处的泪儿飘落

一滴

一滴露
轻轻滑落到地上
再也不见了踪迹
焉知这不是魂归故土

一滴雨
轻轻洒落进水里
再也不见了身影
焉知这是它最好的归宿

一滴泪
轻轻滑落进爱人的心里
那份晶莹
岂不似一朵玫瑰花上的露

一滴
仅只是一滴
便已把心中的真情
充分地吐露

滴

杏花沾雨
轻轻滴下
如露似泪
濡湿了一片
啊
那份晶莹纯净
那份沁人芬芳
是润泽了沃土
是滋养了禾苗
我暗暗地想
那一滴真情
最宜滴落在干渴的心田上

红帆

爱的红帆
在天际边的朝霞中出现
披着晨光
披着辉煌
从蔚蓝色的大海上向我驶来
啊，多么神奇
多么美好
有那么多银白的海鸥护航
真的是如梦如幻

微微

微微的风吹来
感觉到微微的惬意
微微的风吹来
漾起了微微的波纹
微微的风吹来
带来了微微的芳菲
微微的风吹来
带来了微微的抚慰

微微的风吹来
催开了微启的花苞
微微的风吹来
吹开了虚掩的心扉
微微的风吹来
带来了微微的希望
微微的风吹来
那种微微的感觉真美

湖中泛舟

解开缆绳
无拘无束
像一叶不系之舟
不设去处
任由它在平静的湖面上哪怕是飘到天尽头

天上是白云蓝天
水中是蓝天白云
水平如镜
无波无皱
人在这天水之间权作逍遥游

水悠悠
舟悠悠
心亦悠悠
人生难得有如此好的心情
真的是如幻如梦

轻松

放下所有的烦恼
放下所有的沉重
把自己完全腾清
把自己彻底放空
啊
轻松
你可有过这样的体验
你可有过这样的经历

不须脚踏祥云
不须驾驭清风
那种扶摇直上的感觉
真的是如作神仙游
那种境界
那种心情
那种轻松
真的是一种人生享受

无题

途中拾得一叶知秋
不知当时是一种怎样的心情
小心地夹在日记本里
不知道是不是一种珍惜
当多少年后偶然翻出
谁会想到
还能抚摸曾经保存的过去
勾起多少曾经的记忆

活出自我

活得纯净
活得清白
耳畔一条小溪
身上一袭月光

活得闲适
活得坦荡
眼前一枝梅花
心中几缕清香

活得潇洒
活得自我
无意精心打扮
只愿保持本色

听声

晨光里
丛林中
百鸟各自展歌喉
合唱一首春之歌

夏夜里
满天星
闲坐庭院为纳凉
兼听村外蛙鸣声

秋风起
月溶溶
蟋蟀声声寂寥中
一夜倾述到天明

雪夜里
静谧中
是谁在弹心之曲
试问可有知音人

撷取

揽月,摘星
扑风,捉影
留香,凝梦
挽云,承露
谁有这样的身手
谁有这样的本领
把人间的瞬间之美
轻轻撷取
变成歌
化成舞
绘成画
凝成诗

在山一隅

在山一隅
在水一方
我梦中的家园
山高水长

在天一涯
在地一角
我幻中的境界
地久天长

在某一处
在某一时
我思念的人啊
情深意长

怎么能够

怎么能够
来也轻轻
轻得几乎没有泛起任何涟漪
怎么能够
去也轻轻
轻得如烟飘散没有了踪迹
啊
轻轻
轻轻地来轻轻地去
即使是细雨
也会滋润一片渴望的土地
即使是春风
也会擂开身后的花朵无数
即使是青草
也会绿满天涯
即使是小花
也会用美丽彰显生命的意义

感动

琴久疏
弦久冷
闲置在某处
啊
那凝滞太多的情结
多么希望有人轻轻拨动
弹奏一首心之曲
让人感动
亦让自己感动

唉
感动
是谁感动了你
是你感动了谁
那琴瑟的共鸣
那心弦的颤动
恰似清泉叮咚
恰似海棠滴露
流淌出来的都是真情

频频回顾

频频回顾
是谁
在什么地方
什么时候

夕阳里,疾风中
分别后,断肠处
太多留恋
不忍去还得去

非灯火阑珊
非蓦然回首
多少人间真情
皆在这频频回顾中

遐想

暗香浮动
余韵悠长
袅袅如一缕莫名的思绪
萦绕在心上

不是闲愁
不是忧伤
说不清是一种怎样的朦胧
让心中生发出淡淡的惆怅

闪闪星星
溶溶月光
是谁倚在窗前
充满了无限的遐想

织

五光十色的线
纯净洁白的丝
横纵清晰
经纬分明
那缜密的心思
那美丽的幻梦
织就的是一片怎样的痴情

没有结果

只有开花
没有结果
没有结果又该如何
在最美好的季节
生命
毕竟曾经灿烂开放过

映像

水上荷花
亭亭玉立
水下荷影
玉立亭亭

水上天空
深邃湛蓝
水中天空
湛蓝深邃

无论是真是影
无论是虚是实
相映成辉
都会构成一道美丽的风景

余光

余音缭绕
余味悠长
余热犹存
余日彷徨
啊
余光，余光
在天一隅
在地一方

看云

看云是云
看雾是雾
看到的是真实
岂止是风景

看云不是云
看雾不是雾
看到的是朦胧
或许还有梦

看云还是云
看雾还是雾
看到的是一种境界
任你去遐思

云路悠悠

云路悠悠
漫步其中
人生若得随心随意随兴
如作幻中游
那可真的是
无憾无悔

丝路花雨
徜徉其中
人生若得尽心尽力尽情
如作化外人
那可真的是
不负此生

融化

如果是冰
就让它在暖阳里化作一池春水
如果是水
就让它去滋润一方土地
如果是泪
就不妨从脸上轻轻擦去
如果是蜜
就不妨让它慢慢融化在心中

朦胧的梦想

寻访一个朦胧的梦想
在云雾飘渺的远方
远方有远方的风景
但愿是溶溶月光的遐想

但愿是溶溶月光的遐想
即使是在梦里也是那么执着
说不清是月追彩云还是彩云追月
多少朦胧并未轻易揭开它神秘的面纱

多少朦胧并未轻易揭开它神秘的面纱
从模糊到清晰是多少人的希望
多么希望变成为现实
激励着多少人去寻访能够成真的梦想

闪光

夏夜
独坐旷野
望萤光在身边飞舞
看灯火在远处闪烁
任满天的星光作为背景作为衬托
啊
无论远近
无论大小
包括人的内心
在这个茫茫的宇宙
该闪光时
都在闪光

正常

既不太远
也不太近
都说距离会产生美
其实保持恰到好处的距离
真的是人生一门必修的课程

既不太热
也不太冷
都说不冷不热有如春日
其实保持恰如其份的温度
才是生活中最正常的时候

形

看到的
是有形
多少有形的岂止是风景
比如说
那山，那水
那花，那蝶

看不到的
是无形
多少无形的其实也是另一种形式的真实存在
比如说
那梦，那幻
那情，那爱

浓淡

淡淡的薄雾
淡淡的月光
淡淡的思绪
淡淡的忧伤

浓浓的愁云
浓浓的情肠
浓浓的眷恋
浓浓的惆怅

啊
浓淡
浓到化不开的程度
淡到没有了印象

淡淡

淡云淡雾
淡烟淡景
好一个淡字
化解了多少人间的浓重

淡出淡入
淡来淡去
脚步总是那么轻轻
总在不知不觉中

淡远淡近
淡然淡定
那种淡化了的情致
总在若有若无中

淡妆淡影
淡食淡味
淡泊的是人生
淡然的却是一份平淡的心情

浅浅

微微的风
启开了花朵
那是一种怎样地绽放

细细的雨
轻轻地下
滋润的岂止是刚刚破土的嫩芽

淡淡的雾
朦胧了山岚
恰似美丽少女披着透明的轻纱

浅浅的笑
微漾在脸上
只需轻轻敛起便可以在记忆中珍藏

赠诗

智者开悟语
仁人启发辞
在转换中不乏阴柔之美
在徘徊间皆有阳刚之气
只须细细领会
身体力行便会让人生变得美丽而充满诗意

觅幻者觅幻
追梦人追梦
别说太长
时光之丝会因找到卷轴而缠绕
别说太虚
别说太飘渺
岁月之霾会因觅到聚处而成云，成了气候

微笑

微笑，会心的微笑
溢出眼睛
漫过眉梢
漾在脸上
挂在嘴角
啊，多么自然
多么含蓄
多么包容
多么坦荡
如阳光从云隙中迸出
如花蕾在晨曦中绽放
如静湖微起的涟漪
如春风轻吻过脸颊
那发自内心的喜悦
真的最适合
经常挂在人们的脸上
是的
以微笑的眼睛看世界
世界也会以微笑回报微笑

懂，知

你想让我懂
不想让我不懂
懂你
这世上就会多一个知音

我想让你知
不想让你不知
知我
这世界便会多一个知己

懂
谁懂我
知
我知谁

冷落

冷落
冷落的岂止是清秋

琴上的弦
久置闲庭
无人拨弄
如何能弹出一首柔情歌
如何能奏出一首心之曲

风中之烛
在长夜中
无人呵护
如何能保存一份光亮
如何能保留一点热度

月下的人
寂寞孤独
无人与共
那是一种怎样的萦萦孑立
那是一种怎样的孤苦伶仃

月下漫步

在融融的月光下漫步
你可有过这样的时候
宁静致远
清净致深
此情此景
最易生幻
最易入梦
最易伴着自己的影子
在梦里的夜色中寻觅诗意

星光点点

暗淡的已经暗淡
那真的是无可奈何的事
明亮的依然明亮
但愿能够成为一种永恒
啊
生命之光
生命之光闪烁在何处
生命之光曾经闪烁在何处
如今回首去看
是否还有点点星光闪烁在记忆中

雨后

天沐
雨后
云开雾散
玉宇澄清
日耀
虹飞
到处都是一片清新
到处都是一片欣欣向荣
莫说
草上叶上还在滴着什么
当知那是破涕为笑的如泪似露
恰似刚刚浴罢
身上还带着点点钻石般晶莹的出水芙蓉

黄昏(一)

乘舟湖上
独自飘荡
不设去处
任风把我送往任何地方

白日将尽
黑夜将至
一边是送别夕阳
一边是迎接初升的月亮

天上星出
水中霞落
我坐拥在天水之间
四周是日月星光

黄昏（二）

黄昏日落
日落黄昏
满天彩霞在举行宏大的告别仪式
一日将尽
灿烂辉煌
不该是人生感叹的时候

多少落日
多少黄昏
当知那不是沦落
当知那不是沉沦
耐心等待吧
当漫漫的黑夜过后
展现在你面前的
一定是一个更加美好的明日

金秋

金秋季节
如果作画
金黄应该是主色调
金黄的原野
在金色阳光的照耀下
多么灿烂
好一片丰收景象

金秋季节
如果作曲
金黄应该是主旋律
融融的秋月下
华丽的音符轻轻飘荡
恰如金风送爽
把人恍然带入金碧辉煌的殿堂

金秋季节
如果写诗
金黄应该是主格调
金色的心情
金色的思想
金色的前程
如金钟般敲出一片辉煌

田园风景

远了，远了
那望断南飞的大雁
近了，近了
那姗姗来迟的春天
绿了，绿了
那漫山遍野的蓬勃
红了，红了
那丰收季节的景色

夜

暗香浮动
月色如梦
夜的气息
夜的温柔
总是充满着魅力
总是充满着神秘

休言朦胧
什么都看不清楚
这个世界有多少事情
只需细细体会
只需细细品味
方能感悟出内涵的深厚

喧嚣散尽
渐入静境
请闭上你疲乏的眼睛
当知多少美好都在良宵中孕育生成
愿天使煽动它的双翅催你入睡
愿你能够有一个好梦

春风二首

春风拂面
穿花渡柳
余音缭绕
暗香浮动
无论经过何处
带给人的
总是一份温馨
一份温柔
一个万紫千红

春风

东风浩荡
来自何方
是谁
以上帝的名义
布施天下
身影过处
已是花红柳绿
春回大地

荷池之秋

昨日映日荷花
亭亭玉立
真一个别样的红
　今朝枝残叶败
目不忍睹
只剩下一枝枝干枯的荷梗犹立在寂寥处
顽强地证明着曾经的繁华时候

盛盛衰衰
开开落落
人间何处没有这样的事情发生
是谁如此多愁善感
留得残荷
听雨，怀旧
滴滴答答到天明

至

至纯至净
至真至情
至高至远
至爱至深
至到极处
那幽幽的至香
能融融的至柔
化做了一树的繁花
在人间
化做了一片彩云
在天空
那是一种怎样的至高无上
那是一种怎样的美无止境

伤秋（一）

秋风，落叶
凋零，感伤
人生一世
草木一秋
到头来
真的难说
什么都留下了
什么都没有留下
几滴清泪
一地月光
来日再看
都已凝成了冷冷的霜

秋（二）

秋日，秋云，秋风，秋雨
总是带来一种别样感受
是谁
在敲打着时节
拾起一片落叶
告诉你什么叫一叶知秋

何必生愁
何必悲秋
正是收获季节
请看万山红遍
五彩斑斓
醉眼里何必还要强说凋零

雨过天晴

雨过天晴
云际间迸发出几缕阳光
天空中出现了一道彩虹
地面上还积着雨水
在慢慢地流去
枝头上还沾着雨滴
在滴答滴答地落下
鸟身上淋了个湿透
在努力抖去翅上的水珠
那个历尽风雨的人
那份晶莹此时正灿如宝石
眼角也有几滴不知是雨是泪是露

秋夜

秋夜清如水
无处系兰舟
心无绪
花好月圆良宵夜
人在天涯
与谁共此时

茫茫一片
似霜不是露
太冷清
不如早入梦
与君会七夕
一梦到天明

像

像一阵微风
轻手轻脚从我的身边刮过
打开了虚掩的心扉
摧开了微启的花朵

像一阵清风
推开了我的窗户
带来了清新的空气
驱散了心中的沉闷

像一阵暖风
穿花度柳
带来了淡淡的花香
还有融融的暖意柔情

像一阵好风
带来了春的信息
真想仰起脸来闭上眼睛
任他在我的脸颊上轻抚

美好

我向往人世间一切美好的事物
无论它是否能为我拥有
即使对我来说十分遥远
我也愿把它作为自己的人生追求

我追求人世间一切美好的感情
无论它与我有多少心有灵犀
能得到多少就算多少,我努力了
得到的毕竟是一份真

我热爱人世间一切美好的东西
无论是否能有缘分
无限的美是美 有限的美也是美
毕竟可以得到应属于我的那一份

我憧憬人世间一切美好的风景
无论是在天涯何处
那是一种多么超脱的精神境界
啊,美好永远在我心中

涟漪

微起的涟漪
是风,是雨
还是投向静水中的一粒石子
溅起波澜
打破了这里的平静

微起的涟漪
是水,是心
还是眼波的泛起
春风荡漾
令人顿生无限的遐思

微起的涟漪
是露,是泪
还是一滴晶莹的纯真
缓缓落下,滴入水中
泛起了一圈又一圈逐渐扩大的波纹

望月

每当月亮升起的时候
总有人在倚窗仰望
心中如一池净水
映着一个溶溶的月
不知是否还有月里的嫦娥

每当月亮升起的时候
总有人在月下徘徊
在这美妙的夜晚
披着一身月光
就连思念都变得悠远情长

每当月亮升起的时候
心中的月亮也映着天上的月亮
此时望月的人谁在仰望谁呀
人在两地
思念却在同一个月下

落日

如此壮观的告别场面
大约只能你有这个能力
在天空布满晚霞
在大地洒满光辉
让远去的白鹤装上金色的翅膀
让驶来的白帆在金光鳞鳞的海上航行

啊，日落
如此豪华的辞行
在人间真的是绝无仅有
为了表达无比的留恋
为了书写难忘的记忆
你用辉煌作为这一天的结束

生命的过程

嫩白的小芽
顶破了褐色的外壳
露出了
一个新的生命
面对着这个广阔的世界

随着时光的推移
随着环境的变化
所有该经历的都经历了
由小变大
由大变老

吐芽,长叶,开花,结果直至陨落
完成了一个美妙的轮回
由绿变黄,由红变紫
然后轻轻地飘落
啊,那绚丽的色彩是怎样的装点了这个世界

衬托

如果你是红花
那就用绿叶作为衬托
红花还需绿叶扶
这个道理谁都知道

如果你是白雪
那就用黑色作为衬托
你看黑白是那么分明
更突显了雪的纯洁

如果你是月亮
那就用星星作为衬托
多么深邃湛蓝的夜空
众星捧月

如果你是太阳
那就用满天的朝霞作为衬托
你看那前面的霞光万丈
是多么的灿烂辉煌

轻盈的脚步

像雪花从夜空中飘落
像彩云在蓝天里漫游
像香风轻吻过脸颊
像芭蕾舞女踮着脚尖欲做天鹅舞
啊,多么轻盈的脚步
静谧中
居然也没有发出任何响声
不知不觉便已来到我的面前
给我带来了一个惊喜
如在童话中

轻盈的脚步
如在梦中幻中
踏过雪原
却没有留下脚印
驾过云彩
却没有留下身影
只有在我的心上
却留下了你的芳踪
啊,你是谁
为何总是潜入我的梦中

人在途中

人在途中
看到的并非都是风景
还有现实

人在途中
听到的并非都是乐音
还有心声

人在途中
感到的并非都是炎凉
还有温情

人在途中
走过的并非都是坦途
还有曲径

人在途中
尝到的并非全是甜蜜
还有多少苦涩的滋味

招手

是你在向我招手
是我在向你招手
还是在互相招手
远远地,手里还拿着条红绸绸

是分别的招手
是归来的招手
还是相逢的招手
眼睛里,不由得都含着泪水

是友好的招手
是礼貌的招手
还是真情的招手
但愿送给对方的都是一个祝福

天涯何处不相逢
天涯何处无招手
啊,招手
那是一道多么美丽的风景

滑雪的少女

冰封雪挂
好一个冰晶玉洁的天地
正是纯净的年龄
身上未沾一丝纤尘
你穿着一身鲜红的滑雪衣
发上帽上沾着一层霜花
衬托得那海棠般的脸蛋更加绯红
轻盈的在雪地上滑翔
身后留下了一道道银白的痕迹
像一团燃烧着流动的火焰
像一朵开放着如梦游的红梅
啊
都说万绿丛中一点红是一种美丽
岂不知银白世界中的一点红更鲜艳夺目

看风景

风中看风景
总是有些捉摸不定
眼前见到的一切美好
最怕被无情吹去

雨中看风景
别是一种情趣
好一场浩大的沐浴
可是为了这个世界的洁净

雾里看风景
总是有些模糊
什么都是一片朦胧
真的是不见庐山真面目

雪中看风景
漫天如白蝶飞舞
这些天上的来客
不知除了洁白这个世界是否还能净化人的心灵

独白

在静谧处
在夜深时
在私密的空间
或对心
或对影
敞开封闭太久的胸怀
自我剖白
吐露真情
啊
是说给自己
还是说给上苍

草原随想

绿色的田野
绿色的心情
多么希望
在我的心田上
也种上一片芳草
连接着身外的草原
直达天际

满眼皆绿
浑然一体
啊
好一个绿色的世界
好一片绿色的大地
一切都是那样令人憧憬
一切都是那么欣欣向荣

摇曳

摇曳的树枝
在微风里
摇曳的花影
在暮光中
摇曳的灯光
在静夜处
摇曳的秋千
在月光下
摇曳的风铃
总是那么叮咚有声
摇曳的摇篮
总是让人想到童年的时候
摇曳的小舟
总是那么飘泊不定
摇曳的情思
总是让人如幻似梦

转身

自然的转身
听到了什么
那远处动情的呼唤

无奈的转身
看到了什么
那是一种怎样的顾盼

优雅的转身
感到了什么
是谁以同样的心态对你嫣然一笑

华丽的转身
想起了什么
身上披着灿烂的霞光

心情

又是风
又是雨
又是阴
又是晴
时令不好
晴雨不定
唉
不定的岂止是天气
还有心情
又是晴
又是阴
又是雨
又是风

莫名

总有一种莫名的愁绪
弥漫在自己的眼前
有人说可能与天气有关
那如云如雾的阴霾

总有一种莫名的惆怅
集结在自己的心上
有人说可能与心情有关
那不知所以的彷徨

总有一种莫名的凄凉
裹挟在自己的身上
有人说可能与季节有关
那花枯叶落的景象

总有一种莫名的悲伤
一行真情的泪暗自流淌
有人说可能与岁月有关
那一去不返的大好时光

一段往事

一段往事
结记在心上
像一抹彩霞
在天际边闪烁着辉煌

一段往事
结记在心上
像一池清泉
总能清晰映出曾经美好的时光

一段往事
结记在心上
像点点似露的真情
闪耀在海棠花瓣上

一段往事
结记在心上
像不尽的思念
在悠悠的月光下不断的遥望

清风

清风
你起于何处
如此清新
如此纯净
我想
你一定是来自一个非常圣洁的地方
若不怎能让人感觉如此清爽
如此心旷神怡

清风
你归于何处
洁身自好
不沾纤尘
我想
你一定是归于一个非常神圣的地方
净化着人们的心灵
岂止是清风两袖

望

如站在窗前
望远去的云
如站在旷野
望远飞的雁
如站在山岗
望远去的人
如站在岸边
望远去的帆
啊
那是一种怎样的渐行渐远
那是一种怎样的天涯梦断

如站在窗前
望初升的月
如站在旷野
望飞来的雁
如站在山岗

望归来的人
如站在岸边
望靠岸的船
啊
那是一种怎样的渐行渐近
那是一种怎样的天涯归来

风雨兼程

前面有风
前面有雨
为何要如此匆匆
为何不稍作停留
避过风,避过雨
然后再从容前行

风也要行
雨也要行
时不待我
只能风雨兼程
我知道自己的使命
并非是为了风雨后出现的彩虹

记住

请记住这段美好的时光
那是一种怎样的美丽
你看你一脸的灿烂
犹如鲜花开放在霞光里

请记住这段真挚的情感
应把它珍藏在记忆里
它是那样的纯洁
就像蔚蓝的天空映照在明净的湖水里

请记住这段真诚的友谊
那是一笔真正的精神财富
它是那样的深厚
即使走遍天涯也不会感到孤寂

请记住这段难解的缘分
那是我们曾经携手走过的一段人生路
犹如在融融的月光下
仍萦绕在耳边的一支妙曼的小夜曲

颜色

先是嫩白

再是鹅黄

经过了万紫千红之后

便是蓬蓬勃勃的浓绿

每个季节都有自己的色彩

每个时期都有自己的风景

待到成熟的时候

便变成了金黄，彤红

当辉煌过后

便是陨落

便是凋零

生命的周期大约就是这样一个过程

叶落归根

魂归故土

休说只落得个茫茫大地真干净

那播撒的种子正在耐心等待另一个明媚的春

偶题

输却彩霞一分红
胜过沧海三成蓝
借得青山七分绿
绘得天下十分灿

忘我

身沐夕阳
又忘却了夕阳
说不清是因为什么
也许是被眼前的景象吸引
也许是触景生情诱发出无限的忧伤
人如果达到了忘我的境界
别说是忘却了夕阳

人沐月光
又忘却了月光
说不清是因为什么
也许是被四周清幽的环境所浸润
也许是沉浸在思念之中生发出无限的惆怅
人如果达到了忘我的境界
别说是忘却了月光

印象

满天的晚霞
起伏的山峦
我站在高处
依依惜别夕阳
而落日也用最后的一道余晖
留恋不舍地照在我的脸上

恰在此时
身后几近圆满的月亮恰恰华光初上
我的身影被投射到圆月中
像一幅镶嵌得非常精致的风景画
啊,这大自然的杰作
是谁扑捉住了那最美的一瞬
成了印象中最美的印象

明净的湖

那是一个怎样明净的湖
居然能够装下整个天空
好一个巨大的镜面
其间却有一只红色的小舟徜徉其中

水映着天,天映水中
小船上的我如在梦中幻中
好一个透明的天地
让人如痴如醉
不知此时人在水上
还是飘然在蔚蓝的空中

心旷神怡

心旷神怡
难得有这样的时候
犹如一个人坐在广阔的大草原上
充满着诗情画意

天上是无边的蔚蓝
地上是无边的嫩绿
心中是无边的旷达
神情是何等的惬意

心旷神怡的时候
最宜放歌
最宜吟诗
最宜看落霞与孤鹜齐飞

渐行渐远

如站在窗前
望飘去的云
如站在旷野
望南飞的雁
如站在山岗
望远行的人
如站在岸边
望远去的帆
渐行渐远
渐行渐远
渐行渐远
这世上有多少渐行渐远
但愿不是天涯梦断
从此变成了一片云烟
啊，渐行渐远
渐行渐远的都是些什么
让人如此难舍如此留恋

似

似是而非
似非而是
隐隐约约
朦朦胧胧
犹如雾中看风景
徒增了许多不可捉摸的成分

似幻非幻
似梦非梦
真真假假
虚虚实实
犹如沙漠中观海市蜃楼
多么希望变成为现实

似
仅只是似
奈何却不是

现在

连接
那是一种怎样的传承
那是一种怎样的连接
像昨天连着今天
像日子连着日子

过去的已经过去
未来的依然未来
只留下了现在
岂止是供我们期待
岂止是供我们回顾

连接
那岂止是连接
像小路连着大路
像小河连着大河
一直在向着远方伸延

看冰上舞蹈

像一曲优美动听的仙乐
像一幅潇洒流畅的速写
像一支飘逸浪漫的飞天
像一个色彩闪烁的梦想

留下了流动的痕迹
恰似轻燕掠过冰面
时空转换
令人身临其境，目不暇接
恍若天上人间
好一个视觉，幻想的盛宴

绿色的童话

蓝色的星球
绿色的世界
从一颗种子开始
会演绎出一个怎样的绿色童话

把种子种在心里
心里便长出了绿色的希望
把种子播在地上
地上便长出了两片娇嫩的小芽
小芽在精心培育下渐渐长大
开花，结果
落地的种子又开始生根，发芽
周而复始
让光山秃岭披上绿装
最终绿遍天涯
啊
一个绿色的童话
如今正在变成现实
将不再是童话

流

从那里面流出来的是什么
是清泉
怪不得这么纯净

从那里面流出来的是什么
是心声
怪不得如此悦耳

从那里面流出来的是什么
是真情
怪不得让人感动

从那里面流出来的是什么
是醇酒
怪不得让人陶醉

从那里面流出来的是什么
是眼泪
……我无语

向善

雪后的世界
到处都是白茫茫的一片
厚厚的积雪掩盖了大地
多少小鸟，此时此刻
瑟缩在枝头
饥寒交迫

一个漂亮的小女孩
在院子里扫出一片空地来
又撒上几把谷粒
招呼命悬一线的麻雀来做客
她的脸蛋冻得通红
显得是那么可爱

凡是有雪有人地方
这样的故事一点都不新鲜
我之所以还要把它保存在诗中
就是因为
不论是救人一命或是救鸟一命
都是一种值得大书特书的向善

梦幻

梦在梦里
幻在幻里
人生有过多少美梦
谁能说的清楚
人生有过多少幻想
谁能道个明白

似梦非梦
似幻非幻
真的说不清楚
究竟是梦
究竟是幻
还是在现实和梦幻之间

梦在梦里
幻在幻外
不管现实如何无奈
至少我们有梦
至少我们有幻
即使那梦那幻远在云天之外

梦乡

地平线收藏了太阳
黑夜里收藏了蓝天
黑色天鹅绒的幕布悄无声息地缓缓落下
在温馨和静谧中
积劳一天的人们
都渐渐进入了梦乡
啊,梦乡
梦乡是一番怎样景象
看不见天使轻轻煽动抚慰的翅膀
听不见夜莺清脆悦耳的歌唱
只能想像
那满天的星星可是梦的眼睛
那融融的月光可是梦的霓裳
是谁收藏了我的梦
在那不可知的梦乡

寻梦人

扯起梦的风帆
驶向不可知的梦海
辽阔，深远，神秘
啊……寻梦人
你要寻找什么
你要去往哪里

似是漂在水上
恍若漂在空中
有一种飘飘欲仙的感觉
啊……寻梦人
这是一种怎样的境界
这是一种怎样的心情

睁着眼睛想像
闭上眼睛做梦
无论面对怎样的现实
啊……寻梦人
你不单有梦
还有追求

梦之路

梦之路
梦之途
那是一条鲜花铺就的路
穿过彩虹
穿过紫雾
飘然间
呈现在面前的
应是希冀的朝霞
而不是日落的黄昏

梦之路
梦之途
那是一条彩云铺就的路
身披霞光
脚踏祥云
缥缈间
呈现在眼前的
是一条锦绣前程
真的是如幻如梦

赠诗

旧梦难寻
往事悠悠
人到此时真的说不清楚
多少记忆都在朦朦胧胧之中

梦中诗
诗中梦
只有梦中才有诗之魂
只有诗中才能储存梦

月光下的小溪流水淙淙
这大约也就是梦的源头
在似真亦幻的梦里
谁是我最后的一个梦

几滴晶莹剔透的泪水
几行珠圆玉润诗句
不知是挂在脸上
还是凝在心中

毕竟有梦

人的一生究竟做过多少次梦
不知道有没有人作过精确的统计
好梦、坏梦、美梦、噩梦
旧的梦不断破灭
新的梦又不断生成
无论是怎样的际遇
但不管怎样
人生始终有梦

有人说人生如梦
有人说如梦人生
无论是黄粱梦断
无论是美梦成真
无论是仍在梦中
但无论如何
所幸的是
我们毕竟有梦

静心

风平浪静
水平似镜
难得有这么安定的时候
恰似我此时的心情

一叶小舟
人在其中
真的是飘飘欲仙
真的是如幻似梦

天上星空
水中星空
只要有你与我相伴
哪管它此时载你我飘往何处

静中境界

静中觅静
幽中寻幽
请放轻你的脚步
静中人
从来都是细语小声
不会打破这里的宁静
即使是两只小鸟
也是在枝头轻轻呢喃，悄悄耳语
即使是一缕清风
也不会泛起微波如皱
静中参禅
静中悟道
那宁静致远
焉知我此时已抵何等境界
静听心声

净地

这里
蓝天
云白
地绿
水清
好一片洁净之地
最适合凡尘中人
在此净化心灵

此处
人善
情真
心美
气正
真一个世外桃源
最适合俗世中人
修身养性

安静

我要的是安静
不是寂静
寂静太冷清、太寂寞、太孤独
并不适合人们居住
我要的是安静
以便心灵回归于平静
且不说太多的灾难、战争、恐怖、折腾
即是这尘世的喧嚣、动荡、暴风骤雨、电闪雷鸣
已让人无处藏身
不堪忍受

我要的是安静
安宁真的是一种人生享受
让疲倦的身心得到休息
让不安的灵魂得到抚慰
让婴儿在摇篮里安静的成长
让甜蜜的果实在枝头成熟
让这个世界的安静
成为永远,成为永恒

净境

宁静致远
超然物外
飘飘然
神清气爽
悠悠乎
如幻如梦
恍惚间
似乎此时此身已达净境
好一个希望的去处

莫问
此处是何处
何处是此处
天涯无涯
海角无角
净处心净
尽可参禅悟道
静处身静
尽可修身养性

静（一）

静静的来
静静的去
一切都遵循一个静字
正所谓宁静致远直至深处

草在静静地长
花在静静地开
一切都在静中孕育
一个平静的世界是多么美好

岁月沉钩
都是谁在静上下工夫
请看那位静坐在岸边的钓者
已钓出一个锦绣前程

静（二）

禅林深处
真的很静
连小鹿都蹑手蹑脚轻跑
连树叶都恪守着自己的本分
连小鸟都不敢大声说话
连风经过都要压低嗓门

我来到这里
看门的鹩哥向我表示欢迎
因为彼此都是熟人
它悄悄地告诉我
这是一方净土
请守住这里的安静

夜读

这是从哪里飘来的书香之气
在这月色清明的夜里
啊,久违
多少读书人为之销魂

是什么把心弦轻轻拨动
引起了心灵深处的共鸣
啊,共振
可是那如泉般的叮咚之声

冷落其实并不冷落
孤独其实并不孤独
啊,苦读
是谁在这夜深人静的时候

静夜

请把你的声音压低
请把你的脚步放轻
这里的夜是如此静谧
谁也不忍打破这种难得的宁静之美

你看辛劳一天的母亲已经入睡
你看依偎在母亲怀里的婴儿睡得多么甜蜜
即使夜行的狸猫也蹑手蹑脚
它们似乎懂得宁静对这个世界是何等珍贵

轻风送来浓郁的花香
蟋蟀在轻吟着委婉的小夜曲
月光透过窗帘的缝隙照在安睡者的脸上
多么像童话中一个美丽的场景

夜雾在远处轻轻地飘荡
希望在静夜中悄悄孕育
啊，多么美好、多么温馨
但愿你能够做一个好梦

轻轻

越是登高
越是孤独
轻轻，轻轻
莫惊动了这里的安静

越是夜黑
越是寂静
轻轻，轻轻
不要踏破酣睡者的美梦

越是深入
越是清净
轻轻，轻轻
不要影响参禅者的修行

听曲

手捧一杯清茶
倾听新曲一首
多么委婉的曲调
多少优美的旋律
把人引入高雅的境界
让人浑然不觉
却已置身其中

如痴如醉
似幻似梦
如清风拂面
如暗香浮动
唤起了多少幽情
激起了多少微妙的感受
抒发出了多少心之声

听音乐

摆脱语言的约束
世界显得是如此博大而又空灵
那奇妙的联想空间
总是那样奇妙而又旖丽
总是那样流畅而又自由
袅袅炊烟
依依垂柳
溶溶月光
淙淙泉水
那情与爱的交流
那心与弦的共鸣
直至至高境界
直至灵魂深处

箫声

可是来自潇湘的斑竹
若不何来这幽咽的箫声
定是玉人在月下把心迹吐露
延袭着觅知音这种传统的方式

春江花月，秋水伊人
在这静谧的夜里
这一份幽情驾着清风
不知道飞进了谁的心中

音乐

像清泉
从地心涌出
发出淙淙的水声
月光下
小溪流
像流淌着优美的旋律
多么雅致
多么纯净

那是一支怎样的乐曲
像发自内心深处
它在表达着什么意思
谁能理解其中的真意
啊,不可言传
只可意会
那引起心灵的共鸣
是一种怎样的天籁之音

无词曲

无词的浪漫曲
有曲，无词
像柔风中卷缩的云
任其变换
任其漫游
啊，多么随心所欲
多么无拘无束
没有词语的限制
任其发挥到极致

无词的浪漫曲
有曲，无词
像花丛中的春之梦
任其变换色彩
任其变换形态
啊，多么自由潇洒
多么艳丽多彩
没有词语的约束
可以自由填写自己的心情

纷纷

纷纷飘下的花瓣
我不想说那是凋零
落红铺满了一地
谁忍心去践踏那曾经的美丽

纷纷飘下的细雨
我不想说是来自天上的眼泪
那被滋润的土地
很快便会铺上一层嫩嫩的新绿

纷纷飘下的黄叶
我不想说那叫知秋
那铺满一地的灿烂
真的像是一条铺满黄金的路

纷纷飘落的白雪
为何如此这般的冷
那种冰晶玉洁的品性
多么需要在温暖中变成一泓浇灌万物的春水

它乡之夜

它乡之夜
充满着现代的霓虹和古老的神秘
请脚步轻轻
不要踏碎那里美丽的梦

异样的情调
异样的风情
你领略到了什么
那令人迷恋的万种风情

温柔乡温柔
朦胧处朦胧
莫道醉不归
良宵与谁共

含露

桃花含露
晶莹欲滴
是谁
不忍它跌入凡尘
连忙仰脸接住
接住
接住
也只有多情人有此雅致
落在脸上
人面桃花
已分不出究竟是露
或者是泪珠

黄昏小景

清澈透明

水平如镜

正是黄昏时候

树不摇

鸟不惊

没有一丝微风

啊

好静

只有停歇在水草上的蜻蜓

也仅是那么轻轻一点

致使微起的涟漪

漾起了一天的晚霞

如锦似绣

春风

我来了
带着无限的希望
我来了
带着无限的深情
我来了
随着黎明的曙光
我来了
踏着春天的脚步
我来了
我该怎么向这个世界宣布
我来了
带来了怎样的欢欣
我来了
但愿身后是百花盛开万紫千红

春意

才刚绿了荒原
旋又红了枝头
黄鸭知暖
紫燕晓归
嫩柳依依
蓝天白云
恰似无限春光时候
即是心中
也充满了诗情画意

秋之曲

拉着秋天的衣襟
带着秋天的雅兴
以秋绚丽色彩的名义
写一首秋意盎然的小诗

秋高气爽
斑驳金秋
说什么冷落
说什么凋零
秋是成熟的季节
请看那枝头上的累累果实

秋色可餐
秋景可饮
请看多少人享受着丰收的喜悦
畅吟一首秋之曲

痕

雪原上一片茫茫
既看不到鸟踪也看不到云影
是谁第一个打破了这里的安静
留下一道深深浅浅的脚印

湖面上玉洁冰晶
既看不到鹤舞也听不见凤鸣
是谁穿着冰鞋像春燕从冰面划过
留下一道轻盈的痕

水面上是多么平静
既没有风也没有浪真的是水面如镜
是谁驾着一只银白的小艇飞驰而过
激起的浪花澎湃汹涌

心理面是多么纯净
既没有春的迷乱也没有秋的烦愁
是怎样的美从眼前一闪而过
居然让枝头的花蕾萌动

月光如水

如水月光
月光如水
啊，真静
真美

我充满虔诚
小心翼翼
用精致的水晶小盏
郑重地舀了一杯

心中默默祷告
口中念念有词
如此琼浆玉液
我会酣畅地一饮而尽
如水月光
清纯似水
愿这如水的溶溶的月光
能涤净我人生在凡尘中的心

心愿

在春日绿色的草原上
我浓笔重彩
写下了对你美好的心愿
可是经过一夜的雨淋
便已面目全非天涯梦断

在夏日金黄的海滩上
我浓笔重彩
写下了对你美好的心愿
可是经过潮水的冲刷
便已被无情的浊浪裹胁进茫茫海洋

在秋日彤红的枫叶上
我浓笔重彩
写下了对你美好的心愿
可是经过一陈凄厉的秋风
再也寻找不到飘落到何方

纯　情

在冬日皑皑的白雪上
我浓笔重彩
写下了对你美好的心愿
可是经过暖阳的照射
已如泪般点点滴滴被悄无声息地溶化

在赤红的心上
我用无形的刀
刻下了对你美好的心愿
噢，这就对了
心愿本来就该结记在心上

久违

久违了,清净
是什么薰风吹走了浮躁
吹走了喧嚣
还这个世界一片安宁

久违了,纯净
是怎样的清泉涤尽了污泥浊水
净化了这个世界
包括人的心灵

久违了,真实
当知虚假在此盘踞得何其长久
如今你终于从远方归来
真的是不幸中之大幸

纯情

久违了,欢乐
是什么驱散了头上的愁云
生活是如此美好
阳光是如此明媚

久违了,幸福
当知我把你盼望得多么久
今日你又来到我的身边
但愿永不分离终身相守

深处

深处，深处
深沉而又洁净
神秘而又宁静
无论是怎样的深不可测
都是一道非同寻常的风景
都是那么富于诗情画意

密林深处
并非都能曲径通幽
荷花深处
未必只是惊飞鸥鹭无数
庭院深处，灯火明灭中
不知发生过多少故事
内心深处
不知道珍藏了多少不为人知的秘密
或者是成年累月积累的底蕴

月夜

无月之夜
到处是一片混沌
即使是再美的风景
即使是再好的心情
不想说
一切都是因为黑暗
而陷入隐约朦胧中
比如灯光
比如星星

有月之夜
到处都是融融中显得那么神秘那么透明
我不想说
心情常常和气候有关
无论是自然气候或者是政治气候
但我知道
月圆时总让人想到圆满
而月弯时恰如一只金色的小船装满了我无
限的遐想

声声入耳

马蹄声声
由近及远
又由远而近
踏在心上
响在耳畔
渐渐消失在无限的时空

这是什么时候的事
是遥远的年代
是洪荒的历史
是曾经的经历
还是记忆的闪回
声声入耳

寄诗

你把秋天书写得真是美丽
但总让人有一种淡淡的凄凉
你把夕阳描绘得很是辉煌
但总觉得有一种微微的感伤
啊
美丽就是美丽
辉煌就是辉煌
今人应有今人的情怀
莫学古人对秋的哀愁
对日落的惆怅

悠悠复悠悠

蓝天里
洁白的云
山野中
曲折的路
茫茫复茫茫

期望中
七彩的霞
广漠中
绿色的梦
灿灿复灿灿

春日里
绽放的花
夏夜中
闪烁的星
悠悠复悠悠

望

望雪
在北国
应是兆瑞日
琼楼玉宇
银装素裹
好一个坦荡的银白世界

望雨
在江南
恰是好时光
莺歌燕舞
湖光山色
别是一番锦绣风光

愿

我愿是山，我愿是海
我愿有山的雄伟
海的壮阔

我愿是山，我愿是海
我愿有山的气魄
海的胸怀

我愿是山，我愿是海
我愿有山的底蕴
海的内涵

我愿是山，我愿是海
我愿有山的高度
海的深度，不再低俗
不再肤浅

折桂

摘得茉莉泗香茶
采得素馨沁人心
寻得芝兰幽静室
折得桂子慰平生

留

诗情出笔端
画意落纸上
留得即时景
但愿日月长

不期而遇

不期而遇
谁说不是缘分
也不知是又修了多少世纪
曾经的旧人
精诚所至
终于又得以重逢于今日今生

前缘再续
怎不让人倍加激动
且不说冥冥前生
更在意今生今世
珍惜吧珍惜
让我们把美好的人生重新演绎

成熟

成熟之后
是个什么样子

蛋半似舟
装满黄金白银

瓜熟如蜜
尽是绿翠红玉

之于青涩
那是未熟之前的情形

你的微笑

多么希望
看到微笑
无论是别人的
还是自己的

印象中的微笑
都是那么自然
那么温馨
好像所有的笑全都发自内心

你的微笑
简直就像一池春水
清清的,浅浅的漾在脸上
好像轻轻地就可以敛起在记忆里收藏

悠悠

山悠悠，水悠悠
山水悠悠无尽头
若得山水悠悠过
山也青来水也绿

云悠悠，雾悠悠
云雾悠悠无尽头
若得云雾悠悠过
天也晴来地也晴

人悠悠，心悠悠
人心悠悠无尽头
若得人心皆悠悠
美好日子乐无穷

滋润

清晨
海棠花上
沾着几滴晶莹的露
啊
风儿
请不要把它摇落
就让它在阳光下
与花儿互相映衬彼此的美丽

黄昏
杜鹃眼里
不知为何包含了伤心的泪
啊
云儿
请不要为它擦拭
就让它强忍着咽下
用以滋润已经干涸的心

拈花一笑

拈花一笑
何其雅致
那淡淡的色泽
悠悠的香味
是何等的
笑靥如花
顾盼有韵

拈花一笑
花与笑共
笑为花衬
那微微的流露
包含着怎样的心事
啊，我想用浅浅的笑容
表达最深的情意

品

闹中饮酒
静中品茗
此处远离尘嚣
静且净
雅且秀
最宜陶冶性情

窗明几净
用具精致
有青衣少女奉上新茶
供品评
乍尝只觉一般
细品才知味深

宁静致远
曲径通幽
世上多少真滋味
只待静中细品

追求

长发妹的长发
不属于尼姑
休说多么飘逸,多么惹人眼目
她们没有那样的追求

六根除净
潜心向佛
她们对美的追求
在心灵

印象

像碧绿的草原上燃起的篝火
在你的身边
在你的面前
啊，那真切感受得到的热情之花

像蔚蓝的海面上跳跃的波浪
在你的眼里
在你的身边
啊，那难以掩饰的激情荡漾

像银白的雪地上凝结的霜花
在你的发际
在你的鬓角
啊，那一袭洁如天使的形象

像金色的月光下摇曳的花影
在你的念中
在你的心上
啊，那梦中幻中的美好印象

走出

从晨雾中走出
鬓发上沾满了细细的露珠
是谁把你打扮得如此雍容华贵
满头的珠光宝气在霞光下交相辉映

从晨霜中走出
鬓发上结满了洁白的霜花
是谁把你打扮得如此的俏丽
像一支雅致的素馨

从晨雪中走出
鬓发上堆满了晶莹的白雪,知道的
是玉树琼花妆满的头饰
不知的还以为是一夜便白了头

夜静思

静夜思
静思思何事
皆言宁静能致远
最宜致远宜静思
不作逍遥游

夜静思
何处系兰舟
融融月光淡泊处
静思
人间应思静思事

思念

思念,多么深沉
多么真切、多么美丽
多么悠远
多么像晨光中开放着的紫罗兰

啊
思念
无论是沾着露
无论是滴着泪
都是那么晶莹
都是那么圣洁

雨后

风雨过后
遍地狼藉
多少繁华无觅处
面对残花败叶
点点滴滴皆似泪

时过景迁
人在黄昏后
花替人愁
人比花瘦
空留惆怅在心头

满天霞光

漫天飞雪
纷纷扬扬
恰如白蝶
妆点了何处的山河

满天花雨
飘飘洒洒
恰如天女
曾经把那么多美丽撒在了丝绸路上

漫天彩云
飘飘荡荡
恰如梦幻
生发出了一个浪漫的童话世界

满天霞光
光光灿灿
恰如人生
但愿铸就的全是辉煌

真善美

最崇尚一个"真"字
喜欢它所包含的全部内容
真心、真意、真爱、真诚、真理……
一切都毫无杂质
那么纯粹

最崇尚一个"善"字
喜欢它所体现的人性
善良、善心、善意、善始、善终……
这世界如果能处处与人为善
普天下该是怎样的一个和谐社会

最崇尚一个"美"字
喜欢它所表现的一种境界
美丽、美好、美妙、美貌、美景……
爱美之心人皆有之
但愿是每个人的最终追求

爱惜随想录

一

爱惜
真的是一个美妙的词
谁曾充分享受过这样的待遇
能被一时爱惜就能让人懂得生命的价值
能被一世爱惜就一定是个幸福的人

爱惜
真的是一个伟大的词
谁能用一生的时光去爱惜自己爱惜别人
如果能有如此悲悯的胸怀
他说不定就是一个圣人

二

爱惜别人
也同样爱惜自己
抛开道德的说教不说
我想这应该是世界上最大的慈悲

三
我们之所以希望得到爱惜
是因为至今我们仍未得到过充分的爱惜
那真的是人生最大的遗憾
那真的是对生命最大浪费

四
生命是多么希望得到尊重
生命是多么希望得到爱惜
如果生命能够得到这个世界的爱惜
我想
这个世界便会充分彰显生命的意义

五
扪心自问
我们可曾充分爱惜这个世界
我们可曾充分爱惜别人
我们可曾充分爱惜自己
当然
这种爱惜绝对和自私扯不上一点关系

触摸

把手
放在自己的胸口
我们时常
有这种庄严的时候
去触摸自己的心灵
去感受自己心的跳动

啊
多么崇高
多么神圣
当你把手放在胸口的时候
你一定会触摸到自己心灵
你一定会感受到自己的心在如何跳动

心
良心，良知
灵魂，心灵
多么需要，经常
把手放在自己的胸口
去触摸，去感受

赠友

人们都是
啼哭着来到人间
个中的原因
大约是不愿来到这个不可知的世界

可是
尝尽了人间苦辣酸甜之后
在离开时
却又凭添了多少留恋

啊，谁能做到
哭着来
笑着去
让人生不留遗憾

日日夜夜

当万家灯火点亮了城市和乡村
温馨的夜便开始进入静谧和深沉
是谁在守护着这一方安宁
直到黎明星光隐没

直到黎明星光隐没
东方出现了新的一轮红日
早起的人们又开始了一天的忙碌
啊 这充满着希望的新的一日

这充满希望的新的一日
不知会给人们带来多少憧憬
是谁雀跃着带来了春的消息
同时也给大家带来了美好地祝福

是谁同时也带来了美好的祝福
祝福我祝福他也祝福你
声音是那么悦耳那么动听
祝福大家夜夜是好夜日日是好日

飘零

落英飘零
飘向了何处
任风安排
香魂总是一个幽幽

游子飘零
飘向了何处
天涯梦断
不知最终哪里是归宿

岁月飘零
飘向了何处
欲觅无处
不经意间却发现在烟波浩渺中

诗意飘零
飘向了何处
但愿能被这个世界挽留
在人们心中最圣洁处

触摸

轻轻地
触摸
充满了感情
充满了温柔

你在触摸什么
是小儿稚嫩的脸蛋
是父母枯干的老手
是爱人温柔的肌肤
还是那已经变得发黄的历史
啊
触摸
你触摸到了什么
竟使你如此地激动
难道是怀着无限的虔诚
去触摸自己的心灵

无关风月

无所谓生在哪里
不在乎长在何方
只在乎一个人品
善良

无所谓身份高低
不在乎地位如何
只在乎一种境界
高尚

无所谓年龄大小
不在乎财富多少
只在乎一种相交
美好

无所谓时间跨度
不在乎地域差别
只要能真情待我
至交

人在边缘

人在边缘
无力去改变
边缘也有边缘的风景
边缘也有边缘的顾盼
大漠无垠
长天无限
说什么冷落
说什么苦寒
冷眼看天下
热肠待世界
深情地关注着那些幽微的角落
那是一种怎样的境界
那是一种怎样的体验

人在边缘

不想自怨自艾

像深谷中的幽兰

散发着奇香

展示着异彩

妆点着荒僻的原野

给被遗忘的角落带来一抹亮色

啊

说什么默默无闻

说什么无人青睐

我依然是我

根扎在生我养我的故土

努力焕发出生命的灿烂

致友人

在春光明媚的花园
百花争艳中
你隐在花丛里
真的看不出你的与众不同之处

在寒风凛冽的冬季
万物萧煞中
啊，红梅
才看到只有你灼灼开放在冰雪中

在红日高照的白天
都在彰显着自己的风姿
只有你悄悄地隐去
怎么也找不到你的身影

在漫漫的黑夜里
越是黑暗无边
啊，星星
你越是显得灿烂光明

一缕清风

化作一缕清风
吹拂过岸边的垂柳
犹如飘逸的一头秀发
谁说再也不见了影踪

化作一缕清风
吹拂过一池春水
那微微泛起的涟漪
可知也能荡起了梦中的小舟

化作一缕清风
吹拂过竞相开放的花丛
经过那浮动的暗香
仍依然是清风两袖

化作一缕清风
吹拂过明净的天空
能够与白云为伴
何必一定要问归处

雪中漫步

何必如此匆匆
让人感慨人生之急促
何不放慢脚步
去欣赏身边的风景

在雪花飞舞的雪天里漫步
该是一种怎样的心情
想像中加入春的元素
这琼楼玉宇中又会平添几分妩媚

冰冻中体验冬的萧煞
寒冷中聆听春的讯息
忽然间发现不远处有几株红梅
正灼灼开放在这冰天雪地里

眼前为之一亮
耳目为之一新
那玉洁冰晶雪原上的一点点红
鲜艳得是何等耀目

似曾相识

我们在哪里好像见过面
我们在哪里好像曾相识
是的
谁没有过类似的经历
谁没有过类似的相遇
只是
搜尽枯肠
却依然是素昧生平

不是故旧
疑似故旧
总让人
顿感几分亲切
几分盼顾
萍水相逢
总感到有来由
啊
人生何处不相识

喜欢幻想

生活在现实中
现实总是那么不尽人意
幻想在幻想里
幻想总是那么美好
那么完美

我喜欢幻想
一辈子都不曾舍弃
即使人生走到了终点
即使完成了一生的宿命
仍在幻想着去往天堂的途径

过日子

岁月如水
悄无声息从身边流过
不知不觉之中
人已长大成人
从青涩变为成熟
又从日过中午变成日落黄昏
啊，人生何其匆匆
一切都恍若昨日

岁月是什么
岁月是时光
有人说也就是光景
光景是什么
也就是生活
通俗一点的说法
也就是日子
啊，请过好自己的日子

跳跃

从一个地方跳到另一个地方
从一个领域跳到另一个领域
从一个境界跳到另一个境界
从一个思绪跳到另一个思绪

如果我的胆子够大
而我又有足够的能力
我想我会完成一次创世纪的跳跃
从一个星球跳到另一个星球

真

真人真事
真善真美
真情真爱
真感真悟
如果去掉一个真字
我不知道
这个世界还有什么值得留恋
还有什么意义
啊
朋友
无论你是不是一个诗人
都请把真放在第一位

如果

如果是一朵奇葩
我不会独自收藏
我愿把那份美丽
与大家共享

如果是一个异果
我不会一个人独享
我愿把那种美味
与大家共尝

如果是一瓶好酒
我不会独饮独酌
我会约几位挚友
共饮这玉液琼浆

如果是一首好诗
我不会孤芳自赏
我会把它公之于众
与天下共欣赏

假如

假如天上没有星星
这个宇宙该是多么空旷
假如地上没有鲜花
这个世界该是多么单调
假如这个时代没有英雄
这个年月该是多么平庸
假如这个社会没有诗歌
我真的不知道
会是一种怎样的寂寞

白天　黑夜

黎明
来自黑夜
黄昏
渐入夜色
我说不清楚自己究竟是喜欢白天还是黑夜
反复思考大约是各有各的境界

日出而作　日落而息
那是过去的生活方式
多少生生息息　多少周而复始
多少日以继夜
多少夜以继日
别说黑夜就代表黑暗
别说白天就代表光明
那是两个不同的观念
那不公平

纯情

这里的白日充满生机
这里的夜晚充满温馨
别把黑夜和黑暗混为一谈
别把白天和光明相混淆
多少美好孕育在平安之夜
多少罪恶在光天化日中进行
啊 白天 但愿风和日暖
啊 黑夜 但愿月光融融

很小一部分

天下道路
天下人走
谁敢放豪言
这世上所有的路径
我全都走遍

天下味道
天下人尝
谁敢发壮语
这世上所有的滋味
我均已尝尽

天下风景
天下人看
谁敢于自诩
这世上所有的风光
我全都领略

纯 情

天下人物
天下人阅
谁敢于自夸
这世上所有的各色人等
我都已阅尽

世界太大
天下太广
我们所能经历到的
其实真的只是很小的一部分
尽管你可能有独到的认知
尽管你可能有别样的体会

渐入佳境

曲径通幽
渐入佳境
啊，佳境
岂止是山回路转
展现在面前的
是一片美丽的风景

眼前为之一亮
精神为之一振
啊，佳境
岂止是如幻如梦
令人兴奋的是此时此刻
人确确实实身在现实中

经历过不曾经历过的经历
享受了不曾享受过的享受
啊，佳境
是飘飘欲仙的独行
还是紧握着心爱人的手
共作逍遥游

日臻美好

春风得意

啊，佳境

那是一种怎样的境界

无限风光

置身其中

撒

像天神把纯洁撒向四方
犹如满天的雪花纷纷扬扬
好一个冰晶玉洁的银白世界
美丽得简直像童话中的情景一样

像天女把美丽从天上撒下
正所谓传说中的天女散花
撒下的还有花的种子
为的是让万紫千红开遍天涯

像天使把善良传播天下
恰似雨露滋润着禾苗
那润物无声的真实感受
让人们难忘那处处闪耀的银色翅膀

像天公把慈悲撒向人间
让人们切身感受到世上的温暖
但愿阳光普照春意盎然
撒向人间的是恩不是怨

如果

如果是一滴雨
我的愿望是把大地滋润
尽管微不足道
但这是我的心意

如果是一滴露
我仍愿沾在绽开的花朵上面
依附着它们的美丽
保持着自己的纯净

如果是一滴泪
我愿意悄悄地擦去
我只想给人们带去欢乐
不愿他们看到我伤心

如果是一滴水
我愿意溶进浩瀚的大海
尽管再也找不到踪迹
但那里是我最好的归宿

耐读

这是一支耐听的乐曲
优美的旋律总让人心旷神怡
它会把你带往何等高妙的境界
岂止是想象的翅膀伴着彩云飞

这是一幅耐看的画
真正的独具匠心赏心悦目
好一场丰盛的视觉大餐
越看越让人深受启迪

这是一杯耐品的酒
醇香深厚余味不尽
如今这世上有多少能经得起细品
岂止是让人飘飘欲仙如痴如醉

这是一本耐读的书
总让人感觉到如获至宝相见恨晚
说什么走遍天下阅人无数阅书无数
举目四顾不知道有几本值得认真去读

修身

打坐在高山之巅
闭目合十
参禅悟道
有习习的天风相陪
有溶溶的月光为伴
天地是多么悠远
多么辽阔

心静如水
思绪渺渺
忘却了人间的烦恼
抵达了至高的境界
飘飘此身
仰望天上
俯瞰天下

在许多美丽面前

在许多美丽面前
我从不自惭形秽
在许多高大面前
我从不心生惶恐
你有你的雄伟
我有我的壮观
你有你的奇光
我有我的异彩
各自体现着自己的价值
尊严地生活在这个世界上

在许多鲜花面前
我从不顾影自怜
在许多芳草面前
我从不自怨自艾
你有你的艳丽

修身

打坐在高山之巅
闭目合十
参禅悟道
有习习的天风相陪
有溶溶的月光为伴
天地是多么悠远
多么辽阔

心静如水
思绪渺渺
忘却了人间的烦恼
抵达了至高的境界
飘飘此身
仰望天上
俯瞰天下

在许多美丽面前

在许多美丽面前
我从不自惭形秽
在许多高大面前
我从不心生惶恐
你有你的雄伟
我有我的壮观
你有你的奇光
我有我的异彩
各自体现着自己的价值
尊严地生活在这个世界上

在许多鲜花面前
我从不顾影自怜
在许多芳草面前
我从不自怨自艾
你有你的艳丽

我有我的淡雅
你有你的馥郁
我有我的清香
各自都在证明着自己
这个世界因我而更精彩